MW01538132

0515

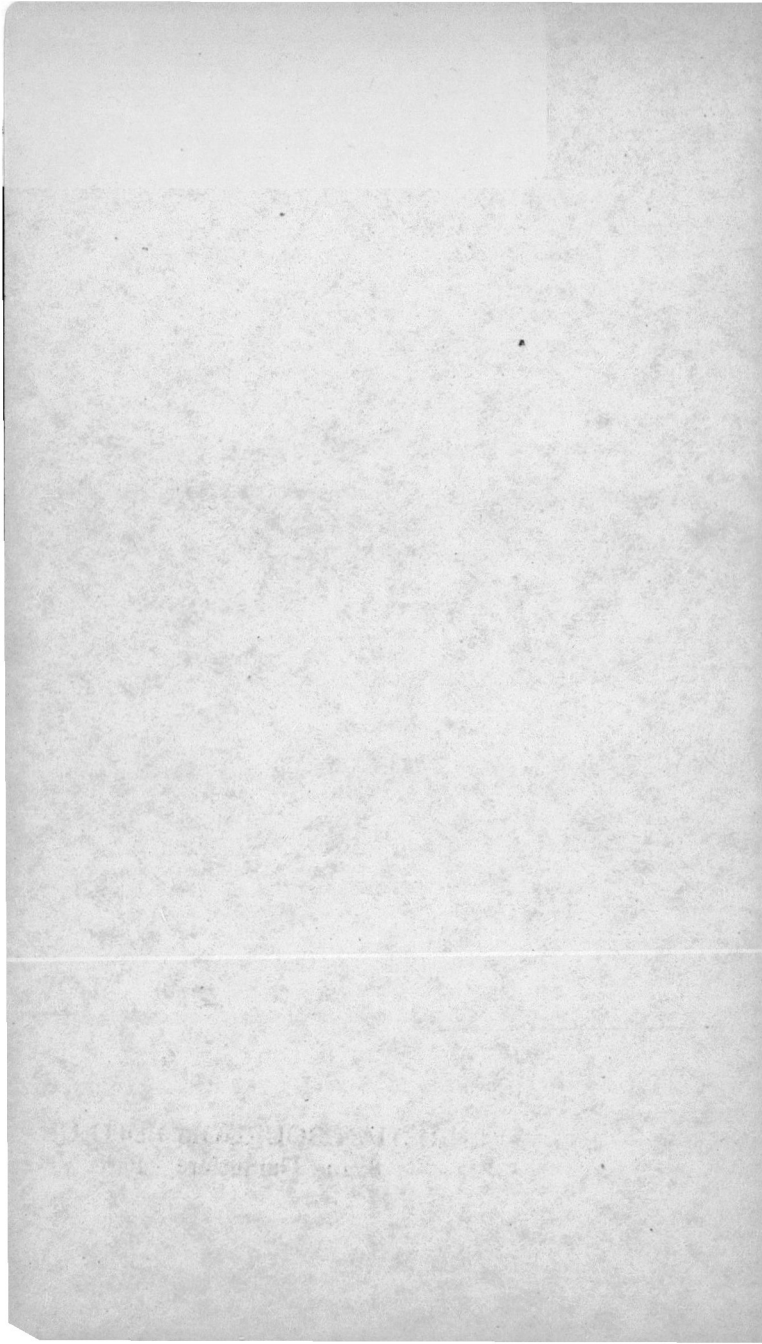

CHRISTIAN BOURGOIS ÉDITEUR
8, rue Garancière - Paris VIe

LES LOIS
DE
L'ATTRACTION

PAR

BRET EASTON ELLIS

Traduit de l'anglais
par Brice Matthieussent

10|18

CHRISTIAN BOURGOIS ÉDITEUR

Titre original:
The Rules of Attraction

Pour Phil Holmes

Même alignés bout à bout, les faits n'avaient toujours pas d'ordre véritable. Les événements ne s'enchaînaient pas. Les faits restaient indépendants, aléatoires, sans lien entre eux alors même qu'ils se produisaient, épisodiques, brisés, dépourvus de continuité, si bien qu'on n'avait jamais le sentiment d'événements découlant d'événements antérieurs.

Tim O'BRIEN, *Going After Cacciato.*

Automne 85

et c'est une histoire qui va peut-être t'ennuyer mais tu n'es pas obligé d'écouter, elle m'a dit, parce qu'elle avait toujours su que ça se passerait comme ça, et c'était sa première année ou plutôt, croyait-elle, son premier week-end, en fait un vendredi de septembre à Camden, cela se passait voici trois ou quatre ans, elle a tellement bu qu'elle a fini au lit, perdu sa virginité (tard, à dix-huit ans) dans la chambre de Lorna Slavin, parce qu'elle était en première année, qu'elle partageait sa chambre avec une coturne * et que Lorna était en troisième ou quatrième année et très souvent chez son petit ami en dehors du campus, déflorée non pas comme elle l'a cru par un étudiant de deuxième année spécialisé en céramique, mais soit par un étudiant en cinéma de la fac de New York, venu dans le New Hampshire pour la soirée du Prêt à Baiser, soit par un type de la ville. En fait, ce soir-là, elle lorgnait quelqu'un d'autre : Daniel Miller, un quatrième année en études théâtrales, vaguement pédé sur les bords, des cheveux blonds, un corps superbe et des yeux gris étonnants, mais lui-même matait une ravissante Française de l'Ohio, et il a fini par attraper une mononucléose, il est parti en Europe et n'a

* Personne avec laquelle on partage une chambre sur le campus de l'Université (*N.d.T.*).

13

jamais terminé sa dernière année. Alors ce type (aujourd'hui elle ne se rappelle même pas son nom — Rudolph? Bobo?) de la fac de New York et elle-même discutaient sous un grand poster de Reagan, elle se souvient de ce détail, auquel on avait ajouté des moustaches et des lunettes noires, et il parlait de tous ces films et elle lui répondait du tac au tac qu'elle les avait tous vus, même si c'était faux, et elle était sans arrêt d'accord avec lui, d'accord avec ses goûts, avec ses dégoûts, en songeant tout le temps que ce n'était peut-être pas Daniel Miller (ce type avait une crête de cheveux bleu-noir, une cravate en laine et pour son malheur un début de goitre) mais il était pourtant assez mignon, et elle était certaine d'écorcher les noms de tous ces cinéastes, de se rappeler les mauvais acteurs, de se tromper de réalisateur, mais elle le désirait même si elle remarquait qu'il regardait avec insistance Kathy Kotcheff et que Kathy l'avait repéré, et elle était incroyablement ivre, elle dodelinait de la tête et il est allé vers le fût pour remplir leurs deux gobelets, et Kathy Kotcheff, affublée d'un soutien-gorge et d'un slip noirs avec un porte-jarretelles, lui a adressé la parole, et elle s'est sentie désespérée. Elle allait les rejoindre pour citer quelques noms, parler de Salle ou de Longo, mais elle a eu le sentiment que ce serait prétentieux, si bien qu'elle s'est avancée derrière lui pour lui chuchoter à l'oreille qu'elle avait un peu d'herbe dans sa chambre, même si c'était faux, mais elle espérait que Lorna en avait, alors il a souri et répondu que ça semblait une bonne idée. Dans l'escalier elle a demandé à quelqu'un une cigarette qu'elle ne fumerait jamais, et ils sont entrés dans la chambre de Lorna. Il a fermé la porte à clef derrière eux. Elle a allumé la lumière. Il l'a éteinte. Elle croit avoir dit qu'elle n'avait pas d'herbe. Il a répondu que c'était okay et il a sorti

14

une flasque qu'il avait remplie de punch à l'alcool de grain avant qu'il n'y en ait plus en bas et comme elle était déjà ivre morte à cause du punch et de la bière, elle a bu encore et l'instant suivant ils se caressaient sur le lit de Lorna et elle était trop partie pour appréhender la suite. On entendait en bas Dire Straits ou les Talking Heads et elle était complètement saoule et bien qu'elle sût que c'était de la folie pure elle ne pouvait pas s'arrêter ni faire autre chose. Elle s'est évanouie et quand elle a repris conscience, elle a tenté d'enlever son soutien-gorge mais elle était encore trop ivre et il avait déjà commencé de la baiser mais il ignorait qu'elle était vierge et ça faisait mal (pas beaucoup, seulement une légère douleur, rien à voir avec ce qu'on lui avait annoncé, mais pour autant ce n'était guère agréable) et alors elle a entendu une autre voix dans la chambre, un gémissement, et elle s'est rappelé le poids qui avait changé de place sur le lit, en comprenant que la personne couchée sur elle n'était pas l'étudiant en cinéma de la fac de New York mais quelqu'un d'autre. Dans la chambre on n'y voyait goutte mais elle sentait une paire de genoux de chaque côté de son corps et elle ne voulait même pas savoir ce qui se passait au-dessus d'elle. Tout ce qu'elle savait, tout ce qui semblait certain, c'était sa nausée et sa tête douloureuse qui cognait contre le mur. La porte qu'elle croyait fermée à clef s'est ouverte brutalement et des ombres sont entrées en disant qu'il fallait bien mettre le fût quelque part, après quoi ils l'ont roulé à l'intérieur en heurtant le lit et la porte s'est refermée. Elle pensait qu'avec Daniel Miller rien de tout cela ne serait arrivé, il l'aurait prise doucement dans ses grands bras musclés d'étudiant en théâtre, déshabillée calmement, expertement, en retirant son soutien-gorge avec grâce et aisance avant de l'embrasser tendrement, profondément, et ça n'aurait sans doute pas fait mal du tout, mais elle n'était pas avec Daniel Miller. Elle était là avec un type de New York dont elle ignorait le nom, et dieu seul savait qui d'autre, et sur elle les deux corps continuaient de bouger et puis elle s'est retrouvée au-dessus et bien qu'elle fût trop ivre pour rester dans cette position, il y a quelqu'un d'autre qui la retenait l'empêchait de tomber tandis qu'un autre caressait ses seins à travers son soutien-gorge et la baisait longuement et dans la chambre voisine elle entendait un couple se disputer bruyamment et ensuite elle s'est encore évanouie puis réveillée quand un des types s'est cogné la tête au mur, puis a glissé du lit en l'entraînant avec lui et leurs deux têtes ont heurté le fût. Elle a entendu l'un des types gerber dans ce qu'elle espérait être la corbeille à papiers de Lorna. Elle a encore perdu conscience et à son réveil, peut-être trente secondes plus tard, peut-être une demi-heure, on la baisait toujours, elle gémissait de douleur (ils croyaient sans doute qu'elle aimait ça, ce qui n'était nullement le cas) elle a entendu quelqu'un frapper. Elle a dit « Ouvrez, ouvrez », du moins elle croit l'avoir dit. Ils étaient toujours par terre quand elle s'est évanouie derechef... Elle s'est réveillée le lendemain matin de bonne heure, sur le lit curieusement, et il faisait froid dans la pièce qui empestait le vomi, le fût à moitié vide gisait par terre. Elle avait la migraine, à cause de sa gueule de bois et parce que sa tête avait cogné contre le mur pendant un temps indéterminé. L'étudiant en cinéma de la fac de New York était allongé à côté d'elle sur le lit de Lorna, qu'on avait remis au centre de la chambre pendant la nuit, il semblait beaucoup plus petit et doté de cheveux plus longs que dans son souvenir, maintenant que sa crête était retombée. Dans la lumière qui entrait par la fenêtre elle a vu l'autre type allongé à côté de l'étudiant en cinéma — elle n'était plus

16

vierge, elle a pensé — le garçon allongé à côté du type de New York a ouvert les yeux et il était encore saoul et elle le voyait pour la première fois. C'était sans doute un type de la ville. Elle venait donc de coucher avec un *type de la ville*. Je ne suis plus vierge, elle a encore pensé. Le type de la ville lui a lancé un clin d'œil sans prendre la peine de se présenter et puis il lui a raconté cette blague entendue hier soir à propos d'un éléphant qui se baladait dans la jungle et qui marchait sur une épine; ça lui faisait très mal, l'éléphant ne parvenait pas à la retirer si bien qu'il a demandé à un rat qui passait dans le voisinage: «S'il te plaît, enlève-moi cette épine de la patte.» Alors le rat lui répond: «Seulement si tu me laisses te baiser.» Sans la moindre hésitation l'éléphant répond d'accord, le rat retire facilement l'épine de la patte de l'éléphant, puis monte vers les fesses de l'éléphant et commence à le baiser. Un chasseur qui passait par là tire sur l'éléphant, qui se met à hurler de douleur. Le rat, qui ignore les blessures de l'éléphant, dit: «Souffre, chéri, souffre», et le ramone de plus belle. Le type de la ville s'est mis à rigoler et elle a souhaité oublier cette blague dont elle se souvient toujours. Alors elle a commencé de comprendre qu'elle ne savait pas lequel des deux l'avait (techniquement) déflorée (mais il y avait de bonnes chances pour que ç'ait été l'étudiant de New York et pas le mec de la ville), même si tout cela paraissait déplacé en cette matinée post-virginale. Elle sentait vaguement qu'elle saignait, mais seulement un peu. Le type de New York rotait en dormant. La corbeille de Lorna était couverte de vomi (à qui la faute?). Le type de la ville rigolait toujours, plié en deux. Elle portait encore son soutien-gorge. Alors elle a dit dans le vague, même si elle aurait aimé le dire à Daniel Miller: «J'ai toujours su que ça se passerait comme ça.»

17

SEAN — La soirée est sur le déclin. Alors qu'on met en perce le dernier fût, je vais à Windham House. Vu que mes courses se sont bien passées en ville, j'ai assez de liquide pour acheter de l'herbe à ce première année qui habite la salle de jeux de Booth, et me défoncer avant d'aller au Jeudivrogne. Il y a une table de *Quarters* dans le salon et Tony remplit un pichet de bière.

« Quoi de neuf ? » je lui demande.

« Salut, Sean. J'ai paumé ma carte. Le Pub est fermé », il me dit. « Brigid en pince pour ce type de L.A. Tu viens avec nous ? »

« Okay », je réponds. « Où sont les gobelets ? »

Je me sers une bière et remarque, près de la cheminée, la somptueuse première année aux cheveux blonds coupés court, au corps superbe, que j'ai baisée il y a une quinzaine. Je veux aller lui parler, mais Mitchell Allen allume déjà la cigarette de la fille et je préfère ne pas m'en mêler. Je reste donc contre le mur en écoutant REM, finis ma bière, me ressers en surveillant cette fille du coin de l'œil. Alors une autre fille, je crois qu'elle s'appelle Deidre, coiffure noire hérissée qui semble déjà datée, rouge à lèvres noir, vernis à ongles noir, jambières noires, chaussures noires, poitrine correcte, bien roulée, quatrième année, s'approche ; elle porte un collant de danse noir bien qu'il fasse sans doute moins

18

dix dans la pièce, elle est ivre et tousse comme une tuberculeuse, elle carbure au scotch. Je l'ai vue voler un livre de Dante à la librairie. «On se connaît?» elle me demande. Si c'est une plaisanterie, elle est nulle.

«Non», je réponds. «Salut.»

«Comment t'appelles-tu?» elle me demande en essayant de garder l'équilibre.

«Peter», je lui dis.

«Ah bon?» elle fait, décontenancée. «Peter? Peter? C'est pas ton vrai nom.»

«Si, ça l'est.»

Je surveille toujours du coin de l'œil cette première année excitante, mais elle refuse de regarder de mon côté. Mitchell lui tend une autre bière. Trop tard. Je regarde à nouveau Dede Dedire machin-chose.

«T'es pas en dernière année?» elle me demande.

«Non», je lui réponds. «Première année.»

«Sans blague?» Brusquement elle se met à tousser, puis boit une gorgée de scotch, finit son verre, déclare d'une voix rauque: «Je te croyais plus vieux que ça.»

«Première année», je répète en vidant mon gobelet. «Peter. Peter le première année.»

Mitchell lui murmure quelque chose à l'oreille. Elle rit et s'écarte. Il continue de chuchoter. Elle ne bronche pas. Voilà. Elle veut partir avec lui.

«M'enfin, j'aurais juré que tu t'appelais Brian», continue Deedum.

Je réfléchis aux possibilités qui s'offrent à moi. Je peux filer tout de suite, retourner à ma chambre, taquiner ma guitare, dormir. Ou je peux jouer aux *Quarters* avec Tony, Brigid et ce sombre crétin de L.A. Ou encore je peux embarquer cette fille, aller boire un verre au Carousel, en dehors du campus, et la planter là. Ou la ramener à ma chambre en espérant que la Grenouille n'est pas là, m'envoyer en l'air et la sauter.

19

Mais je n'ai pas vraiment envie de ça. Elle ne me branche pas beaucoup, mais la belle première année est déjà partie avec Mitchell et je n'ai pas de cours demain et il est tard et on dirait que le fût est presque vide. Elle me regarde et demande : « Que se passe-t-il ? » et je songe Pourquoi pas ?

Je finis donc par rentrer avec elle — cette fille est chiante mais sexy, de L.A., son père travaille dans l'industrie musicale, mais elle ne connaît même pas Lou Reed. Nous allons dans sa chambre. Sa coturne est là, elle dort.

« Ignore-la », elle me dit en allumant. « Elle est dingue. Elle fera pas de problème. »

Alors que je me déshabille, la coturne se réveille et commence à flipper en me voyant nu. Je me glisse sous les couvertures de D, mais la coturne se met à pleurer puis se lève pendant que D l'engueule : « T'es cinglée, rendors-toi, t'es cinglée », et la coturne s'en va, claque la porte en sanglotant. Nous commençons de nous caresser, mais elle a oublié son diaphragme, elle tente de le mettre, s'étale du gel sur toute la main mais pas sur le diaphragme et puis elle est trop bourrée pour trouver l'endroit où le glisser. J'essaie de la sauter malgré tout, mais comme elle gémit sans arrêt « Peter, Peter », j'arrête. J'ai vaguement envie de vomir, au lieu de quoi je m'envoie quelques taffes de narguilé, puis je me barre. Affaire classée. Rock'n'roll.

PAUL — Nous étions déjà bien allumés en arrivant à la soirée de Jeudivrogne et il était encore tôt et cette Suédoise blonde du Connecticut, très grande et garçonne, m'a abordé et je l'ai laissée venir. Saoul, mais sachant encore parfaitement ce qui m'arrivait, je l'ai laissée me baratiner. J'avais tenté de parler à Mitchell, mais il se concentrait exclusivement sur cette sophomore * affreusement laide nommée Candice. Surnom Candy. J'étais à moitié sur le cul, mais que pouvais-je faire? Je me suis mis à parler à Katrina qui semblait très charmante avec son imperméable noir de l'Armée du Salut et sa casquette de marin d'où dépassait une mèche de cheveux blonds, ses grands yeux bleus visibles dans la pénombre du salon de Windham House.

Bref, nous étions ivres et Mitch parlait toujours à Candy et il y avait cette fille que je tenais absolument à éviter et j'étais maintenant assez pété pour partir avec Katrina. J'aurais sans doute pu rester, attendre la fin avec Mitch ou aborder ce garçon de L.A. qui, malgré ses coups de soleil, était bien bâti (sa peau, aussi cramoisie que son visage?) et suffisamment isolé pour tenter n'importe quoi. Mais il portait toujours ses lunettes et jouait aux *Quarters* et puis le bruit courait qu'il couchait avec Brigid McCauley (« une vraie tarte » selon Vanden Smith), ainsi quand Katrina m'a demandé « On fait quoi? » j'ai allumé une cigarette et dit « Tirons-nous ». Nous étions maintenant encore plus ivres que tout à l'heure, car nous avions descendu une bouteille de bon vin rouge découverte à la cuisine et quand nous sommes sortis dans l'air piquant d'octobre,

---

* Etudiant(e) de deuxième année. (*N.d.T.*)

21

le froid nous a frappés comme une claque, mais sans nous dégriser, et nous avons continué de rire. Et puis elle m'a embrassé avant de dire : « Rentrons prendre une douche à ma chambre. »

Nous traversions toujours la pelouse de Commons quand elle a prononcé ces mots, son manteau noir couvrait les mitaines de ses mains, elle riait, tournoyait, donnait des coups de pied dans les feuilles, et la musique sortait toujours de Windham House. Comme je voulais retarder le moment fatidique, j'ai suggéré que nous cherchions quelque chose à manger. Nous nous sommes figés, elle a accepté à contrecœur et nous avons visité plusieurs maisons en pillant les réfrigérateurs, mais avons seulement trouvé des Pepperidge Farm Milanos gelés, un demi-sachet de chips et une bouteille de Heineken.

Nous avons fini par monter à sa chambre, vraiment saouls, pour nous caresser. Elle s'est levée, est allée à la salle de bains au bout du couloir. J'ai allumé pour examiner la chambre, le lit vide de sa coturne et au mur le poster qui figurait une licorne ; des exemplaires de *Town and Country* et du *Weekly World News* (« J'Ai Porté Le Bébé De L'Abominable Homme des Neiges », « Des scientifiques affirment que les OVNI sont à l'origine du SIDA ») gisaient autour d'un gigantesque ours en peluche installé dans l'angle et je me suis dit que cette fille était vraiment trop jeune. A son retour, elle a allumé un joint et éteint la lumière. Alors qu'elle allait perdre conscience, elle m'a demandé : « Nous n'allons pas coucher ensemble, n'est-ce pas ? »

La hifi jouait un disque de Paul Young ; appuyé sur elle, en souriant, j'ai dit : « Non, je crois que non. » Je songeais à la fille que j'avais quittée en septembre.

« Pourquoi pas ? » elle a demandé, mais elle semblait avoir perdu toute sa beauté, allongée là dans la pénombre de sa chambre où la seule lumière était l'incandescence du joint qu'elle tenait.

« Je sais pas », j'ai dit, puis pour blaguer: « Je suis amoureux », même si ce n'était pas le cas, « et tu es ivre », même si son ébriété n'avait rien à voir avec sa question.

« Tu me plais vraiment », elle a dit avant de perdre conscience.

« Tu me plais vraiment », j'ai fait, bien que la connaissant à peine.

J'ai terminé le joint et la Heineken. Puis j'ai posé une couverture sur elle et suis resté là, les mains dans les poches de mon manteau. J'ai eu envie de retirer la couverture. J'ai enlevé la couverture. Puis j'ai levé son bras pour voir ses seins et les toucher. Je vais peut-être la violer, j'ai pensé. Mais il était près de quatre heures du matin et j'avais un cours dans six heures, quoique cette perspective me parût fort lointaine. En sortant je lui ai volé *Cent Ans de solitude*, j'ai éteint la chaîne hifi et ouvert la porte, content et peut-être vaguement gêné. J'étais en quatrième année. C'était une gentille fille. Elle a fini par raconter à tout le monde que je ne parvenais pas à bander.

LAUREN — Suis allée au Jeudivrogne à Windham. Comme ça ne me plaisait pas trop, je pensais à Victor et restais seule. Judy est passée à l'atelier, déjà ivre, et elle a essayé de me consoler. On s'est pétées et je me suis sentie encore plus seule en pensant à Victor. Bientôt il est tard, nous sommes à la fête, mais c'est plutôt morne : le fût dans un coin, REM, oui je crois que c'est REM, de merveilleuses étudiantes en danse ondulent lentement, sans la moindre honte. Judy me souffle « Allons-y », et j'acquiesce. Mais nous restons. Nous trouvons de la bière tiède, éventée, que nous buvons. Judy se branche sur un type de Fels, mais je sais qu'elle en pince pour ce garçon de Los Angeles qui joue aux *Quarters* avec Tony, lequel me plaît bien, j'ai d'ailleurs couché avec lui lors de mon deuxième trimestre ici, et cette fille Bernette qui je crois fréquente ce type de L.A. ou peut-être Tony, mais il ne se passe pas grand-chose et je songe à partir, pourtant la perspective de retourner à l'atelier...

Comme quelqu'un entre que je ne veux pas voir, je me mets à parler avec ce première année style yuppie. « Brewski pour Youski ? » il fait. Je regarde Tony en me demandant s'il est intéressé. Il me renvoie mon regard, lève le pichet, hausse les sourcils à l'autre bout du salon et je ne sais pas si c'est une proposition pour jouer aux *Quarters* ou pour coucher. Mais comment vais-je me dépatouiller de ce type ? D'autant qu'il y a quelqu'un ici que je ne veux pas voir ; pour aller là-bas, je devrai passer devant lui. Je reste donc là à parler à ce crétin. Ce type qui, après chaque fadaise qu'il me débite, me lance sur un ton qu'il croit branché « Hé, Laura », même si je lui répète sans arrêt « Ecoute, je ne m'appelle pas Laura, tu piges ? » mais comme il continue de m'appeler Laura je suis sur le point de lui dire de ficher le camp quand je réalise soudain que je ne connais pas son nom à lui. Il me le dit. C'est quoi ? Steve ? Steve n'aime pas que je fume. Le première année typique, nerveux, ivre (pas trop). Que regarde Steve ? Pas le type de L.A., mais

Bernette qui refuserait de coucher avec ce première année Steve Débranché, enfin peut-être qu'elle accepterait. Impossible de ne pas penser à Victor. Pourtant Victor est en Europe. Brewski pour Youski? Bon dieu. Débranché me dit que j'ai pas touché à ma bière. J'y touche, passe les doigts sur le bord en plastique du gobelet. «*Bois-la*», me presse-t-il. Stéréotype avec Coupe de Cheveux réglementaire. Pourquoi me tanne-t-il? Croit-il réellement que je vais coucher avec lui? Pourquoi ce crétin ne part-il pas? Tony regarde-t-il toujours de mon côté? Quelqu'un à la table des *Quarters* appelle bruyamment Sean Oui-Je-Suis-Une-Raclure-d'Humanité Bateman. Judy passe devant moi en roulant les yeux vers le plafond. Je demande à ce Steve ce qui se passe. Il veut fumer de l'herbe avec moi mais si je n'aime pas l'herbe il a du bon speed. Au secours. Je désire savoir pourquoi j'ai envoyé quatre cartes postales à Victor sans jamais recevoir la moindre réponse. Mais je préfère ne pas y penser et brusquement je pars avec Débranché. Parce que... il n'y a plus de bière. Il propose que nous allions dans ma chambre. Coturne, je mens. Nous sommes en route. Moi qui m'étais promis d'être fidèle à Victor quand lui-même m'avait promis d'être fidèle. Car j'avais, j'ai l'impression qu'il m'aime. Mais j'ai déjà enfreint ce vœu en septembre, une complète absurdité, que faire maintenant?

Dans le couloir de Franklin House. Un poster déchiré d'*Orange mécanique* sur sa porte? Non, la chambre suivante. Le calendrier de Ronnie Reagan sur la porte. Une blague? Et maintenant dans la chambre de Débranché. Comment s'appelle-t-il déjà? Sam? Steve? Tout est tellement... propre! Raquette de tennis contre le mur. Une étagère bourrée des bouquins de Robert Ludlum. Qui est ce type? Il conduit probablement une jeep, porte des pantoufles, et au lycée sa fiancée arborait un chandail avec son initiale brodée dessus. Il examine sa coiffure dans le miroir en me disant que son coturne passe la nuit dans le Vermont. Pourquoi ne lui dis-je pas que mon petit ami, la personne que j'aime, la personne qui m'aime, celui qui me manque, celui à qui je manque, est en Europe et qu'en aucun cas je ne devrais faire cela ? Il a un réfrigérateur, d'où il sort une Beck. Super. Je bois une gorgée. Il boit une gorgée. Il enlève son chandail L.L. Bean et son t-shirt. Son corps est correct. Belles jambes. Joue probablement beaucoup au tennis. Je renverse presque une pile de manuels d'économie sur son bureau. Je ne savais même pas qu'on les donnait ici.

« Tu n'as pas d'herpès, ou de truc de ce genre ? » il me demande pendant que nous nous déshabillons.

Je soupire et réponds : « Non. » Si seulement j'étais ivre.

Il me dit que certains racontent que j'en ai.

Je préfère ne pas savoir qui colporte cette rumeur. Si seulement j'étais ivre morte.

C'est agréable, mais je ne suis pas dans le coup. Allongée là, je pense à Victor.

Victor.

VICTOR — Ai pris un DC-10 charter jusqu'à Londres, atterri à Gatwick, suis monté dans un bus jusqu'au centre, ai appelé une amie de l'école qui vendait du hasch, mais elle n'était pas chez elle. Je me suis donc baladé jusqu'à ce qu'il se mette à pleuvoir, puis suis retourné en métro à l'appart de cette copine et j'ai traîné là quatre ou cinq jours. Ai vu la relève de la garde à Buckingham Palace. Mangé un pamplemousse au bord de la Tamise, ce qui m'a fortement rappelé la couverture de l'album des Pink Floyd. Ecrit une carte postale à ma mère, que je n'ai jamais envoyée. Cherché de l'héroïne sans pouvoir en trouver. Acheté du speed à un Italien rencontré par hasard dans un magasin de disques de Liverpool. Fumé beaucoup de hasch qui contenait trop de tabac. Ils parlaient tous la même langue que moi, mais c'étaient des connards. Il a beaucoup plu, la vie était chère, je suis donc pàrti pour Amsterdam. Un type génial jouait du saxophone à la gare centrale. Ai habité avec quelques amis dans un sous-sol. Fumé beaucoup de hasch à Amsterdam aussi, mais ai perdu presque toutes mes provisions dans un musée. Les musées étaient extra. Plein de Van Gogh et de Vermeer intenses. Me suis pas mal baladé, ai acheté des pâtisseries et beaucoup de harengs. Comme les Hollandais parlent tous anglais, j'ai été dispensé de baragouiner leur langue. Ai voulu louer une voiture, mais impossible. Les gens chez qui je logeais avaient des bicyclettes, un jour je suis parti à vélo et j'ai vu plein de vaches, d'oies et de canaux. Me suis garé au bord de la route, défoncé, endormi, réveillé, j'ai écrit un peu, pris de l'acide, dessiné, alors il s'est mis à pleuvoir et je suis reparti vers Danoever et une auberge de jeunesse où il y avait quelques Allemands cool qui parlaient un peu anglais, après quoi je suis retourné à Amsterdam et j'ai passé la nuit avec une Allemande vraiment conne. Le

27

lendemain j'ai pris le train pour Kroeller où il y avait des tonnes de Van Gogh géniaux. Traîné parmi les sculptures du jardin en voulant me défoncer, mais je n'avais plus d'allumettes et impossible d'en trouver. Suis monté dans une voiture qui partait pour Cologne, descendu à une auberge de jeunesse de Bonn, la pire de toutes, bourrée de gamins complètement givrés, et puis elle était trop éloignée du centre-ville, j'ai eu l'impression d'être piégé. Après une bière je suis descendu vers le sud, Munich, l'Autriche, l'Italie. Ai trouvé une bagnole pour la Suisse en me disant merde pourquoi pas. Ai fini par dormir à un arrêt de car. Me suis baladé en Suisse, mais il faisait mauvais et c'était très cher et ça ne m'a pas plu si bien que j'ai pris le train avant de faire de l'auto-stop. Les montagnes étaient énormes, vraiment intenses, et les barrages surréalistes. Ai trouvé une auberge de jeunesse, puis suis parti vers le sud avec un couple, la trentaine bien tassée, qui avait séjourné à l'auberge et m'a proposé de voyager dans leur voiture. Ai passé deux jours en Suisse. Puis pris un bus de la Suisse vers l'Italie, puis fait du stop jusqu'à une ville où habitait une fille diplômée de l'école dont j'étais vaguement amoureux mais j'avais perdu son numéro de téléphone et je n'étais même pas certain qu'elle était en Italie. Je me suis donc baladé et j'ai rencontré un mec vraiment cool, Nicola, qui avait les cheveux brillantinés coiffés en brosse, il portait des lunettes Wayfarer, aimait Springsteen et n'arrêtait pas de me demander si je l'avais déjà vu en concert. Alors je me suis senti vraiment nul d'être américain, mais seulement un moment, car un Français m'a fait monter dans sa Fiat blanche à air conditionné où il mettait Michael Jackson à fond la caisse. Me suis retrouvé dans une ville nommée Brandis, ou Blandy ou Brotto. Les gamins mangeaient des glaces, tous les cinés passaient des films de Bruce Lee, les filles me prenaient pour Rob Lowe. Mais je cherchais toujours ma copine, Jaime. Suis tombé sur quelqu'un de Camden, département d'italien, qui m'a dit que Jaime était à New York et non en Italie. Florence aussi était jolie, mais bourrée de touristes. J'ai pris trop de speed, passé trois jours sans dormir à me balader. Suis allé dans cette ville minuscule, Sienne. Ai fumé du hasch sur les marches d'une église, la Doumo. Ai rencontré un Allemand sympa dans le vieux château. Ensuite je suis allé à Milan où j'ai traîné avec des types dans une maison. Ai dormi dans un grand lit double avec l'un d'eux qui jouait sans arrêt les Smiths et qui voulait que je le branle, mais ça me disait rien. Rome était énorme, brûlante, cradingue. Ai vu beaucoup d'art. Passé la nuit avec un type qui m'a offert à dîner, pris une longue douche chez lui, je crois que ça valait le coup. Il m'a emmené sur un pont où je crois qu'Hector a repoussé les Troyens, un truc de ce genre. J'ai passé trois jours à Rome. Puis je suis parti en Grèce; j'ai mis une journée à rejoindre le port de départ du ferry. Le ferry m'a déposé à Corfou. Ai loué une moto à Corfou. Perdu la moto. Pris un autre ferry pour aller à Patras puis à Athènes. Appelé une amie à New York qui m'a assuré que Jaime n'était pas à New York mais à Berlin, et elle m'a donné le numéro de téléphone et l'adresse. Puis je suis parti dans les îles, à Naxos, arrivé en ville de bonne heure. Suis allé aux toilettes, un mec a voulu me soutirer dix drachmes, mais je n'avais sur moi que des marks allemands, si bien que je lui ai donné ma Swatch. Ai acheté du pain, du lait, une carte, et me suis mis en route. Ai vu plein d'ânes. A la tombée de la nuit j'avais traversé la moitié de la ville. Suis arrivé à un site archéologique et j'ai perdu le sentier que je suivais. Me suis envoyé en l'air en regardant le coucher de soleil. Comme c'était chouette, me suis dirigé vers l'eau et j'ai rencontré un type qui avait plaqué Camden. Lui ai demandé où était Jaime. Il m'a répondu soit à Skidmore soit à Athènes, mais pas à Berlin. Ensuite je suis allé en Crète, où j'ai sauté une fille. Puis à Santorin, très beau mais plein de touristes. Ai pris un bus vers la côte sud, suis allé à Malte et j'ai été malade. Commencé de faire du stop. Ensuite retour en Crète où j'ai passé une journée sur cette plage pleine d'Allemands, à nager. Ensuite j'ai encore marché. En Crète je n'ai rien fait d'autre que marcher. Je ne savais pas où j'étais. Il y avait des touristes partout. Je suis donc allé sur une plage de nudistes. Me suis déshabillé, ai mangé du yaourt, et nagé avec ces deux types yougoslaves qui se plaignaient de l'inflation et voulaient me convertir au socialisme. J'ai acheté un masque, un tuba, je faisais de la plongée, on attrapait des pieuvres, puis on les battait sur la plage et on les mangeait. J'ai rencontré un mec du Canada qui avait volé une voiture et fait de la prison, on a traîné ensemble en parlant de l'état du monde, bu de la bière, attrapé d'autres pieuvres, pris de l'acide. Ça a duré trois jours. Coups de soleil sur le cul et la queue. L'un des Yougoslaves m'a appris à chanter *Born in the U.S.A* en yougoslave, et nous l'avons beaucoup chanté ensemble. Il n'y avait rien d'autre à faire, car nous avions tué toutes les pieuvres et j'avais appris à chanter toutes les chansons de Springsteen en yougoslave, si bien que je leur ai dit au revoir et j'ai quitté la plage des nudistes. J'ai encore fait du stop, vu un sacré paquet d'ânes, trouvé une B.D. de Donald Duck en grec dans une cour. En Grèce, alors que je faisais du stop, un camion de pastèques s'est arrêté, son vieux chauffeur lubrique m'a sauté dessus, puis je me suis fait attaquer par des chiens. Je ne savais toujours pas où était Jaime. Ai fini à Berlin, avec une mauvaise adresse. De nouveau dans une auberge de jeunesse. Ai apprécié l'architecture du Bauhaus, que je déteste en Amérique, mais qui est chouette ici. Encore du stop, beaucoup de bars, rencontré plein de punk-rocks, joué aux dames, quelques parties de billard, et pas mal de joints. Impossible de trouver une place d'avion pour quitter Berlin, je suis donc retourné à Amsterdam et me suis fait attaquer dans le quartier des putes par deux jeunes Noirs.

PAUL — J'ai vu Mitchell en septembre pour la dernière fois avant la rentrée. Comme d'habitude nous étions allongés sur mon lit; il était tôt, peut-être minuit. Je me suis penché au-dessus de lui pour allumer une cigarette. Dans la chambre voisine des gens se disputaient. Il y avait trop de circulation sur Jane Street; pour cette raison ou pour une autre, Mitchell serrait son verre de vin d'une main nerveuse. Tant d'attention, une préparation minutieuse, le moindre détail pensé, mais il gâche tout. Je me demandais sans cesse ce que je faisais là. Mon père travaillait avec le sien à Chicago; pour l'essentiel leurs rapports dépendaient des fluctuations de Wall Street ou de la table que l'autre pourrait retenir chez *Le Français* ou au Ritz-Carlton; cela nous donnait l'occasion de nous voir. A New York nous nous retrouvions à l'appartement que j'habitais l'été dernier. Nous ne pouvions jamais aller chez lui à cause d'un «problème de coturne», m'annonçait-il gravement.

D'habitude nous nous donnions rendez-vous le soir, après une toile ou une mauvaise pièce off-off-off-Broadway, où l'un des innombrables amis théâtreux de N.Y.U. de Mitchell avait dégotté un rôle, le plus souvent ivre ou défoncé, ce qui était devenu l'état normal de Mitchell au cours de ces derniers mois, alors que je m'envoyais en l'air avec quelqu'un d'autre. Mitchell le savait et s'en foutait. Baisade effrénée, tout habillé, un verre rapide au Boy Bar, point final.

Nous nous sommes installés dans un café de la Quatre-vingt-douzième rue et avons insulté la serveuse. Puis, dans le taxi qui nous ramenait vers le centre-ville, nous avons eu une altercation avec le chauffeur, qui nous a demandé de descendre. La Vingt-neuvième rue, harponné par les putes, Mitchell prend son pied, ou au moins fait semblant. Il semblait assez désespéré à cette époque. J'ai toujours pensé que ça passerait, mais c'en est arrivé au point où j'ai compris que ça ne changerait plus. Une nuit mouvementée dans le West Side et ce sera fini. Puis un truc ridicule comme une bénédictine aux œufs à trois heures du matin chez P.J. Clarke... Trois heures du matin. P.J. Clarke. Il se plaint que les œufs sont trop liquides. Je mordille le cheeseburger que j'ai commandé sans en avoir réellement envie. Je constate avec stupéfaction qu'il y a encore trois ou quatre hommes d'affaires étrangers à la ville, installés au bar. Mitchell termine ses œufs puis me regarde. Je lui rends son regard, allume une cigarette. Je touche son genou, sa cuisse.

« Fais pas ça », il dit. Je détourne les yeux, gêné. Puis il ajoute doucement : « Pas ici. »

« Rentrons », je dis.

« Chez qui ? » il demande.

« M'en fous. Allons chez moi. Tu préfères chez toi ?

Comme tu veux. J'ai pas envie de claquer du fric dans un taxi. »

Il se fait tard, la déprime gagne. Ni lui ni moi ne bougeons. J'allume une autre cigarette, l'éteins. Mitchell se tapote sans cesse le menton, comme s'il y découvrait un défaut. Son doigt effleure sa fossette.

« Tu veux t'envoyer en l'air ? » il demande.

« Mitch », je soupire.

« Hmmm ? » il fait en se penchant.

« Il est quatre heures du matin », je dis.

« Ho ho », il répond, toujours penché vers moi, vaguement paumé.

« Nous sommes chez P.J. », je lui rappelle.

« Exact », il dit.

« Tu veux te... défoncer ? » je demande.

« Eh bien », il bafouille, « je crois. »

« Et si on... », je m'arrête, regarde les hommes d'affaires, détourne les yeux, sans regarder Mitchell.

« Et si on... »

Il attend la suite, fouille mon visage. C'est trop idiot. Je ne dis mot.

« Et si on... Et si on quoi ? » il demande avec un sourire en s'approchant encore, les lèvres retroussées sur ses dents blanches, avec son affreuse fossette.

« Le bruit court que tu es mentalement retardé », je lui dis.

Dans le taxi qui nous ramène à mon appartement, tard, il est presque cinq heures du matin, je ne réussis même pas à me rappeler ce que nous avons fait ce soir. Je paie le chauffeur, lui donne un pourboire exorbitant. D'une main impatiente, Mitchell retient la porte de l'ascenseur. Nous entrons dans mon appartement, il se déshabille, se défonce à la salle de bains, puis nous regardons la télé, HBO, un petit moment... et nous endormons dès que le soleil se lève, et je me suis rappelé

33

une fête à la fac, Mitchell ivre et furieux essayant de foutre le feu à Booth House aux premières heures du matin... Maintenant, le souffle régulier, nous nous regardons dans les yeux. Le soleil est levé, nous ne dormons pas, tout est pur, clair, lumineux et je m'endors... Quand je me réveille, dans l'après-midi, Mitchell est parti pour le New Hampshire. Au bord du lit le cendrier est plein. Il était vide à notre retour dans la chambre. M'a-t-il regardé dormir pendant tout ce temps? M'a-t-il regardé?

SEAN — «C'est les Kennedy, mec...» me dit Marc en se fixant dans sa chambre de Noyes. «Les Kennedy, mec, y-z-ont tout... bousillé... En fait, c'était J... F... K... John F. Kennedy a foutu la merde... Tout... bousillé... tu piges... » Il se lèche les lèvres, poursuit : « Y avait ce... nos mères attendaient not' naissance quand on... j'veux dire, y s'est fait... buter en 64 et tout c'bordel... a foutu la merde... » Les mots « bordel » et « merde » soulignés. « Et puis... ensuite... tu vois, ça nous a foutus dans... une... sacrée merde... quand... » Il s'arrête encore, regarde son bras, puis moi. « Comment qu't'appelles ça... » Examine encore son bras, me regarde, puis son bras, concentré pour retirer l'aiguille, puis moi, d'un air absent. « Leurs... hum matrices primordiales, et alors v'là pourquoi nous... moi, toi, les

34

stups d'l'aut' côté d'la rue, not' sœur à Booth, on est tous... Tu... piges?... C'est pourtant clair. » Il louche vers moi. «Seigneur... imagine que t'aies un frère né en 69 ou dans ces eaux-là... Ils le feraient... chier jusqu'à l'os... »

Il égrène tous ces mots avec lenteur (je n'en saisis pas la moitié) en posant son compte-gouttes à côté de son ordinateur neuf qui bourdonne, son ami Resin, venu d'Ann Arbor pour le voir, assis par terre, appuyé contre la table, bourdonne de concert. Marc s'adosse en souriant. Je croyais que Kennedy avait clamsé deux ans plus tôt, mais comme je n'en étais pas sûr je ne l'ai pas repris. Je me sens allumé et fatigué en même temps, il est tard, dans les quatre heures du matin, mais j'aime la familiarité de la turne de Marc, les détails auxquels je suis habitué, le poster déchiré de Bob Dylan pour *Don't Look Back,* les photos d'*Easy Rider,* «*Born To Be Wild*» qui passe sans arrêt sur la hifi (ou Hendrix ou Eric Burdon et les Animals ou Iron Butterfly ou Zep), les cartons de pizza vides par terre, ce vieux bouquin de Pablo Neruda sur les cartons, l'inévitable odeur d'encens, les manuels de yoga, l'orchestre qui au-dessus répète toujours des vieux airs de Spencer Davis pendant toute la nuit (quels chieurs). Mais Marc part bientôt, d'un jour à l'autre, supporte plus l'endroit, Ann Arbor est le lieu à la mode, lui a dit Resin.

Après avoir sauté Didi je suis retourné dans ma chambre, où j'ai trouvé Susan seule, en larmes. J'imagine que la Grenouille était à New York. Comme je n'avais pas envie de la voir, je lui ai dit de se barrer, puis en bécane j'ai fait un saut au Burger King de la ville et mangé en allant chez Roxanne et j'ai dû me farcir son nouveau petit ami, un gros revendeur ringard de la ville nommé Rupert. Complètement loufoque. Elle était tellement raide qu'elle m'a prêté quarante dollars en me racontant que le Carousel (où Rupert travaille comme barman) fermait à cause d'affaires foireuses, et ça m'a flanqué un coup. J'ai réceptionné la came de Rupert, qui nettoyait son étui à revolver, tellement défoncé à la coke qu'il m'a refilé une ligne avec un sourire en prime, puis je suis revenu au campus. Le trajet en bécane a été parfaitement chiant, ma chaîne a failli sauter près du portail de la fac, et j'ai eu un mal de chien à parcourir les trois derniers kilomètres dans l'allée de la fac. J'étais trop raide, la bouffe du Burger King remontait, ces trois kilomètres à trois heures du matin ont été un vrai calvaire. J'ai fumé de l'herbe dans la turne de Marc, et maintenant il s'achève. Le scénario classique. J'y ai assisté cent fois.

Marc allume une cigarette mentholée et pérore: «Ch'te l'dis, Sam, c'était les Kennedy!» Il a replié son bras sur son épaule. Il se lèche les lèvres. «Cette came...»

«Je t'entends, vieux», je soupire en me frottant les yeux.

«Cette came est...»

«Est?»

«Est bonne.»

Marc faisait une thèse sur les Grateful Dead. D'abord il avait essayé d'espacer les fixes pour ne pas s'accrocher, mais c'était désormais bien trop tard. Je le fournissais depuis septembre, il ne me payait plus depuis belle lurette. Il me répétait sans arrêt qu'«après l'interview avec Garcia» il aurait plein de fric. Mais Garcia n'avait pas mis les pieds dans le New Hampshire depuis une paie, et je perdais patience.

«Marc, tu me dois cinq cents dollars», je lui dis. «Je veux les récupérer avant ton départ.»

«Dieu, on a passé... des moments extra... dans cette piaule...» (C'est l'instant où, régulièrement, je me lève.)

«Tout est... si différent... maintenant... » (Blablabla)
«Tout ça est... révolu... Les endroits chouettes ont... disparu... » qu'il dit.

Je regarde le fragment de miroir près de l'ordinateur et du compte-gouttes et maintenant Marc parle de bazarder tout ça pour aller en Europe. Je me penche vers lui, son haleine pue, il n'a pas pris de douche depuis des jours, ses cheveux sont gras, ramenés en arrière dans un catogan, une chemise décolorée, crasseuse, pleine de taches.

«... Quand j'étais en Europe, mec... » Il se gratte le nez.

«J'ai un cours demain », je lui dis. «Alors, ce fric? »

«L'Europe... Quoi? Un cours? Qui le fait? » il demande.

«David Lee Roth. Ecoute, tu vas me donner ce fric, oui ou non? »

«J'ai compris, ch'suis pas sourd, chuut, tu vas réveiller Resin », il chuchote.

«J'm'en fous. Resin roule en Porsche. Resin peut me rembourser », je lui dis.

«Resin est raide comme un passe-lacet », il répond. «J'suis refait, refait. »

«Marc, tu me dois cinq cents dollars. Cinq cents », je répète à ce junkie de merde.

«Resin croit qu'Indira Gandhi habite Welling House », dit Marc en souriant. «Il est sûr de l'avoir suivie à partir du restau jusqu'à Welling. » Il s'interrompt. «Tu t'rends... compte? »

Il se lève, titube jusqu'au lit et s'écroule dessus en baissant ses manches de chemise. Il regarde autour de lui, maintenant il fume le filtre. «Hum », il fait en laissant sa tête partir en arrière.

«Tu as de l'argent, allez », je dis. «Tu peux pas me prêter quelques dollars? »

37

Il regarde la chambre, ouvre un carton de pizza vide, louche dans ma direction. «Non.»

«Je suis boursier de l'Etat, vieux, j'ai besoin de fric», je le supplie. «Juste cinq dollars.»

Il ferme les yeux en riant. «Je suis réfait», murmure-t-il.

Resin se réveille et se met à parler au cendrier. Marc m'avertit que je bousille son karma. Je pars. Les junkies sont chiants, mais les junkies friqués sont encore pires. Bien pires que les filles.

PAUL — Ma saleté de radio s'est allumée toute seule à sept heures du matin et je n'ai pas pu me rendormir; je me suis donc levé dans le brouillard, j'ai aussitôt allumé une cigarette et fermé les fenêtres car il gelait dans la chambre. Je pouvais à peine ouvrir les yeux (certain que la lumière du jour ferait exploser mon crâne) mais j'ai vu que je portais toujours ma cravate, mon slip et mes chaussettes. Incapable de me rappeler pourquoi je n'avais pas enlevé ces trois vêtements, je suis resté longtemps à me regarder dans la glace en essayant de me souvenir de la nuit dernière, mais sans résultat. J'ai vacillé jusqu'à la salle de bains et pris une douche, constatant avec plaisir qu'il restait de l'eau chaude. Je me suis habillé en vitesse et préparé à l'épreuve du petit déjeuner.

Il faisait plutôt bon dehors. C'étaient ces semaines d'octobre où les arbres commencent de perdre leur feuillage automnal, où les matins sont froids et piquants, où l'air sent bon ; et le soleil, obscurci par des nuages grisâtres, n'était pas encore trop haut dans le ciel. Je me sentais néanmoins très mal, et les cinq Anacin que je me suis envoyés sont quasiment restés sans effet. L'œil glauque, j'ai failli glisser un billet de vingt dollars dans le changeur automatique. Je suis passé devant la poste, mais il n'y avait rien dans ma boîte — trop tôt pour le courrier. J'ai pris des cigarettes puis suis monté vers la salle de restaurant.

Personne ne faisait la queue. Derrière le comptoir, le joli blondinet de première année ne pipait mot, caché derrière la plus grosse paire de lunettes noires que j'aie jamais vue, il servait des œufs brouillés pleins de flotte et des petits cure-dents marron, en fait de minuscules saucisses. L'idée de manger m'a donné un haut-le-cœur et j'ai regardé le blondinet qui se tenait là avec sa spatule. Mon excitation initiale a fait place à l'irritation et j'ai marmonné : « T'es tellement prétentieux » autour de ma cigarette, avant de prendre une tasse de café.

La salle principale étant la seule ouverte, j'y suis allé pour m'asseoir avec Raymond, Donald et Harry, ce petit première année avec lequel Donald et Raymond copinaient, un beau gosse qui se posait les questions typiques du première année, du genre La vie existe-t-elle après la mort ? Ils avaient passé une nuit blanche à s'envoyer des cristaux de méthédrine, ils m'avaient invité, mais j'avais suivi... Mitchell, lequel était maintenant assis à une table à l'autre bout de la salle, vers une party assommante. J'ai essayé de ne pas le regarder, car il était avec cette sale conne, mais je n'ai pas pu m'en empêcher et je me suis maudit de ne pas m'être branlé ce matin au réveil. Les trois pédés semblaient agglutinés autour d'une feuille de papier où ils établissaient une liste noire d'étudiants, et malgré leurs lèvres qui remuaient à cent à l'heure, ils m'ont remarqué en opinant du chef, et je me suis assis.

« Les étudiants qui vont à Londres et reviennent avec l'accent », a dit Raymond en écrivant furieusement.

« J'peux te piquer une clope ? » m'a demandé Donald d'un air absent.

« Tu crois ? » Je lui ai rétorqué. Le café avait un goût atroce. Mitchell, vieux salaud.

« Oh, réveille-toi, Paul », il a marmonné quand je lui en ai passé une.

« Pourquoi n'en achètes-tu jamais ? » je lui ai demandé aussi poliment que possible, compte tenu de ma gueule de bois et de l'heure matinale.

« Tous ceux qui font de la moto, et tous les demeurés », a dit Harry.

« Et quiconque se pointe au petit déj sans avoir passé une nuit blanche », a proposé Donald en me lançant un regard mauvais.

Je lui ai adressé une grimace en croisant les jambes.

« Ces deux gouines qui habitent McCullough », a dit Raymond en écrivant.

« Et pourquoi pas *tout* McCullough ? » a suggéré Donald.

« Impeccable. » Raymond a griffonné quelque chose.

« Et la salope qui est avec Mitchell ? » j'ai fait.

« Allons, allons, Paul. Du calme », a dit Raymond, sarcastique.

Donald a éclaté de rire et noté le nom de la fille.

« Et cette grosse pouffiasse ? » a demandé Harry.

« Elle habite McCullough. Elle a déjà son compte. »

Je n'ai pas supporté ces mignardises de tante au saut du lit, j'ai voulu aller rechercher du café, mais je me suis senti trop fatigué pour marcher, si bien que je suis resté collé sur ma chaise en évitant de regarder du côté de Mitchell, et bientôt toutes les voix y compris la mienne se sont fondues en un brouhaha indistinct.

«Tous les barbus, les moustachus, bref les types qui arborent leur système pileux.»

«Oh quelle bonne idée.»

«Et ce type de L.A.?»

«Pas vraiment.»

«T'as raison, mais inscris-le quand même.»

«Ceux qui retournent au salad bar.»

«Tu comptes passer l'audition pour cette pièce de Shepard, Paul?»

«Quoi? De quoi parles-tu?»

«Ce rôle. La pièce de Shepard. Les auditions ont lieu aujourd'hui.»

«Tous ceux qui attendent la fin du lycée pour porter un appareil dentaire.»

«Non, j'y vais pas.»

«Les gens qui croient à la réincarnation.»

«*Quelle horreur!* *»

«Les riches qui ont des chaînes hifi merdiques.»

«Les mecs qui tiennent pas l'alcool.»

«Et les types qui tiennent l'alcool?»

«D'accord, d'accord.»

«Note les filles qui le supportent pas.»

«Ne pas oublier les ringards.»

«Et David Van Pelt?»

«Pourquoi lui?»

«Et pourquoi pas?»

«Eh bien, j'ai couché avec lui.»

«Tu n'as pas couché avec David Van Pelt.»

«Si.»

---

* En français dans le texte. (*N.d.T.*).

« Comment ça ? »

« C'est un ringard. Je lui ai dit que j'aimais ses sculptures. »

« Mais elles sont *atroces !* »

« Tu crois que je le sais pas ? »

« Il a un *bec-de-lièvre.* »

« Je m'en suis aperçu, merci. Je trouve ça... sexy. »

« M'étonne pas. »

« Tous les types qui ont un bec-de-lièvre. Ecris ça. »

« Et pourquoi pas Le Joli Nigaud ? »

Je désirais vaguement savoir qui était ce Joli Nigaud, mais je n'ai pas réussi à me sentir assez intéressé pour poser la question. J'étais au fond du trou. Je ne connais pas ces gens, je pensais. Je détestais avoir choisi le théâtre comme majeure. Je me suis mis à transpirer. J'ai repoussé mon café et pris une cigarette. J'avais déjà changé de majeure tant de fois que je m'en foutais. Le théâtre était simplement le résultat du dernier coup de dé. David Van Pelt était écœurant, du moins le pensais-je. Mais maintenant, ce matin, son nom se nimbait d'un érotisme diffus et je l'ai chuchoté en moi-même, mais c'est le nom de Mitchell qui est venu à la place.

Soudain ils se sont tous mis à caqueter, toujours agglutinés autour de leur feuille de papier ; ils m'ont rappelé les trois sorcières de *Macbeth* mais en infiniment plus beau, et vêtus de Giorgio Armani. « Tous les gens dont les parents sont encore mariés ? » Ils ont éclaté de rire en se félicitant, puis ont noté ça d'un air satisfait.

« Excusez-moi », je les ai interrompus. « Mais mes parents sont encore mariés. »

Tous ont levé la tête, leurs sourires s'effaçant aussitôt pour se muer en une expression infiniment soucieuse. « Quesse t'as dit ? » m'as demandé l'un.

Je me suis raclé la gorge, ai marqué un silence pour

accentuer l'effet de mes paroles, puis ai dit: «Mes parents ne sont pas divorcés.»

Ils en sont restés comme deux ronds de flan avant de pousser des cris de paon, mélange de déception et d'incrédulité; puis leurs têtes se sont écroulées sur la table en hurlant.

«Pas possible!» a fait Raymond, stupéfait, inquiet, levant les yeux comme si je venais d'avouer un secret honteux.

Donald restait bouche bée. «Tu plaisantes, Paul!» Horrifié, il a reculé comme devant un lépreux.

Harry était trop ahuri pour parler.

«Je ne plaisante pas, Donald», j'ai dit. «Mes parents s'ennuient trop pour divorcer.»

Que mes parents fussent toujours mariés me plaisait. Je laissais à l'appréciation de chacun de décider si ce mariage était une bonne chose, mais le simple fait que les parents de la plupart, sinon de tous mes amis étaient soit divorcés soit séparés, contrairement aux miens, me sécurisait plutôt que de me victimiser. Cela rattrapa quasiment la déception de Mitchell, et cette notoriété me ravit. Je la savourais en regardant ces trois types, et me sentis un peu mieux.

Ils me dévisageaient toujours, médusés.

«Retournez à votre liste débile», j'ai dit en sirotant mon café, avec un geste destiné à les congédier. «Arrêtez de me regarder.»

Leurs têtes sont lentement retournées vers la feuille de papier; après ce bref silence scandalisé ils s'y sont remis, mais avec moins d'enthousiasme qu'avant.

«Les gens qui ont des tapisseries dans leur chambre?» a proposé Harry.

«Déjà noté», a soupiré Raymond.

«Il reste du speed?» a gémi Harry.

«Non», a soupiré Donald à son tour.

«Les gens qui écrivent des poèmes sur la Féminité?»

«Les bolcheviks canadiens?»

«Les fanas des cigarettes au clou de girofle?»

«A propos de cigarette, Paul, je peux t'en piquer une autre?» a demandé Donald.

Mitchell a tendu le bras pour toucher la main de la fille. Elle a ri.

N'en croyant pas mes oreilles, je me suis tourné vers Donald. «Non. Tu ne peux pas», j'ai répondu en sentant l'hystérie monter en moi. «Certainement pas. J'en ai par-dessus la tête que tu me "piques" des cigarettes. Dorénavant tu devras t'adresser ailleurs.»

«Allez», a fait Donald comme si je blaguais. «J'en achèterai tout à l'heure. J'ai pas de fric.»

«Non! Ça me met également en boule de savoir que ton père possède quelque chose comme la moitié de Gulf and Western alors que tu n'as jamais un rond», je lui ai lancé en le foudroyant du regard.

«Est-ce vraiment une grande crise?» il a demandé.

«Ouais, Paul, joue pas à l'épileptique», a dit Raymond.

«Pourquoi es-tu de si mauvaise humeur?» a fait Harry.

«Moi je sais», a répondu Raymond d'un air finaud.

«Les cloches du mariage?» a pouffé Donald en regardant du côté de Mitchell.

«Oui, c'est une crise», j'ai répondu sans les voir. J'allais tuer cette salope.

«Donne-m'en juste une. Sois pas vache.»

«Okay, je t'en donne une si tu me dis qui a été élu meilleur styliste aux Tonys de l'an dernier.»

Le silence qui a suivi m'a humilié. J'ai soupiré en baissant les yeux. Les trois types n'ont rien dit jusqu'au moment où Donald a pris la parole.

«C'est la question la plus absurde que j'aie jamais entendue.»

J'ai encore regardé du côté de Mitchell, puis fait glisser les cigarettes sur la table. «Prends le paquet, je vais rechercher du café.» Je me suis levé puis dirigé vers l'entrée de la salle. Mais j'ai dû m'arrêter et bifurquer vers le salad bar, car j'ai aperçu la Suédoise avec qui j'étais hier soir qui montrait sa carte d'identité au surveillant du snack. J'ai attendu qu'elle soit passée. Puis j'ai descendu l'escalier en vitesse et me suis dirigé vers la salle de cours. J'ai songé à postuler pour ce rôle dans la pièce de Shepard, mais à quoi bon puisque j'en joue déjà un du matin au soir?

Assis à un bureau, je n'écoutais pas le bourdonnement monotone de la voix du professeur, je regardais du côté de Mitchell, qui semblait heureux (oui, il a baisé la nuit dernière) et prenait des notes. Dégoûté il jetait des regards noirs aux étudiants qui fumaient (il a arrêté à son retour — c'est irritant). J'ai imaginé qu'il les considérait sans doute comme des machines. Des cheminées, qui vomissaient de la fumée par un trou de la tête. Il a regardé la fille laide en robe rouge qui essayait de paraître décontract. J'ai examiné les graffiti sur la table: «Loser.» «La Gravité n'Existe pas. La Terre Pue.» «La Bande de Brady a Dormi Ici.» «Où Est Donc Passé l'Amour Hippie?» «L'Amour C'Est De La Merde.» «Presque Tous Les Chauffeurs De Taxi Sont Diplômés D'Une Ecole D'Art.» Et je me suis retrouvé dans la peau de l'amoureux éconduit. Alors, bien sûr, je me suis rappelé que j'étais seulement un type éconduit, mais plus un amoureux.

LAUREN — Réveil. Besoin de me laver les cheveux. Je ne veux pas manquer le déjeuner. Je vais à Commons. Me sens affreuse. Pas de courrier aujourd'hui. Pas de nouvelles de Victor. Simplement une note pour me rappeler que la réunion des Alcooliques Anonymes aura lieu à Stokes et non à Bingham samedi prochain. *Dawn of the Dead* ce soir à Tishman. J'ai gardé quatre livres d'art que j'aurais dû rendre depuis belle lurette à la bibliothèque. Rencontre cette fille bizarre à lunettes, en robe rose, qui cherche la boîte de quelqu'un avec la mine de qui sort d'une séance d'électrochocs. Une légère irritation de plus. Je monte. J'ai oublié ma carte d'identité, on me laisse passer malgré tout. Un beau mec qui porte des lunettes Wayfarer sert les cheeseburgers. Je commande une assiette de frites. Me mets à flirter. Lui demande des nouvelles de son cours de flûte. Me rappelle brusquement que je suis affreuse et pars. Prends un Diet Coca. M'assois. Roxanne est installée avec Judy. Judy mange tofou laitue céleri frites riz salade. Je brise le silence : « J'en ai marre de cet endroit. Ça pue la cigarette, tout le monde est prétentieux, prend des poses ridicules. Je préfère me barrer avant que les première année prennent le pouvoir. » J'ai oublié le ketchup. Je repousse mon assiette de frites. Allume une cigarette. Aucune des deux ne sourit. O... K... Je gratte une croûte de peinture bleue sur la jambe de mon pantalon. « Alors... keski cloche ? » Je me retourne et repère Débranché du coin de l'œil, debout au comptoir des boissons. Me retourne vers Judy. « Où est Sara ? »

46

«Sara est enceinte», dit Judy.

«Oh merde, sans blague?» je fais en approchant ma chaise. «Raconte.»

«Que veux-tu que je te raconte?» demande Judy. «Roxanne lui a parlé toute la matinée.»

«Je lui ai donné du Darvon», dit Roxanne en levant les yeux au plafond. Fume cigarette sur cigarette. «Lui ai dit de faire appel à l'assistance psychologique.»

«Oh merde, non», je dis. «Que va-t-elle faire? Je veux dire, c'est pour quand?»

«La semaine prochaine», dit Roxanne. «Mercredi.»

J'écrase ma cigarette. Prends une frite. Emprunte le ketchup de Judy. «Ensuite, je crois qu'elle file en Espagne», ajoute Roxanne en roulant encore les yeux au plafond.

«En Espagne? Pourquoi?»

«Parce qu'elle est cinglée», répond Judy en se levant. «Vous voulez quelque chose?»

Victor. «Non», je dis en regardant toujours Roxanne. Elle s'éloigne.

«Elle était dans tous ses états, Lauren», Roxanne s'ennuie, tripote son écharpe, mange des frites.

«J'imagine. Il faut que je lui parle», je dis. «C'est terrible.»

«Terrible? Y a pas pire», dit Roxanne.

«Oui, y a pas pire», je répète.

«Je déteste ce genre de truc», elle dit, «je déteste ça.»

Nous finissons les frites, plutôt bonnes aujourd'hui. «C'est affreux, je sais», et j'opine du chef.

«Affreux», elle répète. Echange de hochements de tête. «Je commence à croire que l'amour est un concept étranger.»

Ralph Larson. Le professeur de philosophie passe à côté de nous avec un plateau, il cherche un endroit où s'asseoir; sur ses talons, mon prof de gravure. Il regarde et dit: «Hé, chérie», avec un clin d'œil. Roxanne lui adresse un grand sourire — «Salut, Ralph » — puis elle me regarde, les yeux comme des soucoupes, un sourire béat aux lèvres. Je remarque qu'elle a grossi. Elle saisit mon poignet. «Il est tellement beau, Lauren », elle me dit, pantelante.

«Ne propose jamais à un prof de venir dans ta chambre », je lui dis.

«Ma porte lui est toujours ouverte », elle me rétorque en serrant mon poignet.

«Lâche », je lui ordonne. «Il est marié, Roxanne. »

«Je m'en fous. Et alors? » Elle roule les yeux au plafond. «Tout le monde sait qu'il a couché avec Brigid McCauley. »

«Il ne quittera jamais sa femme pour toi. Ça risquerait de bousiller son c.v. »

Je ris. Pas elle. J'ai couché avec ce Tim qui a mis Sara en cloque — et si c'était moi qui me faisais avorter mercredi prochain? Et si... Le ketchup étalé sur le plateau entraîne l'inévitable association. M'arrangerai pour que ça n'arrive jamais. Judy revient. A la table voisine: un mec à la triste figure prépare un sandwich et l'enveloppe dans une serviette en papier pour sa copine hippie qui ne figure pas sur la liste du restaurant. Alors Débranché se pointe vers nous. Pivote aussi sec et implore Judy de me raconter une blague, n'importe quoi.

«Quoi? Hein? » elle fait.

«Parle-moi, fais comme si tu me parlais. Raconte-moi une blague. Vite. N'importe quoi. »

«Pourquoi? Keski s'passe? »

«Magne-toi! Y a quelqu'un à qui je veux pas parler. » Coup d'œil insistant vers la droite.

«Ah, ouais », elle commence, nous avons déjà joué à

ce jeu, «et voilà comment, enfin, tu vois, tout s'est terminé...»

«Pourquoi donc?» je fais. «Moi qui croyais, tu sais, que ça s'était passé...»

«Ouais, c'est ça... euh, tu vois, enfin...» elle bafouille.

«Oh, ah ah ah ah ah!...» je ris, mais ça sonne faux. Je me sens affreuse.

«Salut, Lauren», dit une voix derrière moi. J'arrête de rire, lève des yeux innocents; il porte un short. Nous sommes en octobre, mais ce mec porte un short et tient les pages financières du *New York Times* coincées sous le bras. «Y a de la place?» Il désigne notre table, où il va poser son plateau. Roxanne fait oui de la tête.

«Non!» Je me retourne. «Je veux dire... non. Nous attendons quelqu'un. Désolée.»

«Okay.» Il reste là, souriant.

Pars, pars, pars, sers-toi de Perception Extra-Sensorielle. Au secours.

«Désolée», je répète.

«On pourrait se voir un peu plus tard?» il me demande. Pars. P-A-R-S. «Je serai dans la salle des ordinateurs.»

«D'ac.»

Il dit «Au revoir» et s'éloigne.

Je prends une autre cigarette en me sentant conne, mais pourquoi? A quoi s'attend-il? Je pense à Victor, puis lève les yeux, demande une allumette et dis: «Ne...»

«C'est qui?» font les deux filles.

«... me demandez rien. Personne», je réponds. «Filez-moi une allumette.»

«Tu... n'as pas», dit Judy en inclinant la tête.

«Si... j'ai», je fais en singeant sa mimique. «Oh! la la!»

49

«C'est un première année. Félicitations. Ton premier?»

«J'ai jamais dit qu'il m'intéressait, ma p'tite chérie.»

«Je trouve qu'il a un joli cul», dit Roxanne.

«Je suis sûre que Rupert adorerait t'entendre», je lui réponds.

«J'ai comme l'impression que Rupert serait maintenant d'accord avec moi», dit tristement Roxanne.

Voilà une curieuse déclaration, et je me demande ce que Roxanne veut dire. Ça me rappelle une chose que je préférerais oublier. Je demande à Roxanne de passer me voir, je dis à Judy que je serai à mon atelier. De retour à ma chambre, décide de sécher le cours de vidéo pour prendre un bain. Commence par bien nettoyer la baignoire. Le bâtiment est silencieux. Tout le monde est dans les salles de cours ou au pieu. Délicieuse eau brûlante. Prends un carnet, des fusains, ma boîte de couleurs et mets un disque de Rickie Lee Jones. Fume un joint et m'allonge. La nuit dernière en revenant de la chambre de Steve, ai tenté d'appeler Victor, mais ça ne répondait pas dans la maison de Rome où il m'a dit qu'il serait en ce moment. Me rappelle ma dernière nuit avec lui. Me caresse. Pense à Victor. Je déteste Rickie Lee Jones. Mets la radio. Me lave les cheveux. Monte le volume. Mauvaise station. Top 40. Friture. Je tombe alors sur une chanson que je me rappelle avoir écoutée avec Victor. Une chanson idiote qui sur le moment ne m'a pas plu, mais maintenant elle s'accorde à mon humeur et me fait pleurer. Je voudrais écrire cette émotion, ou la dessiner, mais j'ai l'impression que ce geste la souillerait, la rendrait artificielle. Je reste donc allongée là sous la lumière crue en égrenant les souvenirs évoqués par cette chanson. Victor. Les mains de Victor. Le pantalon en peau de léopard de Victor. Ses bottes de l'armée et... ses poils pubiens? Ses bras. Le regarder se raser. Au Palladium, qu'il était beau en smoking. Faire l'amour dans son appartement. Yeux bruns. Quoi encore? Il commence à s'effacer. J'ai peur. J'ai peur, car je suis allongée là et il me semble brusquement qu'il n'existe plus. Il me semble que seule cette chanson existe, et pas Victor. Comme si je l'avais inventé de toutes pièces l'été dernier.

SEAN — Terreur au Restaurant. Scène XXIV. La fille qui a baisé avec Mitchell la nuit dernière et que j'ai envie de sauter à nouveau est debout devant le comptoir des boissons. De l'endroit où je suis assis je la vois très bien. Elle discute avec sa grosse copine lesbienne (probablement) qui fait de la poterie. Porte une robe que je serais bien en peine de décrire. Une sorte de kimono, mais plus court, sous un sweatshirt. Ça bouffe de partout, mais on se rend quand même compte qu'elle a un corps superbe, et comme elle ne porte sans doute pas de soutien-gorge ses nichons ont fière allure. Je connais un peu cette fille; après la nuit passée ensemble, je lui ai parlé lors d'une fête un vendredi soir à Franklin. Elle suit peut-être l'un de mes cours, mais je n'en suis pas sûr, car moi-même je ne les suis pas assez pour pouvoir le dire. En tout cas, elle figure en bonne place sur ma liste.

Me voilà installé pour le repas avec l'équipe habituelle : Tony, Norris, Tim, Getch. Ces foutus Cochons de la Maison, notre orchestre, m'ont réveillé à quatre heures de l'après-midi : ils répétaient au-dessus de ma chambre. J'ai pris une douche, puis, en me séchant les cheveux avec un séchoir électrique, réfléchi que j'avais manqué deux cours aujourd'hui et que je devais trouver une u.v. majeure avant la fin du mois. J'ai arpenté ma chambre, fumé, écouté un vieil album du Velvet Underground en espérant étouffer les beuglements des Cochons de la Maison, jusqu'à l'heure du dîner. Ils jouaient toujours quand je suis parti vers Commons.

Jason servait, je lui ai dit que j'avais parlé à Rupert et que demain soir j'aurais ses quatre grammes, ajoutant qu'il devrait se dispenser de ses lunettes noires qui lui donnaient un air trop méfiant. Il s'est contenté de sourire et m'a refilé une tranche de bidoche en rab, dinde, porc, la viande qu'il servait, j'ai trouvé ça assez cool. Je mate donc cette fille en me demandant si c'est elle qui glisse des billets dans ma boîte à lettres, et je me sens excité — même si ce n'est pas elle. Mais sa grosse copine lui murmure quelque chose, toutes deux se tournent vers notre table et je baisse les yeux en faisant semblant de manger. Je crois qu'elle est sophomore, je suis presque sûr qu'elle habite Swan, mais je ne veux pas poser la question aux types assis avec moi. Je ne veux pas me gâcher le plaisir de la chasse. Tim est un sacré couillon d'avoir mis Sara en cloque, mais il s'en fout. Deux fois j'ai baisé Sara en deuxième année. En fait la plupart des types de la table l'ont sautée. Que Tim se soit fait piéger a presque tourné à la plaisanterie. Personne n'est trop chamboulé ou attristé par l'incident. Tim en rigole même.

« Y a tant de filles qui se font avorter qu'on devrait créer un service spécial pour ça », il rit.

«Moi je serais prêt à le faire pour cinquante dollars», dit Tony.

Getch tripote une ardoise magique et dit: «Dégueulasse. C'est tout simplement dégueulasse.»

«Tu parles de la bouffe ou des blagues sur l'avortement?» je lui demande.

Tony explique: «Du Drano dans un Water Pik.»

Getch dit: «Super, maintenant on plaisante même de ça.»

«Allez», je dis à Getch. «Fais pas la tête.»

«Comment fais-tu pour rester de glace?» demande Getch à Tim, en lui assenant le regard du spécialiste des sciences sociales.

«Ecoute», répond Tim, «j'ai déjà vécu cette situation de merde tant de fois que ça ne me fait plus ni chaud ni froid.»

Getch opine, il semble ne pas vraiment comprendre, mais il la ferme et se replie sur son ardoise magique.

«Comment sais-tu que c'est toi le coupable?» demande Tony, qui sort tout juste d'un conseil d'étudiants, raide défoncé.

«Je le sais», répond Tim, qui déborde de confiance et de fierté.

«Mais comment le sais-tu? Cette salope te double peut-être», dit Tony, sans doute pour l'aider.

«Ça se *voit*», dit Tim. «Suffit de la regarder pour savoir qu'elle ment pas.»

Personne ne dit plus rien.

«Ça se *sent*», il fait.

«C'est, hum, mystique», dit Tony.

«Alors, quand est-ce qu'elle se fait aspirer le fœtus?» demande Norris.

Toute la tablée pousse un grand gémissement; le rire de Tim, coupable, impuissant, me met mal à l'aise. La

53

fille saisit enfin un coca, sort de la salle principale, relax et allumée.

« Mercredi, mec », dit Tim qui prend une cigarette et met ses mains en coupe devant sa bouche, même si son allumette ne risque aucunement de s'éteindre. Par précaution, je suppose. « Ç'aurait dû être mardi, mais comme elle doit danser mardi, on a remis ça à mercredi. »

« Le spectable doit continuer », je dis d'une voix sombre.

« Ouais », fait Tim, vaguement nerveux. « Exact. Ensuite elle part en Europe, ce qui est un *sacré* soulagement. »

La tablée, Tim compris, avait perdu tout intérêt pour cette information déjà ancienne (apprise hier soir, ce midi pour les retardataires), si bien que d'autres conversations embrayent, à propos d'autres sujets importants. Je demande à Norris s'il peut me rapporter un café puisqu'il se lève.

« Avec de la crème ? » il me demande.

« Ouais. Avec de la crème », je lui dis. Vieille plaisanterie.

« Hé, Sean, t'es... t'es vraiment rigolo. »

« Quelqu'un saurait où se procurer de l'Ecstasy ce soir ? » demande Tim.

« Où est la fête ce soir ? » fait Getch.

Je repère mon coturne, revenu de New York.

« *Ça va ?* » il me demande en passant.

« *Ça va* * », je dis.

« *A la Fin du Monde et probablement au Cimetière* », répond Tony. Tony est aussi directeur du Comité des

---

* En français dans le texte.

loisirs. « Toutes les donations en alcool sont les bienvenues. »

« Il fait pas trop froid pour rester dehors ? » demande Getch.

« Habille-toi chaudement, mon chou. » Tony repousse son assiette et attaque sa salade ; j'aime bien Tony, mais cette habitude européenne de la salade m'agace.

« Mon chou ? Qui a dit mon chou ? » demande Tim. « J'ai pas entendu cette expression depuis la seconde. »

« Va te faire foutre », dit Tony. Il est mal luné parce qu'il n'a pas décroché le rôle dans une pièce minable du département de théâtre, alors qu'il se spécialise en sculpture ; et bien que ce soit un brave type et tout, ça me fout les boules de le voir râler pour une raison aussi conne. J'ai envie de baiser encore Sara. Elle taille des pipes incroyables, je me rappelle. Où était-ce quelqu'un d'autre ? Sara avait-elle ce fil métallique sur lequel j'ai failli m'ouvrir le gland ? Tout bien pesé, elle ne portait sans doute pas de stérilet ; je suis donc prêt à risquer le coup si l'occasion se présente.

« Quelqu'un connaîtrait le titre du film de ce soir ? » demande Getch.

« Rien à secouer », répond Tony.

Norris revient avec le café et me chuchote à l'oreille : « J'ai mis de la crème dedans. »

Je bois une gorgée en souriant. « Délicieux. »

« Je ne sais pas. *Night of the Dead Baby?* (« La Nuit du bébé mort. ») J'en sais rien », dit Tony.

« On pourrait pas se taire un peu ? » propose Tim.

« Roxanne m'a dit que le Carousel ferme », je lance à l'assemblée.

« Sans blague. Pour de bon ? » demande Norris.

« Ouais », je dis. « Au moins c'est ce que Roxanne m'a déclaré. »

«Pourquoi?» demande Getch.

«Les première année et les sophomores ne picolent plus», dit Tony. «C'est chiant, non?»

«Ouais, c'est chiant», renchérit Getch. Je l'ai toujours trouvé gnangnan. Impossible d'expliquer pourquoi. Il secoue son ardoise magique.

«Rock'n'roll», je dis.

Tim rit: «Horreur, horreur.»

Tony dit: «Encore un bon exemple qui prouve que tout ici se barre en couilles.»

«Démerde-toi», je lui dis.

Tony perd patience, se lance dans une tirade politique. «Ecoute, est-ce que tu te rends compte que nous allons avoir une putain de salle de gym? Pourquoi? Tu comprends ça, toi? Tu peux l'expliquer? Moi pas. Tu te rends compte que je sors d'une réunion d'étudiants où les représentants des première année ont demandé l'aménagement de maisons de fraternité sur le campus? Tu peux comprendre ça? Tu peux te *démerder* avec ça?»

Je me dérobe. «C'est de la connerie.»

«Pourquoi?» demande Tim. «Je trouve qu'une salle de gym est une bonne idée.»

«Moi», j'explique dans l'espoir de calmer Tony, «je suis venu ici pour échapper aux obsédés du biscoteau et autres connards des fraternités.»

«Ecoutez», dit Tim avec une affreuse grimace obscène, «dans cette salle de gym, les filles développeront les muscles de l'intérieur de leurs cuisses.» Il s'empare de ma jambe en éclatant de rire.

«Ouais.» Soudain je ne sais plus où j'en suis. «Quand même, une salle de gym.» Je m'en fous.

Tony me regarde. «Qui es-tu pour parler, Sean? Quelle est ton u.v. majeure? L'informatique?»

« Les années Reagan. Leurs conséquences néfastes sur les classes défavorisées », dit Tim en hochant la tête.

Ça ne me vexe pas autant qu'il l'aimerait. « L'informatique », je fais en l'imitant.

« Quelle est vraiment ta majeure ? » Il me provoque, ce gros con ; finis ta salade, trouduc.

« Rock'n'roll », je fais en haussant les épaules.

Il se lève, écœuré. « T'es quoi, un perroquet ? »

« Quelle mouche le pique ? » demande quelqu'un.

« Il n'a pas décroché le rôle dans la pièce de Shepard », dit Getch.

Deidre sort de nulle part — un rayon de soleil ? Pas vraiment.

« Peter ? »

La tablée lève les yeux, fait silence.

« Je croyais que je m'appelais Brian », je dis sans la regarder.

Elle rigole, probablement défoncée. Je regarde ses mains, ses ongles ne sont plus vernis en noir, mais couleur ciment. « Ah oui, c'est vrai. Comment va ? » elle demande.

« Je mange. » Je montre mon assiette. Tous les types la regardent. Situation vraiment désagréable.

« Tu vas à la party ce soir ? » elle demande.

« Ouais. Je vais à la party ce soir. Tu vas à la party ce soir ? » Absurde.

« Ouais. » Elle semble nerveuse. Mes copains l'intimident. Elle était okay la nuit dernière, simplement trop ivre. Elle est probablement bien au lit. Je regarde Tim, qui l'examine sous toutes les coutures. « Ouais, j'y vais. »

« Alors je crois qu'on se verra là-bas. » Je regarde Norris, lève les yeux au plafond.

« Okay », elle fait en restant plantée là, le regard dans le vague.

«Okay, à plus tard alors», je marmonne. «Dieu.»

«Okay», elle tousse. «A plus.»

«Du vent», je murmure.

Elle va à une autre table. Les types ne disent rien. Je suis gêné parce qu'elle n'a rien de génial, et ils savent tous que je l'ai sautée la nuit dernière et je me lève pour redonner un peu de café à mon ulcère naissant. Rock'n'roll.

«J'ai besoin d'un lit à deux places», dit Tim. «Personne aurait un lit double à me prêter?»

«Arrête de fumer de l'herbe», dit quelqu'un.

«Scoubi doubi dou», fait Getch.

L'impression n'est ni glacée ni brûlante. Pourtant elle ne se situe même pas entre ces deux extrêmes. Simplement, une pulsation caressante s'installe dans mon corps à tout moment de la journée. J'ai décidé de mettre un mot dans sa boîte chaque jour. Je l'imagine les épinglant quelque part, peut-être à un mur blanc de sa chambre, une chambre où j'aimerais vivre. Cette manigance suffit-elle, je me demande, nauséeuse, comme si mon être se trouvait de partout, se recroquevillait après que j'ai glissé mon message dans sa boîte, son lit de poche. Ma volonté est une ambulance appelée en urgence. Mais j'essaie souvent de l'oublier (je ne l'ai jamais rencontré, je le rencontrerai plus tard, je n'ose pas ouvrir la bouche pour lui adresser la parole, parfois j'ai envie de hurler, parfois je crois que je meurs) et j'essaie d'oublier mes battements de cœur, mais en vain et la nausée me submerge. L'espace où j'évolue est noir, aride. Mon obsession (j'ignore même si l'on peut parler d'obsession, ce terme ne me semble pas tout à fait juste) bien qu'elle puisse paraître futile ou ridicule, nourrit d'un rien son mystère. C'est très simple. Je l'observe. Il se révèle selon de sombres contours. Toutes mes convictions m'abandonnent quand je le vois, disons, manger, traverser une salle pleine de gens. Je ressens l'approche d'un fléau. J'ai écrit son nom sur une feuille de papier bleu pâle très mince, dessiné des peupliers abattus autour de chaque lettre. Tout me rappelle son existence : un chien loge dans la chambre en face de la mienne. Sa maîtresse l'a fait passer pour un chat (ici les chiens sont interdits) en prenant une photo floue de l'animal, il est menu, blanc-violet et possède des oreilles de gremlin. Un jour je lui ai donné des bonbons. Je considère les actes de cette personne comme autant d'indices, moyennant quoi je ne parle à personne. Il est beau, même si tout le monde ne serait pas d'accord. Il a quelque chose de circulaire, comme les phalènes qui papillonnent dans la nuit claire de l'Arizona. Et je sais que nous nous rencontrerons. Cela se passera tout seul, bientôt. Et mon ressentiment — mon futile ressentiment terrifié — s'évanouira. J'écris un autre billet après le dîner. Il doit savoir que c'est moi. Je connais sa marque de cigarettes. Je l'ai vu acheter une cassette de Richard et Linda Thompson en ville. Je passais distraitement en revue le contenu d'un bac, et il ne m'a pas remarquée. Je les écoutais au lycée. A l'époque où Richard et Linda étaient encore ensemble. Ils se sont séparés, comme John et Exene, comme Tina et Ike, Sid et Nancy, Chrissie et Ray. Cela ne m'arrivera pas. Son nom, un mot en haut d'une page, signifie un poème entamé, déclaré, commencé mais inachevé car la machine à écrire

*a déclaré forfait. J'embrasse ma main et la renifle, je le
renifle, oh je fais comme si c'était son odeur. Je le
croiserai sans même le regarder. Je le croiserai à la
cafétéria avec une nonchalance qui me stupéfie moi-
même.*

PAUL — Ce soir, lors de la party à la Fin du Monde,
j'ai essayé de parlé à Mitchell. Debout près du fût, il
remplissait un gobelet en plastique. J'avais déjà une
bière et j'étais seul à l'entrée du Cimetière. J'ai fini ma
bière et me suis approché du fût. «Salut, Mitch», j'ai
dit. Il faisait froid, mon haleine formait un nuage
devant ma bouche. «Quoi de neuf?»

«Salut, Paul. Pas grand-chose.» Il remplissait deux
gobelets. Pourquoi cette petite salope ne se servait-elle
pas toute seule? «Et toi, quoi de neuf?»

«Rien. On peut parler?» Il m'a laissé le robinet du
fût.

Les deux bières à la main, il restait là.

«De quoi veux-tu donc parler?» il m'a demandé avec
son célèbre regard vide.

«De ce qui se passe», j'ai dit en me concentrant sur la
bière et la mousse qui sortaient du robinet. Une fille
s'est pointée et a attendu. J'ai tourné la tête vers elle,
mais elle regardait seulement mes mains, avec impa-
tience.

«Je t'ai prévenu, Paul. Rappelle-toi», a dit Mitchell.

«Ouais, je sais», j'ai répondu, et aussitôt j'ai ri. Mon gobelet n'était même pas à moitié plein, mais j'ai laissé le robinet à la fille. «Attends un peu, tu m'as prévenu de quoi?» j'ai demandé. J'ai aperçu Candice à l'orée de la Fin du Monde, derrière elle et plus bas la vallée de Camden, les lumières de la ville. Je ne comprenais pas comment il pouvait préférer *ça,* car Mitchell était sans conteste trop beau pour elle. Son choix me dépassait. J'ai bu une gorgée de bière.

«Je t'ai *prévenu.*» Il a fait mine de s'éloigner.

«Attends.»

Je l'ai suivi. Il s'est arrêté près d'un haut-parleur. Les Pretenders, très bruyants, en sortaient. Quelques personnes dansaient. Il a dit quelque chose que je n'ai pas entendu. Je savais ce qu'il allait dire, mais je croyais qu'il n'aurait pas le culot de le dire. De quoi m'avait-il donc prévenu? En tout cas il ne m'avait donné aucun avertissement verbal. Sans doute en reculant vivement si je le touchais en public ou après qu'il avait joui. Ou encore si je lui offrais une bière au Pub, il piquait sa crise, jurait de la payer et posait un dollar sur la table. Mais tout ce qu'il racontait avait trait à son désir d'aller en Europe, de prendre un trimestre de vacances, et régulièrement il ajoutait, en insistant sur le mot: *seul.* Il m'avait bel et bien prévenu, mais je m'obstinais à le nier. Je l'ai suivi jusqu'à l'endroit où était Candice. Il lui a donné une bière. Elle avait l'air tellement niaise, mais elle était peut-être belle et je refusais de le reconnaître. Mitchell portait un t-shirt (l'un des miens? sûrement), un chandail Eddie Bauer, et il se grattait nerveusement le cou.

«Vous vous connaissez?» il a demandé.

«Ouais, salut», elle m'a dit avec un sourire, et il a tenu sa bière pendant qu'elle allumait une cigarette.

« Salut », j'ai répondu avec ma cordialité habituelle. Puis, pendant qu'elle regardait ailleurs, je l'ai examinée avec une moue dégoûtée en espérant que Mitchell surprendrait ma réaction, mais j'ai fait chou blanc.

Nous étions donc tous les trois à la Fin du Monde, près de la pente qui descendait vers la vallée et le centre de Camden. Cette pente n'était pas très raide, mais si je poussais cette fille, disons par mégarde, discrètement, par-dessus le muret qui montait à hauteur du genou, elle ne s'en tirerait sans doute pas indemne. Les Pretenders ont cédé la place à Simple Minds, ce qui m'a plu car sans musique je n'aurais pas tenu le coup. Les parties sont indéniablement un moment idéal pour les confrontations, mais pas celle-ci. J'avais perdu. J'avais probablement perdu depuis longtemps, peut-être même depuis cette nuit à New York. Quelqu'un avait installé des petites lumières jaunes qui illuminaient le visage de Mitchell, lui donnaient un aspect pâteux, épuisé. Il était ailleurs. Notre présence à tous trois était trop réelle, trop absurde. Je me suis éloigné.

SEAN — La fille s'appelle Candice. Je suis debout à côté du fût avec Tony qui assène à Getch un long discours sur les méfaits des excès de bière et je la regarde en écartant Mitch Allen hors de mon champ de vision. Elle est trop bien habillée pour une fête du vendredi soir et là dehors sur la pelouse de Commons elle se dresse, élégante, vraiment jolie, peut-être trop conservatrice et guindée dans son style chic, mais sexy malgré tout, car il suffit de la regarder pour deviner que ce doit être un sacré bon coup. En tout cas elle paraît trop bien pour Mitch, qui n'est en fin de compte pas très beau. Il m'a toujours fait penser à un polard de lycée qui en rajoute. Je me demande si elle aime vraiment baiser avec lui. Puis je réfléchis qu'ils ne baisent peut-être même pas ensemble. Je pourrais sans doute les rejoindre, discuter avec elle, elle accepterait peut-être ma proposition et dirait à Mitch qu'elle le retrouvera plus tard. Rien que d'y penser, je me sens dans tous mes états. J'écluse une autre bière, Roxanne se pointe à côté du fût, près de moi. Puis cette fille s'éloigne de la Fin du Monde, sur les talons de Mitch. Ils ne peuvent pas partir, je pense, il est trop tôt. Ils partent pourtant, laissant quelqu'un en plan. Trop tôt *pour quoi?* Je me demande. Ils finiront dans la chambre de Mitch (elle a probablement une coturne) et elle le laissera la baiser. Je me sens tellement lubrique que la faiblesse me gagne. Je regarde Roxanne, à qui je dois un sacré paquet de fric. Elle porte trop de bijoux, mais semble okay. Me demande si elle se laisserait baiser par moi ce soir. M'interroge sur la plus infime possibilité. Elle fume un joint, qu'elle me passe. «Quoi de neuf?» elle fait.

«Je bois de la bière», j'explique.

«Elle est bonne? Bois-tu une bonne bière?» elle demande.

«Ecoute», je lui dis sans perdre de temps, «veux-tu venir faire un tour dans ma chambre?»

Elle rit, descend sa bière, fait battre ses cils lourds de mascara, puis me demande pourquoi.

«En souvenir du bon vieux temps?» Je hausse les épaules. Lui repasse le joint.

« Le bon vieux temps ? » Elle rit de plus belle.

« Qu'y a-t-il de si drôle ? Bon dieu. »

« Non, je ne crois pas, Sean », elle dit. « Et puis je dois retrouver Rupert. » Elle sourit toujours.

La salope. Il y a un insecte, un moucheron, dans son verre. Elle ne le voit pas. Je ne pipe mot.

« Prête-moi deux dollars », je lui demande.

« Je n'ai pas mon sac avec moi », elle répond.

« Exact », je dis.

« Oh, Sean. Tu n'as pas changé », elle fait, sans méchanceté, mais j'ai néanmoins envie de la frapper (non, de la baiser, puis de la frapper). « J'ignore si c'est un bien ou un mal. »

J'aimerais qu'elle avale ce moucheron. Où est passée Candice, bordel ? Je regarde Roxanne, qui arbore toujours son foutu sourire, elle est heureuse que je lui aie demandé ça, et encore plus heureuse d'avoir pu refuser. Je la regarde, sincèrement dégoûté.

« Tu as de la morphine ? » je lui demande.

« Pourquoi ? » elle fait en repérant le moucheron ; puis elle vide son gobelet dans l'herbe.

« Prends-en. On dirait que t'en as besoin », je lui dis en m'éloignant.

« J'ai quelque chose pour toi, mon cœur », sont les dernières paroles claires que j'entends.

J'ai manqué de vivacité, d'efficacité, je ne parviens pas à croire que j'ai fréquenté cette fille. Cela se passait à l'époque où elle commençait à vendre de la coke pour maigrir. Ça n'a pas mal marché. Je trouve qu'elle a toujours un gros cul, trop de graisse sur le corps, elle a les cheveux noirs et écrit une affreuse poésie ; je suis écœuré de l'avoir laissée me repousser. Je retourne dans ma chambre, claque la porte deux fois. Mon coturne est absent, je branche la radio, arpente la pièce. « *Wild Horses* » sur une station locale. Je change de station.

« *Let It Be* ». Et sur la suivante, « *Ashes to Ashes* », puis une lugubre ballade de Springsteen, puis Sting qui susurre « *Every Breath You Take* », puis quand je retourne à la station locale, un connard de D.J. annonce qu'il va diffuser les quatre faces de l'album « *The Wall* » des Pink Floyd. Je ne sais pas ce qui me prend, mais je m'empare du poste et le lance à toute volée contre la porte du placard, mais il ne se brise pas, à mon grand soulagement, même si c'est un appareil bon marché. Je donne des coups de pied dedans, puis m'empare d'une boîte de cassettes, en déroule une que je n'aime pas, l'écrase sous le talon de ma botte. Ensuite je prends une caisse de mes 45-tours, m'assure que je les ai tous enregistrés avant de les casser en deux, puis, si possible, en quatre. Je donne des coups de pied contre le mur de mon coturne, puis brise la poignée de porte de mon placard. Après quoi je retourne à la party.

LAUREN — Avec Judy. A tendre des toiles. Dans mon atelier. Comme Judy vient de se faire les ongles, elle n'est pas vraiment dans le coup, comme on dit. Nous nous arrêtons donc. Un vendredi soir comme les autres. Elle a apporté deux Beck et de l'herbe. J'aime bien Judy. Je n'aime pas ma mère. Elle m'a téléphoné un peu plus tôt. Après le dîner. Ça m'a tellement déprimée que j'ai ensuite marché comme une somnambule en fumant cigarette sur cigarette avant d'aller à l'atelier. Ma mère n'avait rien à me dire. Ma mère n'avait aucune information urgente à me transmettre. Ma mère regardait des films sur son magnétoscope. Ma mère est cinglée. Je lui ai demandé des nouvelles du magazine (qu'elle dirige), de ma sœur, et enfin (grossière erreur) de mon père. Elle m'a répondu qu'elle ne m'entendait pas. Je ne lui ai pas reposé la question. Puis elle m'a annoncé que Joana (la nouvelle petite amie de mon père) a seulement vingt-cinq ans. Et vu que je n'ai ni maugréé, ni gerbé, ni essayé de me suicider, elle a dit que, si j'approuvais les agissements de papa, je pouvais parfaitement passer Noël chez *lui*. Notre conversation avait déjà totalement dégénéré, je lui ai dit que j'avais un cours à minuit, j'ai raccroché, suis allée à l'atelier et j'ai contemplé toute cette merde, cette merde archimerdeuse que je peins depuis le début du trimestre. Je suis censée m'occuper de l'affiche de la pièce de Shepard, mais la gouine metteur en scène me fout les boules, si bien que je vais peut-être lui refiler une de ces toiles merdiques inachevées. Je braille: «C'est de la merde! Regarde-moi ça, Judy. C'est de la pure *merde!*»

«Mais non.» Mais elle regarde ailleurs.

«Tu ne les as même pas vues. Oh, bon dieu.» J'entame mon second paquet de la journée, et il n'est même pas onze heures. Le cancer du poumon ou du sein est le cadet de mes soucis. Grâce au ciel je ne prends pas la pilule.

«Je change de majeure», j'annonce. Regarde un peu ce que j'ai fait. Jackson Pollock a libéré la ligne, rappelle-toi ça, m'a dit quelqu'un hier au cours de peinture. Comment libérer cette merde? Je me le demande. Je recule loin de la toile inachevée. Je comprends que je préfère claquer mon fric en achetant de la défonce plutôt que des tubes de couleurs. « Je change de majeure. Tu m'écoutes ? »

« Encore ? » fait Judy, qui se concentre sur la préparation d'un autre joint. Elle rigole.

« Encore ? Pourquoi as-tu dit ça ? »

« Ne me fais pas rire, sinon je ne vais pas y arriver. »

« C'est ridicule », je dis.

« Allons à la fête. » Geignarde. Judy geignarde.

« Pourquoi ? Nous avons tout ce qu'il nous faut ici. De la bière chaude. De la musique. Et mieux encore, pas de mecs. »

Je change la cassette. Jusqu'ici nous avons écouté la Compilation 2, enregistrée en première année. Bons et moins bons souvenirs l'accompagnent. Michael Jackson (« Combien de chansons de "*Thriller*" peux-tu citer ? » m'a demandé un jour Victor. J'ai menti et répondu seulement deux. Il m'a ensuite dit qu'il m'aimait... Où était-ce ? Le drive-in de Wellfleet, ou alors nous marchions dans Commercial Street à Provincetown ?), Prince (baisade dans la camionnette du campus, un vendredi soir, avec un beau mec de Brown), Grandmaster Flash (nous avons si souvent dansé sur « *The Message* » sans jamais nous en lasser). Cette bande me déprime. Eject. Mettre autre chose, Compilation Reggae 6. Play.

« Quand Victor revient-il ? » demande Judy.

J'entends la musique qui sort de Commons et de la Fin du Monde. C'est tentant. Nous devrions peut-être y aller. Aller à une party. Il y avait toujours le bouquin sur les maladies sexuelles, bourré d'affreuses photos réalistes (certains gros plans de pustules roses, bleus, pourpres, rouges présentaient l'aspect fascinant d'une sorte de minimalisme abstrait), qui fonctionne toujours comme un élément dissuasif le vendredi soir. Victor aussi m'en dissuaderait. S'il était là. Nous irions probablement à la party et passerions un bon moment. Je feuillette le livre. Gros plan d'une fille allergique au plastique de son diaphragme. Beurk. Nous passerions peut-être un bon moment. Je m'imagine ce pauvre beau Victor à Rome ou à Paris, seul, affamé, paumé, qui essaie désespérément de me contacter, qui injurie peut-être une opératrice chiante dans un italien ou un yiddish approximatif, au bord des larmes, il tente de me joindre. Poussant un grand soupir je m'adosse aux montants de l'atelier, puis redresse la tête. Trop dramatique.

«Qui sait?» je m'entends dire. «A quoi ça te fait penser?» je demande à Judy. «Degas? Seurat? Renoir?»

Elle regarde la toile et répond: «Scoubidou.»

Okay, c'est l'heure d'aller au Pub. Prendre un pichet de Genny, et si nous n'avons pas oublié d'encaisser un chèque, peut-être un container de vin pour nous bourrer ou nous rendre malades, et puis une pizza ou un bagel? Judy connaît la musique. Moi aussi. Quand ça devient duraille, les durs boivent du vin.

Nous allons donc au Pub. Sur la porte quelqu'un a écrit en lettres noires «Caisson D'Isolation Sensorielle» et je ne trouve pas ça drôle. Il n'y a pas foule à cause de la party. Nous prenons un pichet et nous installons dans le fond. Ecoutons le juke-box. Je pense à Victor. Un joint intact traîne dans le sac de Judy. Et nous avons la même conversation que d'habitude le vendredi soir au Pub. Une conversation qui me lasse, maintenant que je suis en quatrième année.

J: Il y a quel film ce soir?

Moi: *Apocalypse Now*? Ou *Dawn of the Dead*, peut-être. Je crois.

J: Non. Pas *encore*!

Moi: Alors, de qui es-tu amoureuse?

J: De Franklin.

Moi: Je croyais t'avoir entendue le traiter de crétin, de nullard. Pourquoi?

J: Y a personne d'autre à aimer.

Moi: Tu disais que c'était un con.

J: En fait je suis amoureuse de son coturne.

Moi: Qui c'est?

J: Michael.

Moi: Pourquoi ne pas essayer avec Michael?

J: Il est sans doute pédé.

Moi: Comment le sais-tu?

J: J'ai couché avec lui. Il m'a dit qu'il aimait les garçons. Je crois pas que ça marcherait. Il veut devenir danseur.

Moi: Quand on ne peut pas être avec celui qu'on aime, ma chérie...

J: On se rabat sur son coturne.

Moi: On va quelque part ou non?

J: Non, je crois pas. Pas ce soir.

Moi: Il y a quel film ce soir?

PAUL — J'ai rencontré Sean alors que, près du fût, j'observais Mitchell et Candice s'éloigner. Quand ils sont passés devant moi, Mitchell m'a dit bonsoir avec un sourire et un vague signe de la main. Candice aussi, j'aurais pu interpréter ça comme un geste de compassion et de pitié, ou bien comme un salut joyeux, victorieux. (Victorieux ? Pourquoi donc ? Mitchell ne lui parlerait jamais de moi.) Je les ai regardés partir, puis j'ai voulu remplir mon gobelet. Je me suis rappelé avoir vu Dennis Jenkins, cet horrible pédé théâtreux, qui me regardait. (Dennis Jenkins constituait une des raisons pour lesquelles je m'en voulais d'avoir choisi théâtre comme majeure). Avec un soupir je me suis dit que, si je couchais avec lui ce soir, j'étais bon pour me suicider demain matin. J'ai fini de remplir mon gobelet, surtout de mousse car le fût était presque vide, et quand j'ai levé les yeux Sean Bateman attendait près de moi. Je connaissais Sean comme n'importe qui connaît tout le monde à Camden, ce qui veut dire que nous ne nous étions probablement jamais parlés, mais que nous connaissions nos bandes respectives et que nous avions des amis communs. Il avait une beauté un peu floue et conventionnelle, il renversait toujours de la bière, jouait à des jeux vidéo ou au flipper du Pub, et de prime abord il ne m'a guère intéressé.

« Salut, Sean », j'ai fait. Si je n'avais pas été passablement ivre, je ne lui aurais sans doute pas adressé la parole ; un simple signe de tête et basta. J'aurais juré que sa majeure était la mécanique.

« Salut, Paul », il a souri en regardant ailleurs.

Il semblait nerveux. J'ai suivi la direction de son regard vers les ténèbres du campus et les bâtiments. Je ne me rappelle plus pourquoi il les scrutait ainsi. Il était peut-être tout simplement gêné, trop timide pour me parler. Derrière lui les gens quittaient la Fin du Monde pour rentrer chez eux ou aller au Cimetière.

« Tu connais cette fille avec Mitchell ? » il m'a demandé, ce que j'ai interprété comme une mauvaise entrée en matière.

«Tu veux dire Candice», j'ai répondu en grinçant des dents. «Elle s'appelle Candice.»

«Ouais. C'est ça», il a dit.

«J'étais en cours avec elle, mais j'ai raté cette u.v.», j'ai dit sans beaucoup d'entrain.

«J'étais dans ce cours aussi. Et je l'ai aussi ratée», il a fait, surpris.

A cet instant, grâce au passé, le contact s'est établi.

«Je ne t'ai pourtant jamais vu à ce cours», j'ai dit, méfiant.

«Forcément, c'est pour ça que j'ai raté l'exam», il a rétorqué avec un sourire malin.

«Oh», j'ai fait en hochant la tête.

«Je ne peux pas croire que toi, tu aies pu le rater», il a dit.

Je ne l'avais pas raté. J'avais simplement décroché une mention «incomplet», que j'ai rattrapée pendant l'été. En fait c'était une u.v. incroyablement facile, un cours hyper-relax (Théâtre ethnique), et je n'ai pas compris qu'on ait pu rater cet examen, qu'on assiste ou pas aux cours. Mais Sean semblait impressionné, et j'ai poursuivi dans la même veine.

«Ouais, j'en ai loupé deux autres», j'ai ajouté en surveillant ses réactions.

«Vraiment?» Sa bouche, ses lèvres étaient pleines et rouges, sexy, sans doute sensibles, mais pas trop. Elles se sont séparées en une moue de surprise.

«Ouais.» J'ai opiné.

«Bon dieu, j'aurais jamais cru que tu louperais la moindre u.v.», il a dit sur un ton admiratif.

«Faut pas se fier aux apparences», j'ai répondu. La première avance sérieuse de la conversation. On flirtait facilement lors de ces fêtes du vendredi soir.

«J'adore les types comme toi», il a dit en riant, sur le ton de la blague. Puis il s'est souvenu qu'il était là à

71

cause de la bière, à moins que... Il a fait tourner le robinet, mais il n'y en avait plus.

Je le toisais. Il portait un jean, des bottes, un t-shirt blanc et une veste en cuir assez démodée, bordée de fourrure: le jeune Américain décontracté. J'ai pensé que ce serait un sacré exploit que d'attirer ce garçon dans mon lit. Puis j'ai soupiré en me disant que j'étais stupide. La party allait vers sa fin, je sentais la déprime arriver, le fût gargouillait. Je me suis raclé la gorge et j'ai dit: « A un de ces jours. »

Alors il a prononcé des paroles vraiment bizarres. Qui ont tout mis en branle. Je n'étais pas assez ivre pour entendre de travers, et l'audace de sa proposition m'a mis sur le cul. Je ne lui ai pas demandé de la répéter. J'ai simplement repris les mots de sa question: Ça te dirait, une quesadilla?

« Ça te dirait d'aller prendre une quesadilla? » j'ai demandé. « Tu veux qu'on dîne ensemble demain soir? Mexicain? *Casa Miguel*? »

Il s'est montré très timide, il a baissé les yeux et dit: « Ouais, je crois. » Il semblait presque stupéfait. Ou blessé. Ça m'a touché. Les Supremes chantaient « *When The Love Light Starts Shining Through His Eyes* » (« Quand la lueur de l'amour commence à briller dans ses yeux »). Et bien que, de toute évidence, il voulût y aller *tout de suite*, nous nous sommes donnés rendez-vous à *Casa Miguel*, dans North Camden, demain soir à sept heures.

SEAN — La soirée est sur le déclin et je l'ai entièrement consacrée à mater Candice. Mais le moment arrive où elle s'en va avec Mitch, et je suis moins surpris ou bouleversé que je ne m'y attendais. Ce qui s'explique aussi par tout l'alcool que j'ai bu. Quelques étudiants traînent encore ; ces gens qui en fin de soirée attendent de trouver quelqu'un à ramener dans leur turne me dépriment régulièrement. Ça me rappelle les gamins qu'on choisit en dernier au lycée pour constituer les équipes. C'est nul. Ça renforce le sentiment qu'on a de sa propre valeur. Mais en fin de compte je m'en bats l'œil. Je m'approche du fût, Paul Denton se tient à côté de lui et il n'y a plus de bière et Tony vend des bouteilles de bière deux dollars pièce dans sa chambre et je ne veux pas dépenser mon fric et je ne suis pas d'humeur à les soutirer à ce type et je soupçonne Denton d'avoir quelques dollars et je lui demande si ça lui dirait d'aller prendre une caisse de bière et ce mec est si pété qu'il me demande de dîner avec lui demain soir et j'imagine que moi aussi je suis bourré et je lui réponds oui d'accord même si je ne sais foutrement plus très bien ce que je raconte, plongé dans la plus totale confusion. Je m'éloigne et finis par coucher encore avec Deidre ce qui quand même... Je ne sais plus la suite.

73

LAUREN — Réveil. Samedi matin. Cours sur la condition postmoderne. Rien que ça. A dix heures. Bâtiment Dickinson. C'est déjà octobre et nous n'avons encore eu qu'un seul cours. J'ai l'impression que je suis la seule inscrite. En tout cas j'étais la seule présente à la première réunion, il y a un mois, et Conroy était tellement ivre qu'il avait perdu son listing. Je vais prendre un brunch. Longe la pelouse de Commons. Des gens qui ont probablement passé une nuit blanche nettoient les saletés. Peut-être font-ils encore la fête, peut-être s'amusent-ils comme des fous. Eternelle Soirée du Fût à la Fin du Monde? Ils font rouler les fûts. Rangent le matos de sonorisation. Descendent les rampes de lumières. Tout aurait déjà dû disparaître. Sans doute. Mais peut-être que non. M'arrête à Commons. Café. Pas de courrier de Victor. Marche vers Dickinson. Et... devinez la meilleure. Conroy est endormi sur le divan de son bureau. A l'intérieur ça pue la marijuana. Sur le plateau de sa table, une pipe de marijuana à côté d'une bouteille de scotch. M'installe au bureau, guère surprise ni troublée, fume une cigarette en regardant Conroy dormir. Il va se réveiller? Non. Ecrase ma cigarette. Pars. Victor m'a recommandé ce cours.

SEAN — Je me lève de bonne heure pour un samedi, peu après le petit déjeuner. Prends une douche et me rappelle vaguement ce cours auquel j'ai une chance d'être à l'heure. Je fume deux cigarettes, regarde la Grenouille dormir, marche de long en large. Je ne parviens pas à croire que mon coturne s'appelle Bertrand. Je vais à Tishman parce qu'il n'y a rien d'autre à faire. Les samedis sont toujours chiants, et comme je n'ai jamais été à ce cours ça ne peut pas être vraiment emmerdant. Je vais à Tishman, mais me gourre de bâtiment. Je me rappelle alors que ce cours a sans doute lieu à Dickinson, mais je me trompe de salle, et finis par trouver la bonne même si on jurerait qu'aucun cours ne va s'y dérouler. C'est le bureau du prof, il n'y a personne. Je ne suis pas vraiment en retard, et je me demande s'il n'y aurait pas eu un changement de salle. Dans ce cas je laisse tomber cette u.v., je ne vais pas me faire chier avec ce genre de conneries. Mais vu que ce bureau empeste l'herbe, je reste dans le coin au cas où quelqu'un se pointerait avec quelque chose à fumer. Je m'assois au bureau, cherche un indice qui me permettrait de préciser la nature de ce cours. Mais je n'en trouve pas. Je retourne donc à ma chambre. La Grenouille est partie. Je vais voir à la réunion des A.A. à Bingham, mais il n'y est pas, et après avoir traîné dans le salon en fumant et marchant pour passer le temps, je retourne dans ma chambre. Je vais peut-être aller faire un tour à Manchester. Les samedis sont chiants.

Hier j'étais en cours (supportable, à cause de toi) quand j'ai remarqué le dos de Fergus (j'aurais remarqué plus tôt le tien) et j'ai écrit à ma voisine (une fille que je ne connais ni d'Eve ni d'Adam, une fille qui ignore tout de moi, pour qui je ne compte pas, une fille qui écarterait les jambes pour toi — l'a peut-être déjà fait, tout le monde l'a fait, tout le monde, à mes yeux —) que Fergus a un dos sexy, elle griffonne quelque chose au bas du papier, puis me le rend: « Ouais... Mais regarde son visage. » Quelle cruauté, quelle bêtise dans cette réponse ! Ces mots idiots m'ont donné envie de pleurer et j'ai pensé à toi. J'ai déposé un autre billet dans ta boîte, encore un compte rendu tiède des désirs qui brûlent mon cœur. Tu me prends probablement pour une cinglée délirante, ce que je ne suis pas. Je te le répète, je ne suis pas cela. Simplement je Te veux. Il doit bien y avoir quelque chose en moi que tu puisses désirer. Si seulement Tu savais. Ces billets que je glisse dans ta boîte sont difficiles à écrire. Non sans mal je me suis retenue d'y ajouter mon parfum — d'essayer de faire appel à l'un de tes sens: ouïe, goût, odorat, etc. Une fois que j'ai mis ces billets dans ta boîte je serre les dents, ferme les yeux, mes mains sont comme deux terribles serres, je suis une patiente éternellement allongée dans le fauteuil du dentiste. Cela demande du courage. Un courage irritant, têtu. Le contact de ton corps, tel que je l'imagine sans doute, semble à la fois odieux et curieusement délicieux. Cuisant. Toutes ces sensations me déchirent. Mes yeux sont toujours prêts pour toi. Ils veulent te harponner pour t'allonger dans des draps duveteux de lin blanc, pour que je sois enfin en sécurité, dans tes bras, dans tes bras musclés. Je t'emmènerais en Arizona, je te *présenterais même à ma mère. La graine de l'amour a pris racine et si nous ne brûlons pas ensemble, je brûlerai seule.*

PAUL — Ce samedi soir du début octobre j'ai manqué ce premier rendez-vous. Je me suis habillé dans ma chambre, si insatisfait de mes tenues successives que je me suis changé quatre fois en une demi-heure. Cela devenait d'autant plus ridicule que sept heures approchait et que j'allais devoir appeler un taxi car je ne possédais pas de voiture. Je me suis changé une dernière fois, j'ai enlevé la cassette des Smiths et j'allais quitter ma chambre quand Raymond y a fait irruption. Blême, il haletait et m'a dit : « Harry a essayé de se tuer. »

Je savais qu'un truc de ce genre se préparait. Je pressentais qu'un obstacle, majeur ou mineur, empêcherait cette soirée de suivre son cours normal. Toute la journée j'avais senti que quelque chose allait bousiller ma soirée. J'ai donc demandé à Raymond : « Comment ça, Harry a essayé de se tuer ? » Je suis resté calme.

« Faut qu'tu viennes à Fels. Il est là-bas. Oh merde. Bon dieu, Paul. Faut faire quelque chose. » Je n'avais jamais vu Raymond dans cet état. On aurait dit qu'il allait fondre en larmes, il accordait à cet événement (un suicide de première année ? oh, pitié) une dimension émotionnelle injustifiée.

«Appelle les services de sécurité», j'ai suggéré.

«Les services de sécurité?» il a beuglé. «La sécurité? Mais que veux-tu donc qu'ils fassent?» Il s'est emparé de mon bras et l'a serré.

«Dis-leur qu'un première année a tenté de se suicider», je lui ai répondu. «Crois-moi, ils seront là dans moins d'une heure.»

«Quesse tu racontes, bordel?» il a crié en serrant toujours mon bras.

«Arrête ça», j'ai dit. «Harry va s'en sortir. J'ai un rencard à sept heures.»

«Je te prie de me suivre!» il a encore crié en m'entraînant dans le couloir.

J'ai pris mon écharpe au portemanteau et réussi à fermer la porte avant de le suivre dans l'escalier et jusqu'à Fels. Dans le couloir de Harry, j'ai commencé d'avoir la trouille. Je flippais déjà assez à l'idée de mon rencard avec Sean (Sean Bateman — toute la journée j'avais murmuré ce nom, le chantant presque, sous la douche, dans mon lit, l'oreiller sur le visage, entre les jambes) et je flippais encore plus à l'idée d'être en retard, de tout bousiller. Cela, et cela seulement, m'a fait davantage paniquer que ce prétendu suicide: ce crétin de Harry qui essaie de se supprimer. Comment s'y est-il pris, je me demandais en m'approchant de sa porte, et Raymond à côté de moi avait une respiration curieusement sifflante. Overdose de Sudafed avec du pinard? Et pourquoi cette tentative? Son lecteur de disques compacts l'a lâché? La télé a annulé la diffusion de «*Miami Vice*»?

Il fait sombre dans la chambre de Harry. Seule lumière, une petite lampe halogène noire sur son bureau, sous un poster de George Michael. Harry est allongé sur son lit, les yeux clos, avec sa dégaine typique de première année: bermuda (en octobre!), chandail léger, chaussettes montantes, sa tête remue de gauche à droite. Assis près de lui, Donald tente de le faire vomir dans la corbeille à côté du lit.

« J'ai amené Paul », a dit Raymond comme si j'allais sauver la vie de Harry.

Il s'est approché du lit pour mieux voir.

« Qu'a-t-il pris ? » j'ai demandé, du seuil de la chambre. J'ai vérifié ma montre.

« Nous ne savons pas », ils ont répondu en chœur.

J'ai avancé vers le bureau et avisé une bouteille de Dewar à moitié vide.

« Vous ne savez pas ? » j'ai répété, irrité. J'ai reniflé la bouteille comme un indice.

« Ecoutez, on va le transporter à l'hôpital de Dunham », a dit Donald en essayant de le soulever.

« Putain, c'est à Keene ! » a crié Raymond.

« Evidemment, connard ! » a hurlé Donald.

« Il y a un hôpital en ville », a dit Raymond, puis il a ajouté : « Espèce de plouc. »

« Comment veux-tu que je le sache ? » a encore gueulé Donald.

« J'ai un rendez-vous à sept heures », je leur ai dit.

« Pense plus à ton rencard. Raymond, va chercher ta voiture », a crié Donald d'un seul souffle, en soulevant Harry. Raymond est sorti ventre à terre, puis s'est mis à courir dans le couloir. J'ai entendu la porte de derrière claquer.

Je me suis approché du lit pour aider Donald à soulever Harry, lequel était étonnamment léger. Donald a tiré sur le bras de Harry pour lui enlever sa veste en cachemire, avant de la lancer dans un coin.

« Pourquoi tu fais ça ? » je lui ai demandé.

« C'est ma veste. J'ai pas envie de la retrouver dégueulasse », a répondu Donald.

« On fait quoi ? » a dit Harry en toussant.

« Tu vois, il est vivant », j'ai fait d'un ton accusateur.

« Oh bon dieu », a dit Donald en me jetant un regard noir. « Ça va aller, Harry », il a chuchoté.

« Il me paraît en forme. Peut-être un peu saoul », j'ai dit.

« Paul », m'a lancé Donald avec son insupportable intonation de prêcheur ; il fulminait, mais ses lèvres remuaient à peine, « il m'a appelé avant le dîner pour m'annoncer qu'il allait se suicider. Je suis passé ici après dîner et je l'ai trouvé dans le coltard. Il a manifestement pris quelque chose. »

« Qu'as-tu pris, Harry ? » j'ai demandé en lui donnant de légères claques avec ma main libre.

« Allez, Harry. Dis à Paul ce que tu as pris », l'a prié Donald.

Harry ne disait rien, il toussait simplement.

Nous l'avons traîné dans le couloir ; il puait le Dewar. Il s'était évanoui, sa tête pendouillait. Nous sortions du bâtiment quand la Saab de Raymond s'est arrêtée devant la porte.

« Pourquoi a-t-il fait ça ? » j'ai demandé tandis que nous essayions de l'installer dans la voiture.

« Donald, conduis », a ordonné Raymond en descendant de la Saab pour nous aider à l'allonger sur la banquette arrière. Le moteur tournait. Je commençais à souffrir de migraine.

« Je sais pas conduire avec un changement de vitesse », a dit Donald.

« Merde ! » a hurlé Raymond. « Alors colle-toi derrière. »

Je suis monté devant et Raymond a démarré avant que je n'aie fermé ma porte. « Pourquoi il a fait ça ? » j'ai redemandé ; nous franchissions la barrière du campus et descendions l'allée de la fac. J'ai failli leur demander de me déposer à North Camden, mais j'ai deviné qu'ils ne me le pardonneraient jamais. J'ai donc renoncé.

«Il a appris aujourd'hui que ses parents l'ont adopté», a dit Donald sur le siège arrière.

La tête de Harry reposait sur ses cuisses, il s'est remis à tousser.

«Oh», j'ai fait.

Nous avons franchi le portail. Dehors il faisait sombre et froid. Nous roulions dans une direction diamétralement opposée à North Camden. J'ai encore regardé ma montre. Sept heures un quart. J'ai imaginé Sean assis seul au bar désert de *Casa Miguel,* en train de siroter une Margarita glacée (non, il ne boirait jamais ça ; une bière mexicaine lui convenait mieux), déçu, puis revenant en voiture (une seconde, il ne possédait peut-être pas de voiture, il était sans doute venu à pied, oh seigneur), seul. Nous n'avons pas croisé beaucoup de voitures. Il y avait la queue devant les cinémas I & II, des gens de la ville qui allaient voir le nouveau Chuck Norris. Ménagères et femmes de profs sortaient de l'Ecrase-Prix en poussant des caddies. Du monde chez Woolworth dans la grand-rue, énormes puits de lumière fluorescente au-dessus du parking. The Jam passait dans la voiture, et en écoutant la musique, la taille réduite de cette ville m'a frappé, et puis le fait que j'ignorais tout de ses habitants. Au loin, j'ai aperçu l'hôpital où je n'avais jamais mis les pieds. Nous étions presque arrivés à ce modeste bâtiment de briques qui se dressait au milieu d'un vaste parking vide, à la lisière de la ville. Au-delà, des bois, une forêt s'étendait sur des kilomètres. Personne ne parlait. Nous sommes passés devant un magasin de spiritueux.

«Tu pourrais pas t'arrêter? J'ai besoin de cigarettes», j'ai dit en palpant mes poches.

« Puis-je te rappeler qu'il y a quelqu'un en pleine overdose sur la banquette arrière ? » a fait Donald.

Raymond, l'air inquiet, conduisait penché par-dessus le volant, comme s'il mourait d'envie de fumer une cigarette.

Ignorant Donald, j'ai dit : « Ça prendra juste une minute. »

« Non », a fait Raymond d'une voix qui manquait de force.

« Il ne fait pas une overdose », j'ai dit, furieux, en songeant à un bar vide de North Camden. « C'est juste un première année. Les première année ne font jamais d'overdose. »

« Ta gueule ! » a crié Donald. « Oh merde, il gerbe. Il va gerber. »

Dans l'obscurité de la Saab nous entendions ses haut-le-cœur ; je me suis retourné pour mieux voir. Harry toussait toujours, et maintenant il transpirait.

« Ouvre la fenêtre », a crié Raymond. « Ouvre-moi cette putain de fenêtre ! »

« Calmez-vous, tous les deux. Il ne gerbe pas », j'ai fait, partagé entre l'écœurement et la tristesse.

« Il va gerber. Je le sens », criait Donald.

« Comment t'appelles ce bruit ? » m'a gueulé Raymond à propos des haut-le-cœur de Harry.

« Des bruits de plomberie ! » je lui ai gueulé en retour.

Harry a commencé de grommeler quelque chose, puis les borborygmes ont repris.

« Oh non », a fait Donald en essayant de soulever la tête de Harry vers la fenêtre. « Il va encore dégueuler ! »

« Tant mieux », lui a crié Raymond. « Ça lui fait du bien de dégueuler. Laisse-le faire. »

« Vous me faites marrer », j'ai dit. « Je peux changer la cassette ? »

Raymond s'est dirigé vers l'entrée des urgences, et il a

arrêté la voiture dans un grand bruit de pneus. Nous sommes descendus, avons extrait Harry de la banquette arrière avant de le traîner vers le bureau de la réception. Il n'y avait personne. De la musique douce sortait de haut-parleurs invisibles encastrés dans le plafond. Une jeune et grosse infirmière nous a regardés en ricanant, elle pensait probablement : oh là là encore des p'tits morveux de la fac de Camden. «Oui?» elle a fait sans regarder Harry.

«Ce type vient de faire une overdose», a dit Raymond en s'approchant du bureau et abandonnant Harry à Donald.

«Une overdose?» elle a demandé en se levant.

Alors le médecin de garde est arrivé. Il ressemblait à Jack Elam, ce gros type adipeux à lunettes épaisses, qui marmonnait. Donald a allongé Harry par terre. «Merci mon dieu», a murmuré Raymond, comme soulagé de transmettre à autrui la responsabilité de Harry. Le médecin s'est penché pour examiner Harry. J'ai tout de suite senti que ce mec était un charlatan, car il ne nous a posé aucune question. Nous n'avons rien dit. Ça me foutait en rogne que Raymond et Donald non seulement m'aient fait rater ce rencard si important, mais aussi qu'ils portent la même veste longue en laine que moi. J'avais acheté la mienne en premier, trente dollars au magasin de l'Armée du Salut en ville. Du pur loden. Dès le lendemain ils y ont filé tous les deux pour acheter les deux dernières vestes, probablement une donation d'un type de la fac qui partait vers l'Ouest, pour enseigner en Californie ou ailleurs. Le médecin a grommelé et soulevé les paupières de Harry. Harry s'est mis à rigoler, puis il a eu un spasme et n'a plus bougé.

«Allez-vous le transporter dans la salle des urgences?» Raymond était tout rouge. «Grouillez-vous. Il n'y a personne d'autre ici?» Il jetait des regards angoissés, mais méthodiques, autour de lui. Comme un type qui se demande avec une vague inquiétude s'il va pouvoir entrer au Palladium ou non.

Le médecin a fait la sourde oreille. Malgré le gel qu'il y avait appliqué sa touffe de cheveux poivre et sel se dressait sur son crâne, et il grognait sans arrêt. Il a pris le pouls de Harry, n'a rien trouvé, puis il a déboutonné la chemise de Harry et collé son stéthoscope contre sa poitrine osseuse et bronzée. Nous étions tous debout là dans cet hôpital vide. Le médecin a encore cherché le pouls en grommelant. Harry bougeait un peu, un sourire d'ivrogne sur son jeune visage de première année. Le médecin a cherché un battement de cœur, un signe de vie quelconque. Il a remis son stéthoscope. Enfin il nous a regardés tous les trois et dit : « Pour moi, le pouls ne bat plus. »

Donald a porté la main à sa bouche, reculé d'un pas et heurté le mur derrière lui.

« Il est mort ? » a demandé Raymond, incrédule. « C'est une blague ? »

« Oh merde, je vois bien qu'il bouge », j'ai dit en montrant la poitrine de Harry, qui montait puis descendait. « Il n'est pas mort. Je le vois respirer. »

« Il est mort, Paul. Boucle-la ! Je le savais. Je le savais ! » a crié Donald.

« Désolé, les gars », a fait le médecin en secouant la tête. « Comment est-ce arrivé ? »

« Bon dieu », a gémi Donald.

« Ferme-le si tu veux pas recevoir une gifle », je lui ai dit. « *Regarde*. Il n'est pas mort. »

« Navré, les gars, mais je ne trouve ni pouls ni battement de cœur. Et les pupilles me paraissent dilatées. » L'air a sifflé entre les dents du médecin quand il s'est relevé avec effort, puis, montrant Harry, il a déclaré : « Ce garçon est mort. »

Aucun de nous trois n'a répondu. J'ai regardé Raymond, qui ne paraissait plus inquiet, et il m'a adressé un regard qui disait ce-charlatan-est-un-cinglé-de-première-barrons-nous-d'ici. Donald, qui nous tournait le dos, avait toujours ses vapeurs. L'infirmière lorgnait par-dessus le bureau, indifférente.

« Je ne sais pas quoi vous dire, les gars », a fait le toubib. « Mais votre ami est mort. Il ne vit tout simplement plus. »

Harry a ouvert les yeux et demandé : « Je suis pas mort, hein ? »

Donald a hurlé.

« Si, t'es mort », a dit Raymond. « Boucle-la. »

Le toubib n'a pas semblé trop perturbé par la réaction de Harry, il a grommelé et s'est de nouveau agenouillé près de Harry pour lui prendre le pouls. « Je vous le répète, il n'y a pas de pouls. Ce garçon est *mort*. » Il affirmait ça froidement, malgré les battements de paupière de Harry. Le toubib s'est encore servi de son stéthoscope. « Je n'entends strictement rien. »

« Attendez une minute », j'ai dit. « Euh, écoutez, docteur. Je crois que nous allons ramener notre ami chez lui, okay ? » Je me suis approché de lui avec précaution. Je savais que nous étions dans l'hôpital Enfer ou quelque lieu similaire. « Ça vous, euh, ça vous va ? »

« Je suis mort ? » a demandé Harry en blaguant, soudain requinqué.

« Dis-lui de la boucler », a gueulé Donald.

« Je suis absolument certain que votre ami est mort », a grommelé le toubib, qui ne savait plus très bien sur quel pied danser. « Vous voulez peut-être que je procède à quelques tests ? »

« Non ! » Raymond et moi avons crié en même temps. Nous sommes restés là à regarder le soi-disant défunt de première année, Harry, qui se bidonnait. Nous ne disions rien. Bien que le docteur insistât pour procéder à quelques tests sur «le cadavre de notre ami», nous avons ramené illico presto notre première année dans ses pénates, mais Donald a refusé de s'asseoir à côté de lui sur la banquette arrière. Quand nous sommes arrivés au campus, il était presque huit heures et demie. C'était foutu.

SEAN — Aujourd'hui je traîne, me balade en ville en moto, à pied, j'achète deux cassettes, puis reviens à Booth pour regarder *La Planète des singes* sur le magnétoscope de Getch. J'adore la scène où la balle d'un singe réduit Charlton Heston au silence. Il s'échappe, court comme un fou dans la Cité des singes et quand le filet se referme sur lui, il est porté en triomphe par les gorilles, puis retrouve enfin sa voix et braille : « Enlevez vos sales pattes de là, espèces d'infects corniauds ! » Cette scène m'a toujours ravi. Elle me rappelle les cauchemars que je faisais à l'école primaire. Ensuite, alors que je veux prendre une douche, je découvre le duc de la Maladie (promotion 78 ou 79) qui lave son putain de linge dans ma salle de bains. Il ne suit même pas de cours ici. Il vient simplement voir un ancien prof. Je dois courir après ce trouduc avec un flacon de désinfectant. Ce soir après le dîner je trouve un autre billet dans ma boîte à lettres. Il n'y a pas grand-chose écrit dessus, sinon « Je t'aime » ou « Tu es sexy », des trucs de ce genre. J'ai d'abord cru que c'était une blague de Tony ou de Getch, mais j'ai reçu trop de billets pour que ce soit une simple plaisanterie. Quelqu'un s'intéresse *sérieusement* à moi. Mon intérêt est *incontestablement* éveillé.

Ensuite après le dîner je retourne à Booth pour regarder la télé dans la chambre de Getch, et un grand hippie aux cheveux gras devenu étudiant professionnel, un certain Dan qui baisait avec Candice au trimestre dernier, discute le coup avec Tony. Il est huit heures et demie environ, la chambre est glacée, je me sens fiévreux. Tony et ce mec se querellent bientôt à propos de politique ou d'autre chose. C'est terrifiant. Tony, un peu bourré, est vexé de se heurter à une résistance obstinée, et Dan, qui dégage l'odeur d'un tapis qu'on n'a pas lavé depuis vingt ans, cite une kyrielle d'écrivains de gauche et traite de « nazis » les policiers de New York. J'interviens pour lui dire que je me suis autrefois fait dérouiller par les flics de cette ville. Il sourit et clame : « Voici un témoin à charge. » Je blaguais. Je me sens bizarre, mon corps est douloureux. Je les regarde s'engueuler à propos des nazis. Je trouve ça marrant. Les samedis sont chiants.

Maintenant, à la party, je ne réussis pas à repérer Candice, je traîne donc près du fût, discute avec le D.J., vais aux toilettes, mais un crétin a gerbé sur tout le sol, et je suis à deux doigts de filer quand je tombe sur Paul Denton qui arrive dans le couloir, et je me rappelle vaguement lui avoir parlé hier soir, je lui adresse un signe de tête en m'éloignant de la zone sinistrée, mais il s'approche de moi pour dire : « Oh, je suis vraiment désolé pour ce soir. »

« Ouais », je dis. « Désolé. »

«Tu es resté?» il me demande.

«Si je suis resté? Ouais», je réponds. N'importe quoi. «Je suis resté.»

«Bon dieu, je suis vraiment navré», il répète.

«Ecoute, c'est pas si grave. Vraiment», je le rassure.

«Je dois faire quelque chose pour me racheter», il me dit alors.

«Okay. D'accord», je dis. «Il faut que je pisse, hein?»

«Oh, bien sûr. Je t'attends», il me sourit.

Après avoir chassé le vomi dans la cuvette avec mon jet, je sors dans le couloir, Denton m'attend toujours, avec une bière glacée pour moi. Je le remercie, que faire d'autre, et nous retournons vers le salon où des connards des fraternités de Dartmouth ont infiltré la party. Je me demande vraiment comment ils ont réussi à pénétrer sur le campus. Les surveillants ont dû les laisser passer en croyant nous faire une bonne blague. Voilà donc ces riches péquenauds habillés chez Brooks Brothers qui se pointent vers moi pendant que j'attends Denton parti chercher une autre bière, et l'un d'eux me demande: «Keski s'passe?»

«Pas grand-chose», je lui dis. C'est la stricte vérité.

«C'est où la soirée du Prêt à Baiser?» demande un autre.

«C'est pour plus tard», je lui dis.

«Ce soir?» demande le même.

«Le trimestre prochain», je mens.

«Oh merde. On croyait que c'était ce soir la party du Prêt à Baiser», ils disent, sincèrement déçus.

«On dirait une fête de la Toussaint, si vous voulez mon avis», dit l'un.

«Ringard», dit un autre en regardant autour de lui avec des hochements de tête dégoûtés. «C'est ringard.»

«Désolé, les gars», je fais.

Denton revient avec une bière, qu'il me tend, et nous parlons tous ensemble. Ils s'excitent pour de bon quand le D.J. met un vieux morceau de Sam Cooke, l'un d'eux s'empare d'une première année plutôt bien roulée pour danser avec elle dès les premières mesures de « *Twisting the Night Away* ». Ça m'écœure. Les autres crétins de Dartmouth se serrent la main dans le pire style fraternité. Pour une raison mystérieuse, ils sont tous habillés en vert. Denton les observe, puis demande: « Ça vous fait pas trop loin de venir jusqu'ici? »

« Non, en bagnole ça va », répond l'un.

Puis Denton demande: « Alors, comment est le monde extérieur? »

Je trouve ça plutôt nul que Denton s'intéresse à l'existence de ces ploucs, mais je ne dis rien.

« C'est supportable », répond l'un en matant un boudin. Notre présidente de l'association des étudiants.

« Dites donc, z'êtes vraiment au milieu de nulle part », dit l'un des plus brillants.

Denton rit et répond: « En quelque sorte. »

« Hanover est une métropole en plein essor », je marmonne assez fort.

« Franchement ça ressemble à une putain de fête de la Toussaint », répète l'un d'eux, et ils me flanquent les boules, peut-être que ça y ressemble mais ça ne donne pas le moindre droit à ces trouducs, si bien que je leur dis: « Non, c'est pas une fête de Toussaint. C'est la soirée du Prêt à Baiser. »

« Ah ouais? » Ils redressent tous la tête en se donnant des coups de coude. « On est prêts. »

« Ouais. Penchez-vous, on va vous baiser », je me retrouve en train de dire.

Ils me regardent comme un cinglé puis s'éloignent en me traitant de « pervers ». Je ne sais même pas pourquoi j'ai dit ça. Je regarde Denton, qui rigole, mais quand il

remarque que je ne ris pas, il s'arrête. Il se fait tard,
Candice demeure introuvable, le fût sera bientôt vide.
Denton propose que nous allions dans sa chambre, où il
a de la bière. Vaguement pété, je lui réponds pourquoi
pas? Je m'assure que j'ai bien l'herbe que j'ai été
chercher dans l'après-midi chez Roxanne, où j'ai passé
un bon moment avec des filles de première année qui
habitent McCullough. Nous quittons la soirée, nous
dirigeons vers Welling.

PAUL — Après notre petite excursion à l'hôpital, je
suis retourné à ma chambre en m'interrogeant sur
l'attitude à adopter. D'abord j'ai appelé *Casa Miguel* et
demandé Sean. Il n'était pas là. Déjà parti. Je me suis
assis sur le lit pour fumer deux cigarettes. Je suis allé au
Pub, d'abord non sans crainte. Je n'ai pas regardé la
pièce avant d'être arrivé au bar. Harry était déjà là,
totalement remis, il se bourrait près du juke-box en
compagnie de David Van Pelt. J'ai pris une bière, mais
ne l'ai pas bue, puis j'ai suivi des gens à Booth (il
commençait de faire trop froid pour les fêtes à la Fin du
Monde) afin de m'expliquer avec Sean. C'était une fête,
après tout.

La soirée battait son plein quand je suis arrivé.
Raymond était là, mais je ne voulais pas lui parler. Il

m'a abordé malgré tout pour me proposer de boire quelque chose.

«D'accord.» Je levais la tête pour apercevoir la piste de danse.

«Que veux-tu boire? Je connais le barman.»

«Un rhum quelque chose.»

Quand Raymond s'est éloigné, j'ai repéré Sean. De la partie du salon obscur de Booth où j'étais, je l'ai vu dans la lumière: il sortait des toilettes dans le couloir. Il avait une bière à la main, une cigarette dans l'autre, il essayait d'enlever une saleté sur sa botte en se servant du talon de l'autre. Il m'a aperçu et s'est aussitôt détourné, sans doute par timidité. Je me sentais coupable après notre rencontre de la veille au soir — coupable de lui avoir raconté que je m'étais fait recaler à trois u.v. au trimestre dernier. Je lui avais seulement dit ça parce que je le trouvais très beau et que je désirais coucher avec lui. Ce trimestre-là, j'avais en réalité réussi tous mes examens. (Sean m'a ensuite avoué qu'il s'était fait recaler aux quatre. En fait, je ne parvenais pas à comprendre qu'on puisse rater un seul examen à Camden. Cela me paraissait tellement irrationnel que j'ai trouvé Sean encore plus séduisant, non sans une certaine perversité.) Mais la veille au soir il m'a indubitablement dragué, et rien d'autre n'a d'importance. Du salon, il ressemblait un peu à une rock star filmée à son insu dans une vidéo. Un petit côté Brian Adams (mais sans traces d'acné, même si ces cicatrices sont parfois sexy). Je l'ai abordé pour lui dire combien j'étais désolé.

«Ouais», il a fait en baissant les yeux avec modestie. Il essayait toujours de se débarrasser de quelque chose sur sa botte. Je me suis demandé brusquement s'il était catholique. Ça m'a excité: d'habitude les garçons catholiques sont prêts à tout. «Moi aussi je suis désolé.»

«Tu es resté là-bas?» je lui ai demandé.

«Si je suis resté là-bas? Ouais, bien sûr», il a reconnu, gêné, confus. «Je suis resté.»

«Je suis vraiment navré», j'ai dit.

«Oh, ne t'en fais pas trop. C'est okay. Une autre fois», il a dit.

Je me sentais si merdeux d'avoir bousillé notre rendez-vous qu'une bouffée de sympathie (de lubricité : les deux interchangeables) m'a submergé, et j'ai dit : «Je tiens à te dédommager.»

«Te sens pas obligé», il a répondu, mais j'ai bien senti qu'il ne voulait pas dire cela.

«D'accord, mais j'y tiens. J'insiste.»

Il a baissé les yeux pour dire qu'il devait aller aux toilettes, je lui ai dit que je l'attendrais.

Je me demandais si nous allions coucher ensemble ce soir, puis j'ai essayé de chasser cette pensée et d'adopter un point de vue parfaitement rationnel. Alors quatre superbes types de Darmouth sont arrivés à la soirée. Quand je suis retourné au fût pour remplir le gobelet de Sean (j'allais au moins réussir à le saouler), ils se sont tous pointés vers lui pour entamer la conversation. Piqué par la jalousie, j'ai rappliqué vite fait. Lorsque je lui ai tendu la bière, d'un air presque protecteur, le plus mignon de la bande est parti danser avec la présidente de l'association des étudiants («Dame Vagin», comme Raymond l'a surnommée). Les types de Dartmouth, qui croyaient que c'était la soirée annuelle du Prêt à Baiser, furent assez déçus d'apprendre qu'ils avaient fait tout le chemin de Hanover pour assister au Premier Bal de la Toussaint de Camden. Ils ont expliqué ça non sans sarcasme, et j'ai trouvé leur réaction assez nulle.

Mais je leur ai demandé, d'une voix enjôleuse: «Ça vous fait pas trop loin de venir jusqu'ici?»

«C'est pas vraiment très loin», a répondu le blond.

«Alors, comment est le monde extérieur?» j'ai demandé en riant.

«Supportable», a dit celui qui avait un début de double menton.

«Pareil qu'ici», a fait un autre.

«Dites donc, z'êtes vraiment au milieu de nulle part, hein?» a dit le blond. Ils regardaient tous la piste de danse en hochant la tête.

«En quelque sorte», j'ai répondu.

Alors Sean a émis une grossièreté que je n'ai pas entendue. J'ai compris que j'éveillais sa jalousie en parlant à ces types, et je me suis tu aussitôt. Mais trop tard. Il était tellement jaloux qu'il leur a dit de se barrer. Il leur a dit que c'était la soirée du Prêt à Baiser, qu'ils devaient se pencher pour se faire enculer. J'espérais ne pas jouer les proies insaisissables, mais j'ai trouvé son intervention assez érotique. Néanmoins je n'ai trahi aucune émotion. J'ai eu peur que les types de Dartmouth ne lui flanquent une raclée (ou à moi), mais ils se sont simplement éloignés, trop stupéfaits pour réagir, tous les soupçons qu'ils avaient sur Camden confirmés par l'outrance de Sean. Peu après, alors que minuit approchait, je lui ai proposé de venir dans ma chambre. J'avais demandé à Raymond de s'arrêter à l'Ecrase-Prix sur le chemin du retour pour que j'achète un pack de bière. Mais maintenant je n'étais même pas certain que nous allions en boire, car Sean était déjà bien pété. Je me suis d'abord assuré que ma proposition l'intéressait, en lui demandant s'il voulait passer à sa chambre.

«On pourrait faire ça», il a rétorqué. «Mon coturne est souvent absent. Sa copine habite en ville, il y est souvent. » Sa voix était pâteuse. Il a renversé un gobelet sans s'en apercevoir.

« Tu as de l'alcool ? » je lui ai demandé en riant.

« Si j'ai de l'alcool ? » il a répété. « Est-ce que j'en ai ? »

« Tu en as ? » j'ai insisté.

« Je... n'en ai pas », il a fait en riant.

« Allons dans ma chambre », j'ai dit. « J'ai de la bière. »

Nous avons quitté Booth en passant devant les types de Dartmouth. Sur leur dos, quelqu'un avait collé des morceaux de papiers où on lisait : « Trouduc ». Nous sommes partis vers Welling.

« T'es catholique ? » je lui ai demandé.

Nous avons marché un peu avant qu'il ne réponde : « Je me souviens plus. »

LAUREN — Je ne sais pas pourquoi je couche avec Franklin. Peut-être parce que Judy l'aime bien, ou couche avec lui à l'occasion. Peut-être, aussi, parce qu'il est grand, brun, et me rappelle Victor. Peut-être parce que c'est dimanche soir, il fait sombre, je m'ennuie, mais pourquoi suis-je à Booth ? Je me laisse trop aller. Peut-être, encore, parce que Judy est allée au cinéma à Manchester. Peut-être aussi parce qu'après le cours de poésie j'ai demandé au type de L.A. de me retrouver ce soir au comptoir des boissons ; il m'a posé un lapin, quand je l'ai revu ensuite à Booth il m'a juré qu'il avait compris le comptoir des poissons. Je ne sais pas. C'est peut-être parce que Franklin était... tout simplement *disponible*. Pourtant il n'est pas le seul type dans ce cas. Il y a aussi ce beau Français qui est venu m'annoncer qu'il était amoureux de moi. Mais il me rappelle que je devrais sans doute partir en Europe pour retrouver Victor et le ramener ici. Mais ensuite ? Nous discutons, Franklin et moi. Pas très folichon. Des mecs très beaux, mais totalement creux, de Dartmouth, envahissent la soirée. (Comment sais-tu qu'ils viennent de Dartmouth ? me demande Franklin. Ils sont habillés en vert, je lui explique. Impressionné, Franklin opine, puis me demande quelle est la couleur de notre école. Question facile, il me semble : le noir.) J'espère vraiment (pas tant que ça) que Judy va revenir et m'éviter ce que je suis en train de faire. Nous dansons sur deux vieux morceaux. Quand il transpire, il est vraiment beau. Qu'est-ce que je raconte ? Ce mec est le jules de Judy. Alors je me mets en rogne contre lui : quel salaud de tromper Judy ainsi. Mais je suis trop ivre et crevée pour discuter, je me niche au creux de ses bras, il se demande ce qu'il va faire de moi. Je décide de lui laisser carte blanche. Nous retournons à sa chambre. Comme tout cela est facile. Judy n'apprendra peut-être jamais notre trahison. Et puis elle est amoureuse du coturne de Franklin, non ? Michael ? C'est ça. Je louche vers la partie de la piaule occupée par Michael : une fougère, une gravure de Hockney, un poster de Mikhaïl Baryshnikov. Vraiment pas ton genre, Judy. Laisse tomber. Ça me rappelle un garçon dont j'étais amoureuse au trimestre dernier, et une partie de l'été. A.V. Avant Victor. Voilà peut-être pourquoi je couche avec l'amant de Judy. Tant pis pour elle si elle n'est pas ici pour empêcher ça. Il n'aurait sans doute pas dû toucher ma nuque ainsi, sensation cruelle et familière. Avant même qu'il ne soit en moi, je sais que je ne coucherai plus jamais avec lui. Et peut-être Franklin me rappelle-t-il ce petit ami perdu, ce qui est bien et mal à la fois ; maintenant nous sommes dans son lit, ou plutôt sur son lit.

«Et Judy?» je demande en palpant ses omoplates puis les muscles de son dos.

«Elle est à Manchester.» Il a des doigts vigoureux.

Cette réponse semble suffire.

PAUL — Je lui ai servi l'histoire du meilleur ami décédé. Elle m'a paru plus appropriée que celle de la petite amie morte d'un cancer, ou celle de la tante préférée qui s'est suicidée après la mort de l'oncle préféré — tout cela trop mélo. Je lui ai donc servi l'histoire de «Tim», mort dans «un accident de voiture» sur «une route près de Concord», tué par «un mécanicien en état d'ivresse». Je lui ai servi ce boniment après la première bière, alors que j'étais déjà rond comme une queue de pelle.

«Dieu, c'est affreux», il a dit.

J'ai gardé la tête baissée, mais je me sentais très excité. «C'est vraiment terrible», j'ai fait.

Il a hoché la tête, puis s'est excusé avant d'aller aux toilettes.

Je me suis levé d'un bond pour me regarder dans le

miroir, j'ai pris une cigarette dans son paquet posé sur mon bureau, des Parliament. Ensuite je me suis allongé dans une position confortable sur le lit et j'ai allumé la radio. Comme il n'y avait rien de bien, j'ai mis une cassette. A son retour, il m'a demandé si je voulais fumer un peu d'herbe avec lui. Je lui ai dit que non mais qu'il pouvait fumer. Il s'est installé dans le fauteuil près du lit. J'étais assis au bord du lit. Nos genoux se touchaient.

« Où as-tu passé l'été ? » j'ai demandé.

« Oh, l'été dernier ? » il a fait en essayant d'allumer sa petite pipe avec un briquet qui marchait mal.

« Ouais. »

« A Berlin. »

« Vraiment ? » J'étais impressionné. Il avait été en Europe.

« Ouais. C'était okay », il a ajouté en cherchant un autre briquet.

« Comment sont les boîtes là-bas ? » j'ai demandé en fouillant dans ma poche. Je lui ai tendu des allumettes.

« Bien, je crois », il a dit en riant, puis il a tiré sur sa pipe. « Les boîtes ? »

« Ouais ? Tu parles allemand ? » j'ai demandé.

« Allemand ? Non », il a répondu, rigolant toujours. Ses yeux étaient très rouges. Il a retiré sa veste.

« Tu ne parles pas allemand ? »

« Non. Pourquoi ? »

« Eh bien, je pensais que... comme tu as passé l'été à Berlin... » j'ai souri sans achever ma phrase.

« Non. Berlin, dans le New Hampshire. » Il examinait sa pipe ; il l'a reniflée, puis remplie d'herbe. J'ai trouvé l'odeur désagréable.

« Il y a un Berlin dans cet Etat ? » j'ai demandé.

« Et comment », il a dit.

Je l'ai regardé remplir sa pipe, aspirer une bouffée,

puis me la tendre. J'ai secoué la tête en montrant la
bouteille de Beck que je tenais. Il a souri, s'est gratté le
bras, puis a exhalé un épais jet de fumée. Vu que j'avais
seulement allumé ma lampe de bureau, il faisait sombre
dans la chambre, l'air devenait brumeux, enfumé,
comme dans un rêve. Je l'ai regardé remplir à nouveau
sa pipe avec une attention très intense, ses doigts
maniaient délicatement ce qui ressemblait à de la
mousse séchée. (Il m'a assuré que c'était de «l'herbe
premier choix».) J'ai alors découvert que Sean me
plaisait parce qu'il me semblait, euh, dissolu. Un type
qui a roulé sa bosse. Un type qui ne se rappelait même
plus s'il était catholique. Cela séduisait quelque chose
de fondamental en moi, même si je ne parvenais pas à
savoir exactement quoi.

J'ai pris une autre Parliament en lui demandant de
s'asseoir sur le lit.

«Faut d'abord que j'aille aux toilettes», il a répondu
avec un sourire timide avant de sortir.

J'ai enlevé ma veste et mis une autre cassette dans le
lecteur. Puis j'ai décidé de retirer mes chaussures. Une
fois de plus je me suis examiné dans le miroir, je me suis
passé la main dans les cheveux. Ouvert une autre bière,
même si je n'en avais pas envie. Il est revenu cinq
minutes après. Je me suis demandé ce qu'il faisait là-
bas.

«Pourquoi as-tu été si long?» j'ai fait.

Il a fermé la porte, puis s'est appuyé contre pour
retrouver son équilibre.

«J'avais un coup de fil à passer.» Il s'est mis à rigoler.

«A qui?» j'ai demandé en souriant.

«A Jerry», il a fait.

«Jerry qui?» j'ai demandé.

«Jerry Garcia», il a dit, souriant toujours.

«Qui est Jerry Garcia?» j'ai demandé. Son coturne? «Il habite Booth?»

Il n'a rien répondu, son sourire a quitté ses lèvres. Un amant?

«Je me paie ta tronche», il a dit, ou plutôt chuchoté.

Un long silence a suivi. Je buvais ma bière. Nous écoutions la musique. Je commençais de trembler. Enfin j'ai dit: «Je m'attendais pas à ce que tu viennes ici.»

«Moi non plus», il a répondu, troublé, avec un haussement d'épaules.

«Viens ici», j'ai dit en lui faisant signe d'approcher.

Il a baissé les yeux. Touché sa nuque.

«Viens ici», j'ai répété en tapotant le lit.

«Hum, parlons encore un peu. T'as eu combien à ton examen d'aptitude?» Il était nerveux, intimidé; ça ne me plaisait pas de jouer les séducteurs.

«Viens *ici*», j'ai insisté.

Il a commencé d'approcher du lit, lentement.

«Hum», il a fait d'une voix nerveuse. «Que penses-tu des... armes nucléaires? De la guerre nucléaire?»

«Ici.» Je me suis poussé pour lui faire de la place, mais pas trop.

La cassette diffusait un morceau romantique. J'ai oublié ce que c'était, peut-être Echo and the Bunnymen ou «*Save a Prayer*», le morceau était lent, voluptueux, idéal. Il s'est assis près de moi. Je l'ai regardé et j'ai dit: «Tu n'es pas différent de moi. Tu es exactement pareil, n'est-ce pas?» Je tremblais. Lui aussi. Ma voix tremblait. Il n'a rien répondu.

«Tu n'es pas différent de moi», j'ai répété. Ce n'était plus une question. Je me suis penché vers lui. Il sentait l'herbe et la bière, ses yeux liquides étaient injectés de sang. Il a regardé sa botte, s'est tourné vers moi, a encore baissé les yeux. Nos visages se touchaient

99

presque et alors j'ai embrassé la commissure de ses lèvres avant de prendre un peu de recul pour observer sa réaction. Il regardait toujours ses bottes. J'ai touché sa jambe. Sa respiration était rauque. Nos regards se sont croisés pendant cinq bonnes secondes. La musique paraissait plus forte. Mon visage était rouge, brûlant. J'ai tendu la main. Il a un peu écarté les jambes en m'adressant un regard provocant. Je l'ai encore embrassé. Il a fermé les yeux.

« Ne fais pas comme si tu étais ailleurs », je lui ai dit.

Ma main a remonté le long de son jean, je ne savais pas si je touchais son genou, sa cuisse, son entre-jambe. Je me suis lentement penché vers lui. « Viens ici », j'ai dit. J'ai essayé de l'embrasser encore. Il s'est reculé. Je me suis approché. Il a légèrement avancé la tête vers moi, les yeux toujours baissés. Alors sa bouche a rencontré la mienne. Il s'est figé, a respiré, puis m'a embrassé plus violemment. Alors nous nous sommes allongés sur le lit, Sean un peu sur moi. Nous nous embrassions. J'ai entendu un bruit de chasse d'eau, des pas dans le couloir. J'ai levé doucement une jambe, puis déboutonné son jean et glissé la main sous sa chemise. Son corps était mince, musclé, il bougeait au-dessus de moi. Son pantalon et son slip étaient baissés, les miens aussi, nous nous frottions l'un contre l'autre, nos mains interrompaient parfois ces mouvements, des mains que nous avions léchées ou enduites de salive. Les ressorts du matelas couinaient en rythme tandis que nos corps remuaient de concert dans les ténèbres. J'ai embrassé ses cheveux, le sommet de son crâne. Le grincement des ressorts, nos soupirs et nos halètements rauques furent les seuls bruits dans la chambre quand la cassette s'arrêta. Nous avons joui ensemble, ou presque, puis sommes restés longtemps allongés, bougeant à peine.

SEAN — Vais dans la chambre de Denton. Nous descendons quelques bières, on fume de l'herbe, on discute, mais je ne saque pas l'histoire de la mort de son copain, pas davantage la musique de Duran Duran ni ses regards torves, si bien que nous continuons de parler et que je me sens de plus en plus raide. Ensuite je vais faire un tour sur le campus. Il y a un fût à Stokes, car la soirée de Booth a fait long feu. Je remarque quelques graffiti qui me concernent dans les chiottes, j'essaie de me rappeler s'ils ont un quelconque fondement. Le mec de L.A. est dans le couloir, en short, lunettes noires, polo. Il ne sourit pas quand je passe devant lui, dit seulement : « Salut. » Une fille que j'ai sautée plus tôt, crête de cheveux courts, beaucoup de kohl noir, appuyée contre un lampadaire avec son serpent apprivoisé qu'elle a baptisé Brian Eno, m'appelle, et nous parlons de son serpent. Ses amis nous rejoignent, tous défoncés à l'Ecstasy, mais il ne leur en reste pas. Trop raide pour me plaindre. Getch est là, complètement défoncé ; il me dit que les nouveau-nés qui meurent dans leur berceau sont des petits malins, car ils ont l'intuition des horreurs à venir et préfèrent cette solution. Je lui demande qui lui a raconté ça. La musique est très forte, je ne suis pas sûr de sa réponse : Freud ou Tony. Je pars, me balade sur le campus, cherche des cigarettes, cherche Deidre, Candice, même Susan. Ensuite je vais

101

dans la chambre de Marc, mais il est parti, volatilisé, évaporé, liquidé.

LAUREN — Allongée au lit. La chambre de Franklin. Il dort. Pas une bonne idée. A tout moment Judy pourrait entrer. Devrais me barrer avant le retour du coturne pédé et je ne peux pas m'empêcher de penser à Victor. Cher, cher Victor, je suis dans les bras de quelqu'un d'autre cette nuit. Ça me rappelle un soir du trimestre dernier. C'était un mercredi, tu étais assis dans ta chambre à rédiger un devoir idiot pour une u.v. idiote, et j'étais désolée d'être la raison de ton retard. Oh Victor, la vie est étrange. Je tapais à la machine dans ta chambre et faisait tellement de fautes d'orthographe mais je ne voulais pas t'interrompre ni te déranger en te posant des questions. Oh Dieu. Soudain cela me paraît profond! La vie ressemble à une coquille typographique : sans cesse nous écrivons et corrigeons son texte. Es-tu le même ici qu'en Europe? Je me le demande. L'été dernier tu m'as dit que oui. Je serais bouleversée d'apprendre le contraire ; si j'étais là-bas avec toi et que je te découvrais sur une autre planète. Ce serait moche. Tu voulais manger une pizza et ne pas aller à la fête du Mercredisco à Welling, parce que tu tenais à voir «Dynasty» et le show de Letterman. Je me souviens parfaitement de cette soirée. Je regardais sans arrêt ton

102

poster de *Diva*. Jamais je n'aurais dû me mettre à picoler. Ç'a été une erreur. J'aimais vraiment la chanson qui passait. Pour moi c'était merveilleux que tu écoutes la cassette que j'avais enregistrée spécialement pour toi — des orchestres de Paris —, mais parler de cette chanson me déprime, surtout que quelque part à Booth il y a un Français qui est amoureux de moi. Oh Victor, tu me manques. Cette soirée du trimestre dernier tu ne voulais pas aller à la fête, contrairement à moi parce qu'il y avait un garçon dont j'étais amoureuse et que je vois toujours et tu as dit qu'il était pédé moyennant quoi ça ne comptait pas et tu étais à moitié défoncé mais je m'en moquais. Je fumais des cigarettes.

«Tu aurais une allumette?» je t'ai demandé.

Tu as fouillé dans une très belle veste en cuir. «Ouais.» Tu m'as lancé la pochette.

«Merci», j'ai fait avant de me remettre à la machine à écrire pour rédiger un billet un peu absurde à ton intention. Toi. Toi qui griffonnais des aberrations pour un Noir qui portait toujours des lunettes polaroïd, même quand il tombait des cordes. Quelle u.v. était-ce donc? Jazz électronique? Hmmmm, j'ai songé, pourquoi as-tu retourné toutes ces feuilles de papier sur ton bureau? Mais comme je respectais ton intimité, je n'y ai pas touché et n'ai posé aucune question. Je suis sûre que tu ne voulais pas que j'apprenne leur existence. Sur ton bureau il y avait un rouleau de papier-toilette, une pochette pleine d'excellente herbe hawaiienne, un exemplaire de *The Book of Rock Lists*. Je me demandais ce que tout cela signifiait. Alors j'ai manqué de papier. J'aurais peut-être dû te demander si tu allais bientôt avoir fini, mais je suis restée là à te regarder.

«Tu veux quelque chose?» tu as dit en sentant mon regard inquisiteur.

«Du papier», j'ai répondu en ne voulant surtout pas interrompre le fil de tes pensées.

«Tiens», et tu m'as lancé une copie.

«Tu as bientôt fini?» j'ai demandé.

«Quelle heure est-il?» tu as répondu en te rappelant m'avoir dit que tu aurais terminé à dix heures.

«Il te reste une minute», je t'ai répondu.

«Merde.»

Nous vivions toujours ainsi, Victor. Il nous semblait sans cesse qu'il ne restait plus qu'une minute... Ça n'a pas grand sens, d'autant que nous ne le faisions pas souvent, enfin, c'est sans doute ça qui ne collait pas et puis, enfin...

(Oh Seigneur, moi et Franklin, que va dire Judy? Ce n'est pas bon.)

Enfin... je devrais peut-être me dispenser de tout jugement de valeur. Un jour Paul s'est mis en rogne contre moi parce que je ne savais pas écrire correctement jugemant (et voilà). Merde. Gujemant. Ça colle pas non plus. En fait, maintenant je comprends pourquoi il était furieux. Jaime lisait cette lettre, je savais que tu étais amoureux d'elle et pas de moi (mais tu le deviendrais pendant l'été) et tu te contrefoutais que je sorte avec le pédé ou pas. Jaime a demandé à qui était destinée cette lettre. Je lui ai dit que c'était pour toi. Jaime était une souillon. Voilà ce que je pense. C'était une.... bah, laisse tomber. Ça vaut pas le coup. Je suis très fatiguée. Voilà la vérité. Lasse de tout. Bref, mon cher Victor, cela suffit. Je vais arrêter de penser à toi. Je n'ai jamais signé cette lettre. Je ne te l'ai même pas donnée. Me souviens même pas de son contenu. J'espère seulement que tu te rappelles qui je suis. Ne m'oublie pas...

Comme tout cela suinte l'angoisse, je songe. Je regarde Franklin.

Immobile, sans un geste, je passe le reste de la nuit au lit, avec lui.

Mais je ne me lève pas pour prendre le petit déjeuner avec lui.

BERTRAND * — Je ne pouvais m'empêcher de m'approcher de toi à la soirée. J'ai bu trop de tequila et j'ai peut-être fumé trop de pot mais ça ne veut pas dire que je ne t'aime pas. Cependant après te l'avoir dit, j'ai marché jusqu'à la Fin du Monde et j'ai vomi. Hier nous nous sommes séparés avec Beba, ma petite amie. Toi, tu étais une des raisons pour ça (alors Beba ne sait pas que je te désire) mais pas la seule. C'est que depuis longtemps je me sens séduit par toi. Je ne suis pas fou, mais tu m'intéresses et j'ai pris quelques photos de toi que j'ai faites quand tu regardais ailleurs. Je ne peux pas croire que tu ne m'as pas remarqué. Si tu étais venue avec moi hier soir, je t'aurais rendue heureuse. J'aurais pu te rendre très heureuse. Et j'aurais pu te rendre plus heureuse que ce type avec qui tu es partie hier soir. En mettant les choses au pire je pourrais toujours retourner à Paris et vivre avec mon père. De toute façon l'Amérique est chiante. Toi et moi faisant l'amour dans

* Tout le paragraphe suivant est en français dans le texte

105

la villa de mon père à Cannes. Et quitter mon boulot de rédacteur à *Camden Courier*. Peut-être as-tu vu mes articles? «Comment se prémunir contre l'herpès?» et «Les effets positifs de l'extase.» Tu ne m'obsèdes pas. Je pourrais avoir toutes les filles que je veux ici (et j'ai bien failli), mais tes jambes sont parfaites, plus belles que celles des autres filles, tes cheveux sont si blonds et doux, plus séduisants que toutes les autres chevelures, et ton corps aussi est parfait. Ton visage est parfait. Je ne sais pas si tu t'es fait opérer le nez, mais il est magnifique. Je vais peut-être essayer encore une fois. Mais ne pars pas. Rappelle-toi bien que je peux te rendre très heureuse. Je sais bien baiser et j'ai la Carte American Express de platine. Je suppose que tu l'as aussi. Tes jambes sont splendides, plus belles que celles de toutes les autres filles. Quelle est la couleur de tes yeux? Les photos que j'ai prises sont toutes en noir et blanc. Je voudrais suivre les mêmes cours que toi, mais je fais de la photo et toi... quoi? Beaux-arts? Tu es sexy. Si j'apprenais qu'un type est aussi amoureux de toi que moi, et que toi tu l'aimes, alors je partirais. Je rentrerais chez moi. Aucun doute là-dessus.

PAUL — Les jours filaient si vite que le temps semblait s'être arrêté. Les semaines suivantes je n'ai vu que lui. J'ai cessé de suivre Jeu d'Acteur II, Atelier d'Impro,

Construction de Décor, et Génétique. Ce séchage systématique ne m'a fait ni chaud ni froid. Contrairement à lui. Je vivais dans une sorte de transe onirique, un état de tension fort agréable. Je souriais sans arrêt, on aurait dit que j'étais ivre en permanence, alors que j'avais mis la pédale douce sur la bière car je ne voulais pour rien au monde avoir la bedaine du buveur de bière. Je buvais de la vodka à la place.

Que faisions-nous ensemble? Le plus souvent je traînais avec lui et personne d'autre. Je ne l'ai pas présenté à Raymond, Donald ou Harry, et il ne m'a présenté à aucun de ses amis. Il m'a appris à jouer aux Quarters, et bientôt j'ai lancé la pièce dans les gobelets remplis de bière avec une telle dextérité que, lorsque nous jouions soit avec Tony soit seuls il finissait régulièrement bourré alors que je restais parfaitement lucide, ou presque, sirotant mon Absolut chaude en le regardant calmement rater ses coups. Il était scandalisé que j'aie appris si vite, si bien qu'il s'entraînait seul pour rester à mon niveau.

A cette époque je repérais d'anciens partenaires aux fêtes mais ne levais pas le petit doigt, tant j'avais confiance en cette nouvelle liaison. Chaque fois que j'en croisais un ou une à Commons, lors d'une soirée, quand Sean et moi étions en ville ou qu'assis près de la Fin du Monde nous regardions l'automne se métamorphoser en hiver, je ne rougissais ni ne me détournais. J'adressais un signe de tête, un «Salut!», un sourire, puis reprenais aussi sec mes activités avec Sean. Aux fêtes j'aidais le comité des loisirs (seulement à cause de Sean): je roulais les fûts, installais les haut-parleurs, mais ne flirtais avec personne, n'avais même pas envie de regarder ailleurs. Néanmoins je remarquais les gens avec qui j'avais couché. Ils semblaient même se détacher encore plus du lot, mais par bonheur je n'étais pas avec eux, j'étais avec Sean.

Comme son coturne Bertrand («un connard de Grenouille», disait-il) soit faisait des courses à New York le week-end, soit était chez sa petite amie en ville, nous avions la chambre pour nous, ce qui était un bien et un mal. Un bien, car sa turne se trouvait dans un bâtiment où il y avait d'habitude une fête, n'importe quelle fête, tous les soirs de la semaine, c'était donc agréable de se saouler à Booth, dans le salon, ou bien, s'il ne neigeait pas, ne pleuvait pas, ne faisait pas trop froid, sur le porche, puis de monter l'escalier jusqu'à cette chambre située au bout du couloir. Mais c'était aussi un mal, car il craignait que les gens nous entendent, il sombrait alors dans la paranoïa et devait picoler encore avant que nous ne puissions passer aux préliminaires.

Après le sexe (pendant le sexe il était comme un chien fou, un fauve, ça me flanquait presque la trouille) nous mourions de faim tous les deux, nous partions alors sur sa moto à l'Ecrase-Prix. Il avait toujours un casque en plus. Mes bras enserraient sa taille mince et ferme, puis il filait comme un boulet de canon dans l'allée de la fac vers le supermarché. Là il faisait quelques parties de Joust sur les jeux vidéo près de la porte, j'achetais du fromage en tranches, le mauvais salami qu'il aimait beaucoup, du pain de seigle pour lui, du pain complet pour moi et, s'il n'était pas deux heures, l'inévitable pack de Genny ou de Bud. J'aimais bien la Beck, mais il disait qu'elle était trop chère, qu'il n'avait pas assez d'argent. Le plus souvent il volait dans les rayons. Il adorait tellement ça que je devais le freiner. On fauchait seulement au milieu de la nuit, quand il n'y avait personne, une seule caisse ouverte et les gars de l'équipe de nuit occupés à déballer des cartons dans le fond du magasin, Rush sortait des haut-parleurs qui pendant la journée diffusaient de la musique d'aéroport. Je portais mon long manteau en loden acheté en ville à l'Armée du Salut et Sean portait sa veste de cuir au col de fourrure élimé qui avait des poches étonnamment profondes, nous franchissions la caisse sans encombre, mon manteau et sa veste lestés de cigarettes, de bouteilles de vin, de glace, de shampooing, et il s'arrêtait, histoire de faire un peu de provoc, pour acheter un paquet de chewing-gum Bazooka. Une nuit j'ai vu une vieille affreusement maigre, qui n'avait presque plus de cheveux, et qui triait ses coupons de réduction, et je n'ai pas voulu voler les tablettes de chocolat suisse aux amandes ni les barres de Ben & Jerry, mais Sean en avait tellement envie que je n'ai pas pu lui refuser, car il se tenait devant moi, le regard plein de défi, les mâchoires serrées, sexy dans son jean moulant, les cheveux brillants mais luisants de sueur et hirsutes car nous venions de faire l'amour. Comment aurais-je pu lui refuser ça?

Il ne m'a pas confié grand-chose sur lui, mais son passé ne m'intéressait pas particulièrement. Soit nous picolions au Pub sur le campus (nous y allions parfois après dîner et y restions jusqu'à la fermeture), soit nous allions au Carousel sur la Route 9 et nous installions seuls au bar, et c'étaient les rares fois où il me parlait. Il m'a dit qu'il avait grandi dans le Sud, que ses parents étaient fermiers, qu'il n'avait pas de frères, seulement deux sœurs, qu'il était boursier et avait choisi la littérature comme majeure, ce qui m'a étonné car il n'y avait guère de livres dans sa chambre. J'ai également trouvé curieux qu'il soit originaire du Sud, car il s'exprimait sans le moindre accent. Mais ce n'était pas ça qui me plaisait chez lui. Son corps n'était pas aussi beau que celui de Mitchell, lequel lui apportait des soins quotidiens méticuleux, et l'été dernier à New York il avait fréquenté un salon de bronzage si bien que la couleur de sa peau était un mélange de rose et de brun, hormis la blancheur choquante du haut de ses cuisses et de ses fesses, là où son slip avait fait obstacle aux ultraviolets. Le corps de Sean était différent. Il était en excellente forme (sans doute parce que Sean, enfant, avait travaillé à la ferme), très peu poilu (un peu sur la poitrine) et bien balancé (harmonieux ? Je ne sais jamais laquelle de ces deux expressions est préférable). Il avait des cheveux châtains ondulés, qu'il coiffait avec une raie sur le côté ; il aurait pu se mettre un peu de brillantine, mais je ne lui ai rien dit.

Je l'aimais aussi à cause de sa moto. Bien qu'ayant grandi à Chicago, je n'avais jamais fait de moto jusque-là, et la première fois que je suis monté avec lui j'ai rigolé comme un fou, ivre d'excitation, ravi du danger. J'aimais la façon dont nous nous installions, je glissais parfois mes mains sur ses cuisses, parfois plus haut, mais il ne disait rien, il accélérait seulement. En tout cas il conduisait comme un cinglé, brûlait les feux rouges, les stops, négociait les virages sous la pluie à une vitesse qui me semblait délirante. Je m'en moquais. Je le serrais simplement davantage. Ensuite, après avoir bu au Carousel, nous revenions pétés vers le campus dans la nuit venteuse de la Nouvelle-Angleterre, il s'arrêtait à la barrière de la fac en attendant que les gardiens nous laissent entrer. Il se comportait en type absolument lucide, ce qui n'avait en fait aucune importance car Sean connaissait tous les gardiens de la fac (j'ai remarqué que les boursiers fraient toujours avec le personnel). Nous allions ensuite dans sa chambre, ou dans la mienne si la Grenouille était là, il s'écroulait sur mon lit, d'un coup de pied retirait ses bottes et me disait que je pouvais lui faire tout ce que je voulais. Il s'en foutait.

STUART — Comment réagirait-il si je me pointais un soir avec une bouteille de vin ou de l'herbe, et que je lui dise: «Ayons une histoire d'amour ensemble?» J'ai déménagé à Welling House, en face de la chambre de Paul Denton.

Dennis est à l'origine de cette décision, car il ne supportait pas l'affreux coturne yuppie qu'on m'avait collé dans les pattes, malgré ma qualité de senior * tout ça parce que j'avais oublié de les prévenir de mon retour au trimestre dernier. Par chance j'étais le premier sur la liste d'attente pour une chambre à une personne; et quand Sara Dean est partie à cause d'une «infection urinaire» ou d'une «mono» (il y a deux sons de cloche, bien que le monde entier sache qu'elle a avorté et flippé), je me suis installé aussitôt dans sa turne. Pour mon malheur, Dennis aussi, qui habitait à l'extérieur du campus mais était trop alcoolique pour rentrer chez lui à pied (conduire était exclu) après les fêtes ou les longues soirées au Pub, moyennant quoi je le laissais dormir dans ma chambre où nous nous engueulions longuement parce que je refusais de coucher avec lui. Il se vengeait en se pointant dans ma chambre le

---

* Etudiant(e) de quatrième et dernière année. (*N.d.T.*).

dimanche soir avec une caisse de Dewar et une bande
d'acteurs de ses copains, après quoi ils passaient de
longues heures à répéter Beckett (toujours avec un
maquillage blanc) ou Pinter (pour une raison curieuse,
là aussi avec un maquillage blanc), ils buvaient comme
des trous, puis tombaient comme des mouches, si bien
que je n'avais plus qu'à descendre au salon ou à errer
dans les couloirs, ce qui me convenait tout à fait
puisque j'espérais à chaque instant croiser Paul Denton.

La première fois que j'ai rencontré Paul, c'était
pendant le cours de jeu d'acteur, nous devions improvi-
ser une scène ensemble, mais j'étais tellement époustouflé par sa beauté que j'ai tout bousillé et je crois qu'il
s'en est aperçu. J'étais si gêné que j'ai plaqué cette u.v.
et tout fait pour l'éviter. Il n'appréciera probablement
pas que je m'installe en face de sa chambre, il m'igno-
rera, mais au moins nous partagerons la même salle de
bains.

SEAN — Assis en cours, les yeux baissés vers le
bureau, quelqu'un a gravé dans le bois «Où Est Donc
Passé L'Amour Hippie?» Je crois que la première fille
qui m'a vraiment plu à Camden était cette hippie que
j'ai rencontrée en première année. Elle était bête comme
ses pieds, mais si splendide et insatiable au pieu que ç'a

été plus fort que moi. Avant de la sauter, je l'avais rencontrée une fois pendant le premier semestre, à une fête en dehors du campus. La hippie m'avait proposé un joint, j'avais tellement bu que je l'ai fumé. J'étais si ivre et cette herbe si infecte que j'ai gerbé dans la cour avant de m'évanouir dans la voiture de la fille qui m'avait amené ici. J'étais embêté mais pas vraiment, même quand la fille qui conduisait a été furax de voir que je dégueulais sur la banquette arrière de son Alfa Romeo alors qu'on retournait vers le campus, d'autant qu'elle était jalouse de constater que la hippie et moi flirtions depuis le début de la soirée ; d'ailleurs la hippie m'avait même embrassé avant que je gerbe sur la banquette.

Je l'ai beaucoup mieux connue au trimestre suivant, quand une copine d'avant Camden (ancienne hippie) nous a présentés, sur ma demande, lors d'une fête. Je me suis soudain aperçu avec stupéfaction qu'au premier trimestre j'étais dans le même atelier de poésie que la hippie, et que, dès le premier cours, cette fille, si défoncée que sa tête semblait montée sur des ressorts, comme un diablotin jaillissant de sa boîte, a levé la main et articulé lentement : « Ce cours est une complète connerie pour l'esprit. » Perplexe, j'ai plaqué l'u.v., mais je voulais toujours baiser cette hippie.

Nous vivions les années 80, je pensais toujours : Comment pouvait-il encore exister des hippies ? Je n'ai pas connu de hippies en grandissant à New York. Mais je tenais maintenant une *hippie*, et originaire d'une petite ville de Pennsylvanie, s'il vous plaît. Une hippie pas trop grande, dotée de longs cheveux blonds, les traits plutôt taillés à coups de serpe, sans la douceur de visage qu'on attend chez une hippie, mais avec une expression distante. Et une peau aussi soyeuse et propre que du marbre crème. D'ailleurs elle semblait toujours propre ; je dirais même d'une santé anormale. Cette hippie disait des trucs du genre «Occupe-toi de ton rayon de miel», ou, à propos de la nourriture, «Ce piment est vraiment très doux». Cette hippie apportait ses baguettes à chaque repas. Cette hippie avait un chat nommé Tahiti.

JIMI VIT était écrit en grosses lettres mauves sur sa porte. Elle était raide en permanence. Sa question préférée était: «Tu planes?» Elle portait des chemises délavées. Elle avait de ravissants petits seins fermes. Elle portait des pantalons à pattes d'éf, elle essayait de s'initier au sitar, mais était toujours trop défoncée pour ça. Un soir elle a voulu me déguiser: pattes d'éf, liquette délavée, bandeau dans les cheveux. Ça a foiré. C'était extrêmement gênant. Elle disait constamment «Superbe». Elle n'avait pas de but dans la vie. J'ai lu la poésie qu'elle écrivait et, pour ses beaux yeux, lui ai dit qu'elle me plaisait. Elle possédait une BMW 2002. Elle avait un narguilé dans un étui en tissu délavé qu'elle-même avait cousu.

Comme tous les hippies de luxe (car cette hippie était incroyablement riche; son père possédait VISA ou un truc similaire) elle passait un temps fou à traquer les Grateful Dead. Elle se barrait tout bonnement de la fac pendant une semaine en compagnie d'autres hippies de luxe, et ils les suivaient dans toute la Nouvelle-Angleterre, raides comme des passe-lacets, réservant des chambres ou des suites dans les Holiday Inns, les Howard Johnsons, les Ramada Inns, s'arrangeant pour ne jamais manquer de Blue Dragon, de MDA, de MDMA ni d'Ecstasy. De ces excursions elle revenait extatique et proclamait à cor et à cri qu'elle était bel et bien l'une des enfants perdues de Jerry; que sa mère avait commis une légère incartade avant d'épouser le mec de VISA, qu'elle était réellement une «enfant de

Jerry». En tout cas, c'était manifestement une fan de Jerry.

Nous avions des problèmes.

La hippie me bassinait en me serinant à longueur de journée que j'étais trop raide, trop coincé. A cause de ça, la hippie et moi avons rompu avant la fin du trimestre. (Je ne sais pas si c'est la vraie raison de notre rupture, mais rétrospectivement je ne comprends pas celle-ci car le sexe était vraiment génial.) Tout a fini un soir quand je lui ai dit : « Je crois que ça ne marche pas entre nous. » Elle était raide défoncée. Je l'ai quittée à une soirée, après une séance de frotti-frotta dans sa chambre de Dewey House. Et je suis rentré à la mienne avec sa meilleure amie. Elle ne l'a jamais su.

Cette hippie était sans arrêt sous trip, ce qui ne me plaisait pas non plus. Elle voulait toujours me faire triper avec elle. Je me rappelle la fois où j'ai pris un trip avec elle et vu le diable : c'était ma mère. Et puis j'étais assez étonné de lui plaire. Je lui ai demandé si elle avait déjà lu Hemingway (je ne sais pas pourquoi je lui ai demandé ça, car je n'avais pas beaucoup lu cet auteur). Elle me parlait d'Allen Ginsberg, de Gertrude Stein, de Joan Baez. Je lui ai demandé si elle avait lu *Howl* (dont j'avais seulement entendu parler à un cours complètement déjanté intitulé « Poésie et les Années 50 », dont je n'ai pas décroché l'u.v.) et elle a dit : « Non. Ça a l'air dur. »

La dernière fois que j'ai vu ma hippie, je lisais un article sur la condition postmoderne (à l'époque où j'avais littérature en majeure, avant que je ne choisisse céramique, puis sciences sociales) pour une autre u.v. que j'ai loupée, dans une revue stupide intitulée « La Nouvelle Gauche », et elle était assise par terre dans la section fumeurs, défoncée comme d'habitude, à regarder les photos de la novelisation du film « Hair » avec

115

une autre fille. Elle a levé les yeux vers moi, gloussé, puis oscillé lentement. «Superbe», elle a fait en tournant la page avec un sourire béat.

«Ouais. Superbe», j'ai dit.

«Ça me botte vraiment», m'a déclaré la hippie quand j'ai lu quelques-uns de ses haikus et lui ai dit que je ne pigeais pas. Ma hippie m'a rétorqué de lire «Le Dit de Genji» (toutes ses amies l'avaient lu) mais «Faut que tu le lises défoncé», elle m'a prévenu. Ma hippie avait voyagé en Europe. La France était «cool», l'Inde «bourrée de vibrations», mais l'Italie n'était pas cool. Je ne lui ai pas demandé pourquoi l'Italie n'était pas cool, mais les vibrations de l'Inde m'ont intrigué.

«Les gens sont superbes», elle a dit.

«Physiquement?» j'ai demandé.

«Ouais.»

«Spirituellement?» j'ai demandé.

«Hm-hm.»

«Comment ça, spirituellement?»

«Ils sont bourrés de vibrations.»

Je me suis entiché du mot «vibration» et du mot «ouah». Ouah. Prononcé lentement, sans éclat de voix, les yeux mi-clos, en baisant, comme faisait ma hippie.

Ma hippie a pleuré quand Reagan a remporté les élections (je l'ai vue pleurer une seule autre fois : lorsque l'école a laissé tomber les cours de yoga pour les remplacer par de l'aérobic), même si des semaines avant le vote, je lui avais expliqué patiemment, soigneusement, l'issue inévitable du scrutin. Allongés sur mon lit, nous écoutions un disque de Bob Dylan que j'avais acheté en ville la semaine précédente, et elle a dit, d'une voix triste : «Baise-moi», et j'ai baisé ma hippie.

Un jour je lui ai demandé pourquoi elle m'aimait puisque j'étais si différent d'elle. Elle mangeait du pain d'agave avec des pousses de soja en rédigeant une requête sur une serviette en papier avec un stylo à encre pourpre: «Plus de tofu, S.V.P.» Elle m'a répondu: «Parce que t'es superbe.»

Comme j'en avais ras le bol de ma hippie, je lui ai montré une grosse fille dans la salle de restaurant, qui avait écrit une vacherie à mon sujet sur le mur de la buanderie; et qui, lors d'une fête du vendredi soir, avait eu le culot de se pointer devant moi pour me dire: «Tu serais génial avec dix centimètres de plus.»

«Est-ce qu'*elle* est superbe?» j'ai demandé à ma hippie.

Elle a levé les yeux, une pousse de soja collée à sa lèvre inférieure, cligné et répondu: «Ouais.»

«Cette pouffiasse là-bas?» j'ai redemandé en la montrant d'un index furieux.

«Ah, elle. Je croyais que tu parlais de sa sœur là-bas», elle a dit.

Je me suis tourné. «Sa sœur? Quelle sœur? Non, *elle*», exaspéré j'ai montré la fille; torve, grasse, lunettes de soleil, une salope.

«Elle?» a fait ma hippie.

«Ouais. Elle.»

«Elle aussi est superbe», elle a dit en accompagnant son message d'une marguerite dessinée sur la serviette en papier.

«Et lui?» J'ai montré un type qui, de notoriété publique, était responsable du suicide de sa petite amie — tout le monde était au courant. Ma hippie ne pouvait absolument pas prétendre que *lui*, ce putain de monstre, était superbe.

«Lui? Il est superbe.»

«Lui? Superbe? Il a tué sa foutue petite amie. Ecrasée», j'ai explosé.

«Pas possible», la hippie a rétorqué en souriant.

« Si ! C'est la vérité. Il l'a écrasée avec une bagnole »,
j'ai dit, écœuré.

Elle s'est contentée de secouer son adorable tête vide.
« Oh là là. »

« Tu fais donc aucune distinction ? » je lui ai
demandé. « J'veux dire, nos rapports sexuels sont
géniaux, mais comment n'importe quoi et tout le
monde pourrait-il être superbe ? Tu piges pas que ça
veut dire que personne n'est superbe ? »

« Ecoute, mec », a fait ma hippie, « tu veux en venir où
au juste ? »

Elle m'a regardé, sans sourire. Ma hippie savait se
montrer vache à l'occasion. De fait, où voulais-je en
venir ?

Je l'ignorais. Je savais seulement qu'avec elle la baise
était géniale.

Et que ma hippie était ravissante. Elle adorait les
condiments doux. Elle adorait le nom Willie. Elle
adorait même *Apocalypse Now*. Elle n'était pas végéta-
rienne. Tout cela était un plus. Mais quand je l'ai
présentée à mes copains d'alors, une bande de trouducs
spécialisés en littérature, ils se sont payé sa tronche, elle
s'en est aperçue, et ses yeux bleus, trop bleus et vides, se
sont emplis de tristesse. Alors je l'ai protégée. Je l'ai
éloignée d'eux. (« Epelle Pynchon », ils lui disaient pour
la foutre en boîte.) Et elle m'a présenté ses amies. Et
nous avons fini sur les coussins japonais de sa chambre,
et nous avons tous fumé de l'herbe et cette petite hippie
qui portait une couronne de fleurs sur la tête m'a
regardé pendant que je la prenais dans mes bras et elle a
dit « Le monde me défonce l'esprit », et vous savez
quoi ? Je l'ai sautée.

PAUL — Je lui plaisais. Il chantait «*Can't Take Wy Eyes Off You*» («Je ne peux détacher mon regard de toi») de Frankie Walli. Cette chanson figurait au répertoire du juke-box du Carousel de North Camden, il me demandait sans arrêt de la remettre. Les gars de la ville nous observaient d'un œil méfiant. Sean jouait au billard, buvait de la bière tandis que j'allais glisser des quarters dans la fente du juke-box, enfoncer les touches F17, les premières mesures sortaient, je retournais vers Sean d'un pas traînant, près du bar, les casques de moto posés à côté de nos verres, et il chantait la chanson comme en play-back. Il a même réussi à trouver le 45-tours et il l'a enregistré sur une cassette qu'il mettait quand je restais au lit avec la gueule de bois. La cassette était dans un sac qu'il avait apporté, lequel contenait du jus d'orange, de la bière, des frites et un gros hamburger encore chaud acheté au McDonald.

Quand il n'avait pas envie d'aller en cours et quand il ne voulait pas non plus que j'y aille, il trouvait rasoir de rester sans rien faire et je le suivais à l'infirmerie où il simulait une crise ; des attaques parfaitement mises en scène et jouées. On lui administrait alors un médicament, puis nous repartions (je me plaignais de fortes migraines), dispensés de cours pour la journée, et nous allions en ville dans une salle de jeux appelée Dream Machine pour faire des parties de ce jeu vidéo complètement anal rétenteur que Sean adorait, un machin nommé Bentley Bear ou Crystal Bear ou un truc de ce

119

genre. Ensuite on se baladait en ville à pied. Je cherchais un lit double, il cherchait du sirop pour la toux avec de la codéine afin de se défoncer (après qu'il a eu fumé toute son herbe ; quelle horreur, je sais, je sais). Il trouvait son fichu sirop et se défonçait pour de bon (« J'ai des hallus », il annonçait) et à la tombée de la nuit en fin d'après-midi nous repartions vers le campus sur sa moto. Les cours étaient alors terminés. Dans sa chambre, qui était un vrai bordel (du moins sa moitié), je m'asseyais pour écouter des cassettes et le regarder tituber et tournoyer sur lui-même, raide. Il était toujours tellement animé avec moi, mais si réservé et sérieux en présence d'autrui. Au lit aussi, il alternait entre un comportement mélodramatique et bruyant et une parodie du costaud silencieux : il grognait doucement, émettait un étrange rire paisible, puis, soudain, de bruyants « ouais » rythmés ou bien il beuglait des obscénités incohérentes au-dessus de moi, ou moi sur lui, tous deux souffrant de gueule de bois, l'odeur aigre de la bière et des cigarettes imprégnant la chambre, les gobelets vides avec les quarters collés au fond posés par terre, et le parfum lourd, omniprésent, de l'herbe, — tout cela me rappelait assez curieusement Mitchell, mais son souvenir s'effaçait déjà, et j'avais même du mal à me rappeler son apparence physique.

Sean avait une prédilection pour l'expression « rock'n'roll ». Par exemple je disais « C'était plutôt un bon film, non ? » et il répondait « Rock'n'roll ». Ou bien je lui demandais « Que penses-tu des premières œuvres de Fassbinder ? » et il répondait « Rock'n'roll ». Il aimait aussi l'expression « Démerde-toi ». Ainsi, quand je lui disais « Mais je veux que tu le fasses », il disait « Démerde-toi ». Ou bien « Pourquoi donc tiens-tu à te défoncer avant que nous fassions l'amour ? » et il disait « Démerde-toi » sans même me regarder. Il aimait aussi son café très sirupeux — des tonnes de crème et de sucre. Il a fallu que je le traîne aux films qui sont passés ce trimestre-là. Il a bien aimé *Taxi Driver*, *Blade Runner*, *The Harder They Come*, *Apocalypse Now*. Moi, j'ai aimé *Rebel Without a Cause*, *Close Encounters of the Third Kind* et *Le Septième Sceau*. («Ah merde, des sous-titres», il a gémi.) Nous n'avons pas aimé *Tout ce que vous avez toujours voulu savoir sur le sexe*.

Comme de juste j'ai découvert l'existence des billets doux que laissait quelqu'un dans sa boîte à lettres. Désirs pathétiques d'adolescente. En tout cas, «elle» s'offrait à «lui». Je ne savais pas avec certitude s'il répondait à ces fadaises, mais je les prenais dans sa boîte et je les jetais ou les gardais pour les lire avant de les remettre. Je surveillais les filles qui flirtaient avec nous au Pub, je surveillais celles qui s'asseyaient à côté de lui ou lui demandaient du feu alors qu'elles avaient une boîte d'allumettes dans la poche. Bien sûr il y avait toujours plein de filles qui tournaient autour de lui à cause de sa beauté. Je les détestais, mais je savais aussi que j'étais gagnant à ce jeu-là, car moi aussi j'étais plutôt beau et j'avais au moins un semblant de personnalité, chose qui faisait totalement défaut à Sean. Moi, je pouvais les faire rire. Je pouvais mentir, opiner du chef en écoutant leurs stupides commentaires sur la vie, moyennant quoi elles se désintéressaient aussitôt de lui. Sean restait assis là, aussi glauque qu'un agent de voyages, les sourcils froncés de perplexité. Mais ma victoire était trop facile, je regardais ces filles en me demandant laquelle rédigeait ces billets. Cette fille ne comprenait donc pas que nous baisions ensemble? Cela n'avait donc plus aucun sens pour personne? Je devais me rendre à l'évidence. J'ai songé à une fille en particulier. J'ai cru l'avoir vue glisser quelque chose dans la boîte de Sean. Je savais maintenant qui c'était. J'ai repéré sa boîte à lettres et, quand personne ne regardait de mon côté, j'ai mis deux cigarettes dedans *. En guise d'avertissement. Il ne m'en a jamais parlé. Alors j'ai songé que ce n'était peut-être pas une fille qui lui adressait tous ces billets. C'était peut-être Jerry.

LAUREN — Conroy, sur lequel je tombe à l'expo de dessins humoristiques américains à la galerie, me demande pourquoi je n'étais pas au cours samedi dernier. Inutile de discuter. « J'étais à New York », je lui dis. Il s'en fout. Je suis maintenant avec Franklin. Judy s'en moque. Elle fréquente Steve le première année. Steve s'en moque. Elle a baisé avec lui le soir où elle est allée à Williamstown. Je m'en moque. Tout cela est tellement chiant. Conroy, qui s'en bat l'œil, me dit de demander à l'autre personne du cours de venir samedi. C'est un type de quatrième année. J'ai donc laissé un mot dans sa boîte à lettres, après quoi Franklin et moi allons au Pub, histoire de picoler un peu, et Franklin m'explique le symbolisme de *Cujo*, après quoi nous allons dans ma chambre. Je n'ai reçu aucune nouvelle de Victor. Je songe soudain que Victor est peut-être

* *Fag* signifie à la fois « une clope » et « un pédé ». (*N.d.T.*)

122

mort. Une conversation que j'ai entendue l'autre jour à déjeuner:

Garçon: Je crois que nous devrions arrêter ça.

Fille: Arrêter quoi? Ça?

Garçon: Peut-être.

Fille: Arrêter? Ouais.

Garçon: Peut-être. Je sais pas.

Fille: A cause de l'Europe?

Garçon: Non. Je sais pas pourquoi.

Fille: Tu devrais arrêter de fumer.

Garçon: Et toi, pourquoi n'arrêtes-tu pas...

Fille: T'as raison. Ça marche pas.

Garçon: Je sais pas. T'es vraiment... t'es vraiment *jolie*.

Fille: Toi aussi, vraiment.

Garçon: Les humbles hériteront de la terre.

Fille: Les humbles n'en veulent pas.

Garçon: J'aime bien la nouvelle chanson d'Eurythmics.

Fille: C'est la drogue, non?

Garçon: Tu veux aller dans ma chambre?

Fille: Quelle chanson d'Eurythmics?

Garçon: C'est à cause de la personne avec qui j'ai couché?

Fille: Non. Oui. Non.

Garçon: Les humbles n'en veulent pas? Quoi?

Je n'ai rien peint depuis plus d'une semaine. Je vais changer de majeure si Victor ne téléphone pas.

PAUL — Ma mère m'a téléphoné de Chicago pour me dire qu'on lui a volé sa Cadillac dans le parking de Neiman Marcus. Puis elle m'a dit qu'elle venait à Boston en avion vendredi, c'est-à-dire demain, et qu'elle y passera le week-end. Elle a aussi déclaré qu'elle tenait à être avec moi.

«Attends. C'est demain. J'ai des cours toute la journée», j'ai menti.

«Mon chéri, tu peux peut-être manquer un cours pour retrouver ta mère et les Jared.»

«Les Jared viennent aussi?»

«Je ne te l'ai pas dit? Mme Jared sera à Boston avec Richard. Il quitte Sarah Lawrence pour le week-end», elle a annoncé.

«Richard?» Hmmm, ça pourrait être intéressant, j'ai pensé, mais demain il y a la soirée du Prêt à Baiser et pour rien au monde je ne laisserais Sean tout seul ici sans chaperon. «Tu plaisantes?» je lui ai dit. «C'est une blague?»

J'étais appuyé contre une cloison de la cabine téléphonique de Welling. J'avais passé la journée en ville, presque tout le temps dans une salle de jeux avec Sean qui essayait de battre le record de Joust, mais échouait piteusement. Nous avons fumé de l'herbe et bu trois bières chacun à déjeuner, moyennant quoi j'étais crevé. Quelqu'un avait fait un dessin près du téléphone: dans une cage il y avait un hot-dog aux yeux tristes, à la bouche torve, dont les bras maigrelets entouraient les barreaux. Le hot-dog demandait: «Où est passé m'man?» et au-dessous quelqu'un avait écrit: «Synonyme: saucisse.»

«Alors, peux-tu prendre le car, ou le train, pour aller

124

à Boston vendredi?» elle m'a demandé en sachant pertinemment que vendredi était *demain*. «Combien ça coûte? De Camden à Boston?»

«J'ai de l'argent. Le problème est pas là. Mais c'est *ce* week-end?» j'ai demandé.

«Mon chéri», malgré la distance qui nous séparait, elle a réussi à paraître grave, «il faut que je te parle».

«De papa?»

Il y a eu un silence, puis «Pourquoi de lui?»

«Il vient aussi?» j'ai demandé, puis ajouté: «Je ne lui ai pas parlé depuis un mois.»

«Veux-tu qu'il vienne?» elle a demandé.

«Non. Je sais pas.»

«Ne t'inquiète pas pour ça. Je te donne rendez-vous au Ritz-Carlton vendredi. D'accord, mon chéri?» elle a dit très vite.

«M'man», j'ai fait.

«Oui?»

«Tu es sûre de vouloir venir?» J'hésitais. Soudain elle m'a tellement déprimé que je n'ai plus eu le courage de refuser.

«Mais oui, mon chéri. Ne t'inquiète surtout pas. Je te verrai vendredi, d'accord?» Après un silence elle a ajouté: «J'ai besoin de te parler. Il y a des choses dont nous devons discuter ensemble.»

Quoi par exemple? «Très bien», j'ai soupiré.

«Rappelle-moi s'il y a le moindre problème?»

«D'accord.»

«Au revoir. Baisers», elle a fait.

«Ouais, pour toi aussi», j'ai fait.

Elle a raccroché la première, je suis resté là une minute, puis j'ai flanqué un grand coup de poing dans la cloison et suis sorti furax de la cabine. Jamais ma mère n'était aussi mal tombée.

125

*Je vois bien, à sa façon de bouger, qu'il sait. D'une
certaine manière il a compris et le messager que je suis
n'est plus complètement dans l'ombre. Je sais qu'il sait.
Sa façon de regarder une pièce, la salle à manger, sa
façon de marcher devant Commons. Tout son comportement. Et je crois, je crois vraiment qu'il sait que c'est moi.
Je l'ai surpris alors qu'il me dévisageait; son regard
sombre et brûlant explore la pièce où il se trouve, puis
tombe sur moi. Est-il trop craintif pour m'aborder et me
faire part de ses sentiments? J'écoute « Be My Baby », je
danse et je danse et je chante Son nom en écoutant et
m'étreignant. Je sais que je lui plais. Je le sais. Et demain
soir à la fête, tout commencera. Sa réponse sera...*

*(J'ai appelé ma mère aujourd'hui... elle n'était pas
bien... J'ai reçu un commentaire agréable d'un prof
maussade...)*

*Aujourd'hui en cours un professeur nous a demandé si
l'on pouvait mourir d'une peine de cœur. Il était sérieux. Il
est diabolique. Ma conception de l'enfer est d'être
enfermée dans une pièce sans toi tout en pouvant te voir et
respirer ton odeur. Boucle-la, boucle-la, je me répète sans
arrêt. Si j'étais prof, je te dirais: « Tu dois coucher avec
moi et m'aimer pour décrocher ton u.v. » Je dois apprendre à écrire plus proprement les billets que je Lui adresse.
Assise immobile, je pense à Lui. Peur de respirer. Je songe
parfois que je vais crier. Mary, je me dis, le grand soir est*

126

pour demain. A quoi penses-tu, toi? A quoi penses-tu? Moi? Seule? Qui t'a vu nu, je me demande. Avec qui as-tu couché? Qui as-tu aimé? Autres questions. Combien de cigarettes as-tu fumé? Encore une. Deux, aujourd'hui? Vrai? Braiecraieprêtplaielaid. Une chanson pour la pauvre Mary. Personne ne m'aime. Tout le monde me hait. Je crois que je vais aller manger quelques vers. Oh! Pose! Tes! Mains! Sur! Moi!

Maintenant je suis en cours et il reste seulement quarante minutes. Je crois que je vais gerber. Il faut que je Te voie. Je suis frustrée, je me dis calmement, parce que je veux gémir et me tordre avec Toi et je veux Te caresser et embrasser Ta bouche et T'attirer vers moi et dire «Je t'aime je t'aime je t'aime» en me déshabillant alors que le sexe commence. Je voudrais tuer les affreuses filles qui t'entourent au Pub, mais je ne le peux pas. J'entends une chanson de Bread et soudain tu apparais. Quelqu'un avance vers moi et dit: «Défais ton karma, défais ton karma», et je pense à toi. Je pourrais partir, changer d'air. Prendre des vacances... où? Vaquer... à quelles occupations? A Penn Station? A la masturbation? J'ai vu ce couple se promener, toux deux semblaient très malheureux et j'ai voulu te toucher. J'ai voulu que tu les touches. Aimes-tu ces filles ennuyeuses, naïves, calculatrices? Un poster aperçu l'autre jour dans une chambre où j'ai jeté un coup d'œil: Quand deux serpents à sonnettes se battent, ils suivent des règles très strictes. Aucun n'utilise ses crocs à venin, chacun doit seulement plaquer à terre la tête de son adversaire et la maintenir ainsi pendant quelques secondes, établissant par là sa supériorité. Une fois relâché, le perdant s'incline devant le vainqueur. Quel sourire pourrait embraser le monde? Qui pourrait métamorphoser une journée morne et vide en une chose inoubliable? Eh bien, c'est toi ma fille et tu ne devrais jamais l'oublier, le prouver par chaque regard, chaque geste. L'amour est partout autour de toi, inutile de feindre, tu peux en profiter, pourquoi ne saisis-tu pas ta chance, tu vas... Parfois je Le hais. Demain soir.

PAUL — Nous étions allongés sur mon lit, car la Grenouille était de retour. Sean s'est redressé, appuyé au mur, puis m'a demandé de lui passer les cigarettes posées par terre. J'en ai allumé une pour moi avant de tendre le paquet à Sean.

« Keski cloche ? » il a fait. « Non. Laisse-moi deviner. Paul est nerveux, exact ? »

« Dix points pour Sean. »

Il s'est levé d'un air boudeur et a enfilé ses boxer shorts.

« Pourquoi portes-tu des boxer shorts ? » je lui ai demandé.

Il a ignoré ma question et continué de s'habiller, la cigarette au coin des lèvres.

« Non, j'veux dire, j'ai pas remarqué ça avant, mais le fait est que tu portes des boxer shorts. »

Il a mis un t-shirt, puis lacé ses bottes éclaboussées de peinture. Pourquoi étaient-elles couvertes de peinture ? Les avait-il achetées ainsi, trafiquées lui-même ?

« On les trouve avec différentes couleurs ? Disons, mauve ? Ou couleur mandarine ? »

Il a fini de s'habiller, puis s'est assis sur une chaise près du lit.

« Ou bien ce modèle se fait-il seulement en... gris asphalte ? »

Il se contentait de me regarder. Il savait que je déconnais.

« En première je connaissais un type, Tony Delana, qui portait des boxer shorts. »

« T'es vraiment très drôle, Denton », il a fait.

« Ah ouais ? »

« Tu ne veux donc pas aller à Boston demain ; c'est ça, ton problème ? » il a demandé.

« Tu viens de gagner dix points supplémentaires. »

J'ai écrasé ma cigarette dans une bouteille de bière vide posée sur ma table de nuit, puis l'ai secouée.

Sean m'a regardé et dit : « Tu ne me plais pas vraiment. Je sais pas ce que je fous ici. »

« J'en suis désolé », j'ai fait en me levant pour mettre une robe de chambre. J'ai reniflé la robe de chambre. « J'ai de la lessive à faire. »

J'ai regardé un peu partout dans ma chambre à la recherche de quelque chose à boire, mais il était tard et nous avions fini toute la bière. Passant derrière lui, j'ai levé une bouteille à la lumière pour voir s'il restait quelque chose dedans. Rien.

« Tu vas rater la soirée du Prêt à Baiser », il a fait d'une voix basse et menaçante.

« Je sais. » J'ai essayé de ne pas paniquer. « Tu y vas ? » j'ai fini par demander.

« Et comment », il a répondu avec un haussement d'épaules en se penchant vers la glace sans quitter sa chaise.

« Que vas-tu te mettre ? » j'ai demandé.

« Mes vêtements habituels », il a dit en se regardant. Sale petit fils de pute narcissique.

« Vraiment ? » Je passais la chambre au peigne fin, mais je ne savais plus ce que je cherchais. Je voulais boire un coup. Je me suis approché de la chaîne hifi et j'ai regardé derrière. A côté d'un baffle il y avait une bouteille de Beck à moitié pleine. Je me suis assis sur le lit.

Sean s'est levé. « J'y vais. »

« Où ça ? » j'ai demandé. J'ai goûté la bière. Elle était chaude, éventée, j'ai grimacé mais l'ai bue.

« La salle d'études ouverte toute la nuit », il a dit. Sale petit menteur fils de pute narcissique.

Il a marché vers la porte et j'ai enfin explosé : « Je ne veux pas aller passer le week-end à Boston. Je ne veux pas voir ma mère. Je ne veux pas voir les Jared » (mais je désirais probablement voir Richard) « et je ne veux pas voir Richard de Sarah Lawrence » (cela, en espérant le rendre jaloux) « ... et... » je me suis arrêté.

Il restait planté là, silencieux.

« Et je crois que je ne veux pas te laisser ici... » Je n'ai pas ajouté : parce que je n'ai pas confiance en toi.

« J'y vais », il a dit. Il a ouvert la porte et s'est retourné. « Je t'accompagnerai à la station des cars demain matin. A quelle heure part le tien ? »

« Onze heures et demie, je crois. » J'ai bu une autre gorgée de bière, puis toussé. Le goût en était affreux.

« Okay, rendez-vous près de ma moto à onze heures », il a fait en sortant.

« Onze heures », j'ai répété.

« Bonsoir. » Il a fermé la porte, j'ai entendu le bruit de ses pas décroître dans le couloir.

« Merci, Sean. »

J'ai commencé de préparer mes affaires en me demandant à quoi ressemblait Richard, en essayant de me rappeler la dernière fois que je l'avais vu.

SEAN — Quelqu'un entre au Pub, cherche quelqu'un, ne le trouve pas, s'en va et la porte se referme. Ce n'était pas Lauren Hynde, cette fille de toute beauté qui a glissé des lettres dans ma boîte et qui ce soir constitue la seule raison de ma présence au Pub, où je l'attends. Samedi dernier je l'ai vue mettre un billet dans ma boîte, quand j'étais près de Commons. Je n'en ai pas cru mes yeux. J'ai découvert avec stupéfaction que l'auteur de ces billets anonymes était ravissante, et du coup j'ai passé toute la semaine sur un nuage. Je suis maintenant assis à une table avec cinq ou six personnes, et j'écoute d'une oreille distraite une conversation vaseuse tout en guettant cette fille. Ils parlent tous de ce qui se passe à l'atelier de sculpture, des professeurs de sculpture, des fêtes entre étudiants en sculpture, de la dernière sculpture de Tony, même s'ils n'ont pas la moindre idée de ce qu'elle *signifie*. Tony m'a dit qu'elle représentait un vagin en acier, mais aucun de ces crétins ne s'en doute.

« C'est tellement troublant, lyrique », dit cette fille affligée d'un grave problème.

« Très puissant. Insituable », acquiesce sa copine, une gouine de Duke en visite, qui semble avoir pris une overdose de MDA.

« C'est du Nimoy. Du pur Nimoy », renchérit Getch.

Mon attention diminue. Quelqu'un entre, une fille qui, si je me rappelle bien, m'a embrassé sur la bouche

131

sans la moindre provocation de ma part lors de la fête de vendredi dernier. Peter Gabriel passe toujours sur le juke-box.

« C'est quand même du Diane Arbus, la conviction en moins », objecte l'une des filles, le plus sérieusement du monde.

De l'autre côté de la table, Denton m'adresse un regard impersonnel. Il est probablement d'accord avec la fille.

« Pourtant la théorie révisionniste énoncée à son sujet semble dépourvue de tout fondement », rétorque gaiement quelqu'un. Après un silence, j'entends : « Et Wee Gee ? Que pensez-vous de Wee Gee, bon sang ? »

Vaguement lubrique, je commande un autre pichet et un paquet de chips, qui me font mal à l'estomac. Peter Gabriel remplace Peter Gabriel. La fille qui m'a embrassé sur la bouche vendredi dernier se barre après avoir acheté un paquet de cigarettes, et bizarrement je suis déçu. Elle n'est pas très jolie (légèrement asiatique, étudiante en danse ?), mais je la baiserai probablement un jour ou l'autre. Retour à la conversation.

« Cette fois Spielberg est allé trop loin », susurre le mulâtre intello à la dégaine néo-beatnick décontractée, affublé d'un béret, qui s'est assis à notre table.

Où est-il parti ? Traîne-t-il simplement dans l'appartement de Canfield en buvant comme un trou en attendant le week-end avec ses parents, ou la bande d'amis qui lui rendent visite chaque trimestre ? Merde alors, que fait-il de sa vie ? Des gamines de première année se confient à lui et il se promène longuement autour des dortoirs après le dîner ?

« Vraiment trop loin », opine Denton. Il est sérieux, il ne blague pas.

« Vraiment trop loin », je répète en hochant la tête.

A la table voisine, des troisième année discutent du

Vietnam, un type se gratte la tête et, blaguant à moitié, demande : « Merde, c'était quand ? » un autre dit : « Rien à secouer », et cette grosse fille au visage sincère gueule, au bord des larmes : « Moi si ! » Crise nerveuse de l'étudiante en sciences sociales. Je me retourne vers notre table, vers les connards des beaux-arts, parce qu'ils me semblent moins chiants.

La gouine de Duke demande : « Mais vous ne pensez pas que tout son humanisme séculier s'explique par la pop-culture des années 60 et ne découle nullement d'un point de vue moderniste rigoureux ? » Je me retourne vers l'autre table, mais ils se sont dispersés. Elle répète sa question, la reformule pour le mulâtre à l'air sérieux. Mais bon dieu, à qui s'adresse-t-elle ? A moi ? Denton hoche sans arrêt la tête comme si les paroles de cette gouine étaient incroyablement profondes.

Qui est donc cette fille ? Pourquoi existe-t-elle ? Je me tâte pour plier bagages tout de suite. Me lever et dire : « Salut, bande de cons, vous m'avez fait une impression inoubliable et j'espère bien ne plus jamais revoir aucun de vous », avant de décamper. Mais dans ce cas ils vont se mettre à parler de moi, ce qui ne plaît guère, et puis je suis vraiment ivre. Difficile de garder les yeux ouverts. La seule belle fille de notre table se lève, sourit, part. Quelqu'un dit, murmure à haute voix : « Elle a baisé avec... z'êtes prêts ? » Tout le monde se penche en avant, y compris moi. « Lauren ! »

Hoquet stupéfait et collectif. Qui est Laurent ? Ce Français qui habite Sawtell ? Ou bien la fille alcoolique du Wisconsin qui bosse à la bibliothèque ? Ce ne peut pas être *ma* Lauren ? Impossible. En aucun cas elle ne saurait être lesbienne. Et même alors, ça me brancherait encore un peu. Mais... peut-être qu'elle s'est gourrée de boîte pour ses billets doux. Elle voulait peut-être les glisser dans la boîte de Jane Gorfinkle, juste au-dessus de la mienne? Je ne veux surtout pas leur demander de quelle Lauren ils parlent, bien que j'en meure d'envie. Je me tourne vers le bar, essaie de penser à autre chose; debout au comptoir il y a au moins quatre filles avec qui j'ai couché. Aucune ne regarde dans ma direction. Impersonnelles, préoccupées, elles sirotent leur bière en fumant des cigarettes.

Oh, et puis merde. Je me lève sans prévenir, sors du Pub, me tire. Simple comme bonjour. Me voilà dehors. Fels est tout près. J'ai des amis qui habitent là, il me semble? Mais le simple fait d'y penser me casse les couilles, si bien que je tourne un moment autour du dortoir avant de me barrer. Le bâtiment suivant est Sawtell, je crois? Non. Mais cette fille, cette fille qui m'a embrassé... Je me rappelle qu'elle habite Noyes, une chambre pour une personne, la 9. Je vais à sa porte et frappe.

Je crois entendre un rire, puis une voix haut perchée. Qui est à l'intérieur? Je me sens idiot, mais comme je suis bourré c'est cool. La porte s'ouvre, je découvre la fille qui a quitté la table, pas celle qui m'a embrassé, elle porte une robe de chambre et derrière elle j'avise un type pâle et poilu au lit, qui allume un gros narguilé posé sur un futon. Bon dieu, je pense, quelle merde.

« Hum, Susan habite ici? » je lui demande en rougissant, d'une voix que j'essaie de calmer.

La fille se retourne vers le type allongé. « Est-ce que Susan habite ce pavillon, Loren? »

Le type aspire une bouffée. « Non », il dit en me proposant le tuyau. « Leigh 9. »

Je me barre rapidos. Sors en vitesse. Dehors, il fait froid. Que faire? je me demande. *Que sera donc cette nuit si je n'agis pas?* Elle se réduira au *néant?* Comme toutes les autres putains de nuits? Une idée me vient. Je décide d'aller à Leigh 9, où loge Susan. Je frappe à sa porte. Je n'entends pas grand-chose, sinon l'album « Nebraska » de Springsteen. Une musique géniale pour baiser, je me dis. Au bout d'un moment Susan ouvre la porte.

« Quoi de neuf, Susan ? Bonsoir. Excuse-moi de te déranger à cette heure. »

Elle me regarde bizarrement, puis sourit et dit : « Pas de problème, entre. »

J'entre, les mains enfoncées dans les poches de ma veste. Je vois deux cartes du Vermont photocopiées... en fait c'est le New Hampshire, ou peut-être le Maryland, sur le mur, au-dessus de l'ordinateur et d'une bouteille de Stoli. Je suis trop pété pour m'envoyer ça, je m'en aperçois en avançant d'un pas vacillant, et je prends une profonde inspiration. Susan ferme la porte et dit : « Je suis contente que tu sois venu », puis elle donne un tour de clef, et cette porte verrouillée me déprime ; elle me fait comprendre que Susan aussi a envie de baiser, qu'elle n'attend rien d'autre de moi, et tout est de ma faute, et en fait c'est Lauren Hynde que je désire et je crois que je vais m'évanouir et elle semble vraiment désespérée, tellement jeune.

« Où étais-tu ce soir ? » elle demande.

« Au cinéma. Un film italien super. Mais comme les dialogues sont en italien, impossible de le regarder défoncé », je dis en essayant d'être grossier pour la dégoûter. « Les sous-titres, tu piges ? »

« Ouais », elle dit avec un gentil sourire, toujours amoureuse de moi.

« C'que j'veux dire, c'est que, hum... pourquoi ces cartes, euh... Ouais, enfin, pourquoi as-tu mis ces cartes au mur ? » je demande. Quelle panade.

« Le Maryland est cool », répond Susan.

« Je veux coucher avec toi, Susan », je dis.

« Quoi ? » Elle fait la sourde oreille.

«Tu n'as pas entendu?»

«Si, j'ai entendu», elle dit. «L'autre soir, tu n'avais pas envie.»

«Alors, quesse t'en dis?» je demande sans m'attarder davantage sur son commentaire.

«Je trouve ça plutôt ridicule», elle répond.

«Comment ça? J'veux dire, pourquoi ce serait ridicule?»

«Parce que j'ai un petit ami», elle dit. «Tu te souviens?»

Je ne me souviens de rien, mais éructe: «Ça n'a pas d'importance. C'est quand même pas *ça* qui va t'empêcher de baiser?»

«Vraiment?» elle demande, sceptique mais souriante. «Explique-toi.»

«Eh bien, tu vois, c'est comme si.» Je m'assois sur le lit. «C'est comme si...»

«Tu es saoul», dit Susan. Dieu, ce nom de Susan est si moche. Ça me rappelle le mot «sinus». Elle me provoque. Je repère presque l'odeur de son con. Elle veut baiser.

«Où donc étais-tu passé?» je demande.

«Tu savais que je suis née dans une Holiday Inn?» me semble-t-elle dire.

Je la regarde, complètement paumé, pété. Maintenant elle est à côté de moi sur le lit. Je continue à la dévisager.

Enfin je dis: «Déshabille-toi, allonge-toi ou reste debout, je m'en balance, sur le lit, et puis ça n'a pas d'importance que tu sois née dans une Holiday Inn. Tu comprends ce que je te dis?»

«Parfaitement», elle répond. «Tu as toujours art en majeure, par hasard?»

«Quoi?» je lui demande. Mes yeux coulent. Elle baisse la lumière et, petit ami ou pas, ça commence. Je suis saoul, mais pas assez pour refuser. Aux toilettes de Commons, aujourd'hui, quelqu'un a écrit «Robert McGlinn n'a ni pénis ni testicules» une quinzaine de fois au-dessus des chiottes.

Elle se tourne vers moi, sa chair est verte à cause de l'écran de son ordinateur, elle ne dit rien. Je m'allonge et elle se met à sucer ma queue en essayant de m'enfiler un doigt dans le cul. C'est agréable, elle est vraiment à son affaire et je me demande de quoi on peut bien parler dans ce genre de situation. Es-tu catholique? Aimais-tu les Beatles autrefois? Alors, les filles, vous avez réclamé Aerosmith? Les lycéennes que tu as connues et qui ont porté un brassard noir le jour du mariage de Steven Tyler. Le lycée est chiant. Elle suce toujours, avec ses lèvres humides mais fermes. Je glisse une main sous sa chemise pour lui caresser les roberts. Elle a quelques poils sous le bras, qui ne me dégoûtent pas vraiment. Ça ne me branche pas, mais ça ne me dégoûte pas.

«Attends... Attends...» J'essaie de me débarrasser de mon caleçon, puis de mon jean, mais je suis sur le lit et elle me suce en écartant mes jambes, et bien que je sois un peu estomaqué par tout ça, c'est trop bon pour que je me plaigne. Elle relève la tête. «Maladies?» elle demande. «Non, rien», je dis en songeant que je devrais répondre ouais des morpions et mettre fin à cette comédie. Elle s'allonge sur moi et nous commençons à nous embrasser avec passion. Je lève sa chemise au-dessus de sa tête, un filament de salive verte s'accroche à nos lèvres quand elle se redresse. Je touche sa joue, puis déboutonne ma chemise, me débarrasse de mon pantalon. «Attends, éteins la lumière», je lui dis.

Elle sourit. «Je veux la laisser.» Ses mains se posent sur ma poitrine.

«Bon, euh, merde. J'veux l'éteindre. Démerde-toi.»

«Je vais l'éteindre.» Elle s'exécute. «C'est mieux comme ça?»

De nouveau nous nous embrassons. Maintenant je me demande ce qui va suivre. Qui va prendre l'initiative de la baise? Que diraient ses parents s'ils apprenaient qu'elle ne fait que ça ici? Ecrire des haikus sur son Apple, boire de la vodka jusqu'à plus soif et baiser comme une malade? La déshériteraient-ils? Lui donneraient-ils davantage d'argent? Quoi?

«Oh chéri», elle geint.

«Tu aimes?» je murmure.

«Non», elle gémit encore. «Je veux la lumière. Je veux te voir.»

«Quoi? Je te crois pas.»

«Bordel, je veux savoir ce que je fais», elle dit.

«Je vois pas comment tu pourrais te gourrer», je lui rétorque.

«J'aime le néon», elle dit, mais elle ne rallume pas son foutu ordinateur. Je remets sa tête en position.

Elle recommence à sucer ma queue. Ma main guide les mouvements de sa tête. Elle taille des pipes correctes. Je lui dis: «Attends — je vais jouir...» Elle relève la tête. Je descends lentement le long de son corps, embrasse ses seins (un peu trop gros), puis son estomac, puis son con grand ouvert, gonflé, je glisse trois doigts dedans en le léchant. Bruce chante «*Johnny 69*» ou un truc de ce genre et puis nous baisons. Et je jouis — pschit pschit — comme de la mauvaise poésie, et quoi d'autre encore? Je déteste cet aspect du sexe. Il y en a toujours un qui donne et un qui reçoit, mais il est parfois difficile de déterminer qui fait quoi. Difficile de se démerder avec ça, même quand tout se passe bien. Comme elle n'a pas joui, je recommence à la sucer, ça a un goût vaguement désagréable et puis... la désillusion s'abat sur moi. Je ne supporte pas de faire ça, mais je bande toujours alors je recommence à la baiser. Maintenant elle grogne, son corps monte et descend, je pose ma main sur sa bouche. Elle jouit, lèche ma paume, renifle. C'est fini.

«Susan?»

«Oui?»

«Où sont les Kleenex?» je lui demande. «Tu aurais pas une serviette ou quelque chose?»

«Tu as déjà joui?» elle demande, étonnée, allongée dans le noir.

Toujours en elle, je réponds: «Ah oui, euh, je vais jouir. En fait je jouis.» Je gémis un peu, grogne, puis me retire. Elle essaie de me retenir en elle, mais je lui demande des Kleenex.

«J'en ai pas», elle me répond, puis sa voix se fêle, elle fond en larmes.

«Quoi? Qu'y a-t-il?» je lui demande, inquiet. «Attends. Je te dis que j'ai joui.»

LAUREN — Victor n'a pas appelé. J'ai changé de majeure. Poésie.

Que faisons-nous, Franklin et moi? Eh bien, nous allons aux fêtes: Mercredisco, Jeudivrogne, soirées au Cimetière, à la Fin du Monde, fêtes du vendredi soir, fêtes d'avant la fête du samedi soir, fêtes du dimanche après-midi.

J'essaie d'arrêter de fumer. En cours d'informatique j'écris des lettres à Victor, que je n'envoie jamais. Apparemment, Franklin n'a jamais le rond. Il veut vendre son sang contre quelques dollars, et peut-être acheter de la drogue peut-être en vendre. Un après-midi je vends quelques vêtements et des vieux disques à Commons. Nous passons beaucoup de temps dans ma chambre, car j'ai un lit double. J'ai complètement arrêté de peindre. Comme Sara est partie (même si, de son propre aveu, l'avortement n'a pas été assez traumatisant pour justifier son départ), je m'occupe de son chat Seymour. Franklin déteste ce chat. Moi aussi, mais je lui dis qu'il me plaît. Nous passons pas mal de temps au Caisson D'Isolation Sensorielle. Parfois Judy et son première année, moi et Franklin allons au cinéma en ville, et tout le monde s'en fout. Quoi de neuf? je me demande. Nous buvons beaucoup de bière. Le type de L.A., qui porte toujours son short, ses lunettes noires et rien d'autre, m'a abordée la semaine dernière à une fête. J'ai failli partir avec lui, mais Franklin est intervenu. Franklin est un crétin, mais il est vraiment marrant malgré lui. Je suis arrivée à cette conclusion, non pas en lisant ce qu'il écrit, de la science-fiction «très influencée par l'astrologie», ce qui est affreux, mais d'une manière que je ne comprends pas. Je lui dis que ses nouvelles me plaisent, je lui donne mon signe, nous discutons de ses nouvelles mais... je ne supporte pas son foutu encens et je ne pige pas pourquoi je m'inflige tout ça, pourquoi je suis tellement maso. Mais bien sûr la raison en est un certain diplômé d'Horace Mann, un beau garçon perdu en Europe. J'essaie d'arrêter de fumer.

(... pas de courrier de Victor...)

Pourtant le corps de Franklin me plaît, il est très bien au lit, j'ai des orgasmes sans problème avec lui. Mais ça n'est pas vraiment agréable, et chaque fois que j'essaie de fantasmer sur Victor, j'échoue.

Je vais au cours d'ordinateur. Je déteste ça, mais j'ai besoin de cette u.v.

« Je t'ai déjà dit qu'en Irlande j'avais eu droit à la fouille corporelle ? » me demandera Franklin au déjeuner.

Mon regard ne déviera pas d'un pouce, j'éviterai à tout prix de croiser le sien quand il me posera cette question. Je feins souvent de ne pas l'entendre. Parfois il ne se rase pas, sa barbe irrite ma peau. Je ne suis pas amoureuse de lui, je vais fredonner pendant le repas, il sera assis en face de moi avec d'autres petits cons spécialisés en littérature et habillés en noir qui débiteront leur discours sec et caustique, et je serai époustouflée par sa médiocrité anonyme. Mais te rappelles-tu vraiment à quoi ressemblait Victor ? Non, tu l'as oublié, pas vrai ? Il a salement flippé quand j'ai collé une feuille sur ma porte où j'avais écrit : « Si ma mère appelle, je ne suis pas là. Tâche de ne pas prendre de message. Merci. » J'essaie d'arrêter de fumer. J'oublie parfois de nourrir le chat.

« Je veux prendre un trip avec mon père avant sa mort », m'a annoncé Franklin au déjeuner.

Je n'ai rien dit pendant très longtemps, puis il m'a demandé : « Tu planes ? » et j'ai répondu : « Je plane » avant d'allumer une autre cigarette.

SEAN — Pas question que j'emmène ce mec à son arrêt de car. Je comprends même pas comment il a osé me demander ça. J'ai une terrible gueule de bois, l'impression que je vais vomir du sang; je me suis réveillé par terre dans une chambre inconnue, il faisait froid, je suis de mauvaise humeur et je dois cinq cents dollars à Rupert. Paraît qu'il est furax, qu'il a menacé de me faire la peau. Je ne parviens pas à croire qu'il est si tôt. J'ai acheté un bagel aux oignons au snack-bar, il est froid mais j'ai une faim de loup et je le dévore.

Il est déjà là avec son sac, ses lunettes noires et son manteau long; il lit un bouquin. Je marmonne un bonjour d'une voix pâteuse.

« Tu sors du lit? » il demande avec une grimace.

« Ouais. J'ai loupé mon cours de guitare. Merde. » Je monte en selle et tente de faire démarrer la moto. Je lui tends le bagel aux oignons. Tourne la clef. Décide de feindre la panne. Il n'y verra que du feu.

« Tu t'es rasé », je fais, histoire de nourrir la conversation et de détourner son attention.

« Ouais. Je me négligeais un peu de ce côté-là », il répond.

« Pour maman? C'est vraiment chou », je dis.

« Hm-hmm », il fait.

« Chou », je répète.

« Je peux te prendre un morceau de bagel? » il me demande.

Pas question. Je refuse de lui donner la moindre miette de mon bagel. « Bien sûr », je réponds.

Je mets le moteur en marche, tripote les clefs, puis le laisse s'étouffer. Pose mon pied sur l'accélérateur; noie le moteur d'un geste sec du poignet. Puis redémarre. La moto pétarade, hoquette, puis le moteur s'étouffe derechef.

« Et merde », je fais.

Je fais semblant d'essayer encore. Mais le moteur refuse obstinément de démarrer.

« Merde. » Je descends de moto. Il m'observe attentivement.

« Keski cloche? » il demande.

Comme je ne sais pas quoi répondre, je lui dis: « Faudrait la faire démarrer en pente. » Je souris intérieurement.

« En pente? Bon dieu », il marmonne en regardant sa montre.

Je remonte en selle et recommence mon petit numéro. La moto refuse de démarrer.

« Rien à faire », je lui dis.

« Comment vais-je me débrouiller? » il demande.

Assis sur la selle, je regarde Commons, finis le bagel froid, bâille. « Quelle heure il est? »

« Onze heures », il répond.

Il ment. Il est seulement onze heures moins le quart. « Ton car passe à onze heures et demie, hein? »

« Oui », il répond.

« Ça nous laisse largement le temps de trouver quelqu'un pour pousser la moto. » Je re-bâille.

Il regarde encore sa montre. « Je sais pas. »

« Je vais trouver quelqu'un. Getch, par exemple. »

« Getch est en cours de Musique pour les Handicapés », il me dit.

Je le savais. « Sans blague? » je fais.

« Oui. »

« Je savais pas », je dis. « Je savais pas que Getch suivait cette u.v. »

« Je prends un taxi », il décide.

Ouf. « Okay », je dis.

« T'en fais pas », il me dit.

« Désolé, vieux », je m'excuse.

« C'est pas grave. » Il est vexé. Il descend de moto, fourre son livre dans le sac molletonné, rajuste ses lunettes noires.

« A dimanche, d'accord ? » il me dit, me demande.

« Ouais. Salut », je réponds.

De retour dans ma chambre je bois un peu de Nyquil pour dormir. Paraît que les junkies s'enfilent ça quand ils ne trouvent ni héroïne ni méthadone. Ça fait l'affaire. Le seul problème est que je rêve de Lauren, et qu'elle est toute bleue.

PAUL — C'était un vendredi matin et j'attendais à côté de la moto de Sean dans le parking des étudiants. Il était seulement dix heures et demie, la gare des cars était peut-être à cinq minutes du campus en moto, mais je désirais arriver en avance. Quand j'ai eu seize ans, j'ai eu un rendez-vous avec mes parents au Mexique. Ils y étaient descendus la semaine précédente, et m'avaient dit que si je voulais les rejoindre je pouvais prendre un billet et les retrouver à Las Cruces. Quand je suis arrivé à O'Hare pour prendre l'avion de Mexico, j'ai découvert que je l'avais raté. De retour à ma voiture, j'ai trouvé un p.v. sur le pare-brise. Je suis resté à la maison où j'ai organisé une fête, bousillé le canapé de chez

Sloane, vu onze films et séché l'école toute la semaine. Voilà sans doute pourquoi je suis toujours tellement parano avant de partir en voyage. Depuis cette fameuse semaine, j'arrive toujours aux aéroports, aux gares ferroviaires et routières beaucoup plus tôt que nécessaire.

Il était seulement onze heures moins vingt, je savais que j'avais tout le temps d'aller à la gare routière pour prendre mon car à destination de Boston, mais je ne parvenais pas à me concentrer sur le livre que je lisais, «The Fountainhead», ni sur rien. L'été dernier Mitchell m'a traité d'illettré et conseillé de lire davantage. Il m'a offert un exemplaire de ce livre, que j'ai commencé, avec pas mal de réticences. Un jour, dans un café, j'ai dit à Mitchell que je n'aimais pas Howard Roark, il m'a répondu qu'il devait aller aux toilettes et n'est jamais revenu. J'ai payé l'addition. Je me rappelle que mes parents m'ont acheté un iguane empaillé, passé en fraude à la frontière. Pourquoi?

Sean est arrivé, a remarqué que je m'étais rasé, ce petit salopard s'est mis à flirter. Vu que sa moto a refusé de démarrer, j'ai pris un taxi jusqu'à la gare routière. Il s'est montré aimable et j'ai regretté pour lui que sa moto ne démarre pas; j'ai eu l'impression que j'allais vraiment lui manquer et j'ai décidé de lui téléphoner quand je serais à Boston. Alors je me suis rappelé la soirée du Prêt à Baiser et j'ai su qu'il allait s'envoyer en l'air comme tout un chacun. Quand le taxi m'a déposé à la gare routière, je fumais cigarette sur cigarette et j'ai plié mon exemplaire de «The Fountainhead» au point de casser la reliure. Le car était en retard, il est arrivé à midi moins le quart, si bien que je n'avais pas besoin de m'inquiéter. En dehors de moi, une jeune femme potelée qui portait une veste bleue avec des dés dans le dos, son petit garçon blond au visage sale, et un aveugle tiré à quatre épingles étaient les seules personnes qui montaient à Camden. Sinon le car était vide; je me suis installé dans la partie fumeurs, près de l'arrière. La grosse femme et son fils sont restés devant. L'aveugle a eu du mal à monter, et le chauffeur l'a guidé lentement vers un siège. J'ai espéré que l'aveugle ne s'installerait pas à côté de moi. J'ai été soulagé de le voir s'asseoir devant.

Le car est sorti de Camden pour rejoindre la Route 9. J'étais content qu'il n'y eût personne d'autre pour aller à Boston. Ce serait un voyage paisible, agréable. J'ai ouvert mon livre, regardé par la fenêtre, et soudain pressenti que ce week-end à Boston ne serait peut-être pas trop atroce. Et puis Richard serait là. Je me demandais même avec un certain intérêt ce que ma mère tenait à me dire. Sa Cadillac volée? Il s'agissait sans doute d'une voiture de société. Remplaçable au pied levé, pas de quoi fouetter la queue d'un chat. En tout cas ça ne méritait pas un détour par le Massachusetts. Comme le ciel était couvert, j'ai retiré mes lunettes; puis allumé une cigarette et essayé de lire. Mais le spectacle de la campagne à la mi-octobre qui défilait par la fenêtre était trop beau pour qu'on le négligeât. L'automne s'attardait. Les rouges, les verts sombres, les orange, les jaunes, toute une palette s'offrait à moi. J'ai un peu avancé dans mon livre, fumé quelques cigarettes, regretté d'avoir oublié mon walkman.

Après une heure de route le car s'est arrêté dans une ville, à une petite gare routière; un vieux couple est monté, s'est installé à l'avant. Le car est reparti, a roulé pendant un ou deux kilomètres sur la route, puis s'est arrêté devant une foule assez nombreuse, des gamins de la fac locale debout devant deux bancs verts. Je me suis crispé en comprenant que tous ces étudiants allaient monter à bord du car. L'espace d'un instant j'ai même paniqué et me suis vivement installé dans un coin.

Quand les étudiants sont montés, j'ai enlevé mes lunettes noires, puis je les ai remises et j'ai fait semblant de lire en espérant qu'ils ne s'apercevraient pas que j'étais un étudiant de Camden. Cinquante ou soixante de ces gamins se sont entassés dans le car en hurlant à tue-tête. La plupart étaient des filles qui portaient des tenues roses et bleues, des sweatshirts Esprit et Benetton, faisaient claquer des bulles de chewing-gum, walkman sur les oreilles, boîte de Diet Coca sans caféine à la main, numéros de *Vogue* ou *Glamour*, et toutes semblaient sorties d'une pub pour déodorants. Les types, huit ou neuf, la plupart assez beaux, se sont assis à l'arrière, près de moi, dans la partie fumeurs. L'un d'eux portait un énorme lecteur de cassettes Sony, le nouvel album de Talking Heads vociférait, des numéros de *Rolling Stone* et *Business Week* passaient de main en main. Même après l'irruption de ces représentants de la génération Pepsi, personne n'était assis à côté de moi. J'ai commencé à me sentir gêné et j'ai pensé, dieu que je dois paraître prétentieux assis à l'arrière du car, avec mes Wayfarer, mon manteau de tweed noir déchiré à l'épaule, fumant comme un pompier, un vieil exemplaire de *The Fountainhead* posé sur les cuisses. Je dois puer «Camden», mais j'étais soulagé d'être seul sur ma banquette.

Alors que le car démarrait, j'ai remarqué Le Garçon, qui ressemblait à Sean de façon troublante, complètement déplacé dans ce contexte, debout à l'avant du car, essayant de rejoindre l'arrière. Il avait des cheveux assez longs et hirsutes, une barbe d'une semaine. Il portait un t-shirt Billy Squier (oh dieu) et tenait un sac de voyage. Cette ressemblance m'a bouleversé, mon cœur s'est arrêté, a sauté un battement, puis repris son rythme naturel. J'ai regardé dans le car et deviné avec horreur que ce sosie de Sean, qui avait des mains maculées de graisse, tenait un exemplaire froissé de *Auto-Moto* (ce mec va-t-il dans le Hampshire?), allait devoir s'installer près de moi. Mais ce garçon a dépassé la place vide à côté de moi et continué vers l'arrière du car. Un étudiant, qui portait un blouson Members Only et feuilletait un numéro de *Sports Illustrés*, ses bottes posées sur le siège devant lui, expliquait comment il avait perdu son walkman pendant un cours d'économie de première année, mais il l'a soudain bouclée, après quoi tous les types ont regardé Le Garçon Sean et reniflé d'un air méprisant en roulant les yeux. Je songeais s'il te plaît ne t'assois pas à côté de moi... Il ressemblait tellement à Sean.

Je savais que les étudiants se moquaient de lui et il s'est approché de moi.

« La place est libre ? » il a demandé.

Une seconde, j'ai voulu répondre que non, mais ç'aurait été ridicule, si bien que j'ai fait oui de la tête en déglutissant et je me suis levé pour laisser passer Le Garçon. Les sièges étaient rapprochés, j'ai dû m'asseoir au bord du mien pour lui faire de la place. Il avait la même couleur de cheveux et de poils sur les bras, un seul sourcil et des jeans moulants déchirés. Dur.

Le car a démarré avant que tout le monde ne soit assis, puis il a foncé sur la route. J'ai vainement tenté de lire mon livre. Il s'est mis à pleuvoir, le vacarme des Talking Heads qui sortait du lecteur scintillant, les filles qui se passaient des nachos et des Diet Pepsi, essayaient de flirter avec moi, le baratin ininterrompu des mecs derrière qui fumaient des cigarettes au clou de girofle, un joint de temps à autre, racontaient comment une salope nommée Ursula s'était fait sauter par un type nommé Phil à l'arrière d'une Toyota Nissen qui appartenait à un certain Mark, et comment Ursula a menti à Phil en lui affirmant que ce n'était pas son bébé, mais il a quand même payé l'avortement, tout cela était si irritant que je n'ai pu me concentrer sur rien. Et quand nous sommes arrivés dans la banlieue de Boston, j'étais si furieux contre ma mère qui m'avait demandé de venir que je regardais sans arrêt Le Garçon Sean qui, tourné vers la fenêtre, caressait son billet entre ses doigts pleins de cambouis, pendant que sa Swatch tictaquait bruyamment.

SEAN — Je découvre aujourd'hui dans ma boîte à lettres un autre billet de Lauren Hynde. Voici: «Je te retrouverai ce soir — après le coucher du soleil — E-L-O-V ne sera plus jamais épelé ainsi...» J'attends fébrilement la soirée, le «coucher du soleil», et me décide à parler à Lauren à déjeuner. Elle fume une cigarette debout près des desserts avec Judy Holleran (que j'ai sautée le trimestre dernier, avec qui je couche encore à l'occasion; mais elle a une case en moins, fréquente un psy depuis une éternité), je me pointe lentement derrière elle et soudain j'ai envie de toucher Lauren, je vais la toucher doucement sur le cou, mais le coturne franchouillard, que je n'ai pas vu depuis des jours, s'excuse, tend le bras vers un croissant ou autre chose, et reste là. Alors il me remarque et dit: « *Ça va?* »

149

Je fais : « *Ça va.* » Lauren lui dit « Salut » en rougissant et elle regarde Judy, laquelle sourit aussi. Il regarde Lauren avec insistance, puis se barre. Lauren raconte à Judy comment elle a perdu ses papiers d'identité.

« Quoi de neuf ? » je demande à Judy en prenant une part de melon.

« Salut, Sean. Rien », elle répond.

Lauren regarde les gâteaux, comme si de rien n'était. C'est tellement gros que j'en suis gêné.

« Tu vas à la fête ce soir ? » je lui demande. « Après le coucher du soleil ? »

« Complètement maboul », dit Judy, sarcastique.

Lauren éclate de rire, comme pour manifester son accord. Et comment, je pense.

Le zombie de L.A. prend une orange sur le plateau de fruits et Lauren baisse les yeux pour regarder quoi ? Ses jambes ? Elles sont vraiment bronzées ; je n'ai jamais vu ce mec sans ses lunettes noires, une grande première. Il me reconnaît, m'adresse un haussement de sourcils. Je fais de même. Puis je regarde Lauren et suis frappé par sa beauté. L'espace d'une milliseconde je me retrouve complètement époustouflé par la beauté de cette fille. Je découvre avec stupéfaction à quel point ses jambes me séduisent, ses seins, hors de tout soutien-gorge, sous un t-shirt « Nous Sommes Le Monde », ses cuisses. Elle se tourne vers moi, comme au ralenti. Mais je n'ose pas croiser son regard bleu. Elle est *trop* splendide. Ses lèvres pleines et parfaites se joignent en un sourire distrait et sexy. Elle est parfaitement bâtie. Elle accentue son sourire quand elle voit que je la regarde, et je souris à mon tour. Je pense : je veux connaître cette fille à tout prix.

« Je crois que ce sera une soirée en toge », je dis.

« En toge ? Bon dieu », elle fait. « Cette fac n'est tout de même pas Williams ? »

«Où a lieu la soirée?» demande Judy.

«A Wooley», je réponds. Merde, elle ne me regarde même pas.

«Je croyais que nous y avions déjà eu droit», elle dit en examinant un gâteau. Ses doigts sont fins et délicats. Les ongles, couverts d'un vernis clair. Sa main, menue et propre, gratte l'aile de son petit nez parfait, tandis que l'autre passe dans ses courts cheveux blonds, puis descend vers sa nuque. J'essaie de sentir son odeur.

«Absolument», je dis.

«Une soirée *en toge*», elle fait. «Tu nous racontes des histoires. Et puis, qui fait partie du comité des loisirs?»

«Moi, par exemple», je lui réponds en la regardant en face.

Judy empoche un gâteau aux céréales, puis tire une bouffée sur sa cigarette ou celle de Lauren.

«Getch et Tony vont voler quelques draps. Il y aura un fût. Je sais pas», je dis en riant un peu. «Ça n'est pas vraiment une soirée en toge.»

«Pourtant, on dirait bien que si», elle rétorque.

Elle s'éloigne tout à trac, prend un gâteau, demande à Judy: «Je vais en ville avec le Plouc. Tu veux venir avec nous?»

«Dissert sur Plath», répond Judy. «Peux pas.»

Lauren s'en va sans me parler davantage. Manifestement gênée, intimidée par ma présence.

Ce soir, je pense. Je retourne à ma table.

«La salle de gym a ouvert aujourd'hui», dit Tony.

«Rock'n'roll», je réponds.

«T'es un crétin,», il dit.

Après le coucher du soleil, je pense.

PAUL — Je descends du car avec les autres étudiants, l'aveugle, la grosse femme et son gosse blond, puis me perds dans la foule de la grande gare routière de Boston. Quand j'en suis sorti, c'était l'heure de pointe sous un ciel gris, et j'ai cherché un taxi. Quelqu'un m'a soudain tapé sur l'épaule, je me suis retourné, j'ai reconnu Le Garçon Qui Ressemble À Sean.

«Ouais?» J'ai baissé mes lunettes noires en sentant l'adrénaline gicler dans mon corps.

«Mec, j'me demandais si j'pourrais pas t'emprunter cinq dollars», il a fait.

J'ai senti un vertige, voulu refuser, mais il ressemblait tellement à Sean que j'ai fouillé dans mon portefeuille sans réussir à trouver un billet de cinq, et j'ai fini par lui donner dix dollars.

«Merci, mec», il a fait avec un hochement de tête avant de s'éloigner, le sac en bandoulière.

Machinalement, j'ai aussi opiné du chef et senti un début de migraine. «Je vais la tuer», j'ai murmuré en hélant un taxi.

«Z'allez où?» a demandé le chauffeur.

«Ritz-Carlton. Sur Arlington», je lui ai répondu en m'écroulant sur la banquette, épuisé.

Le chauffeur a tourné la tête pour me dévisager sans rien dire.

«Au Ritz-Carlton», je lui ai répété, vaguement mal à l'aise.

Il me regardait toujours.

«Sur... Arlington...»

«J'ai entendu», a marmonné le chauffeur, un vieux type, sans bouger.

Alors pourquoi me mates-tu de la sorte? j'ai failli gueuler.

Je me suis frotté les yeux. Mes mains puaient, j'ai ouvert un paquet de Chuckle acheté à la gare routière de Camden. J'en ai mangé un. Le taxi roulait lentement dans la circulation dense. Il s'est mis à pleuvoir. Le chauffeur de taxi continuait de m'observer dans son rétroviseur en secouant la tête et en marmonnant des trucs incompréhensibles. J'ai cessé de mastiquer mon Chuckle. Le taxi avait à peine parcouru un bloc quand il s'est garé contre le trottoir. J'ai paniqué, pensé Oh dieu, quoi encore? Allait-il me flanquer dehors parce que je mastiquais un malheureux Chuckle? J'ai rangé le paquet.

«Pourquoi vous arrêtez-vous?» je lui ai demandé.

«Pasqu'on y est» a soupiré le chauffeur.

«On y est?» J'ai regardé par la fenêtre. «Oh!»

«Ouais, ça fait un dollar quarante», il a grommelé. Il avait raison.

«Je crois que j'ai oublié que c'était... euh, si près», j'ai fait.

«Hm-hmm», a dit le chauffeur. «Peu importe.»

«Je me suis fait mal au pied. Désolé», j'ai ajouté en lui filant deux dollars, puis je suis sorti sous la pluie et je sais que Sean va s'envoyer en l'air avec quelqu'un à la party ce soir et maintenant je suis à la réception, trempé, et j'espère que ça va pas être trop chiant.

153

Il l'ignore mais je L'ai vu pendant l'été. L'été dernier. J'ai passé mes grandes vacances à Long Island, à Hamptons, avec mon pauvre ivrogne de père. Southampton, Easthampton, Hampton Bays — je me suis baladée sur l'île avec d'autres nomades habillées en Gucci. J'ai passé une nuit chez mon frère, rendu visite à une tante veuve depuis peu sur Shelter Island, habité dans des centaines de motels, des motels roses et gris qui scintillaient dans la lumière des Hamptons. J'ai habité ces chambres car je ne supportais plus de voir la nouvelle petite amie de mon père. Mais c'est une autre histoire.

Je L'ai d'abord vu au Coast Grill de la rive sud, puis dans ce restaurant oh! si chic dont le nom délicieux m'échappe. Il mangeait du poulet pas assez cuit et tentait de ne pas éternuer. Il était avec une fille (vénale, de toute évidence) qui semblait anorexique. Des barmen pédés à l'air maussade les entouraient, et je commandais de Lents et Confortables Screws * pour les taquiner et les allumer. « C'est à base de rhum ? » ils zézayaient, et je zézayais « Oui, c'est ça ». Des serveuses qui respiraient par la bouche fondaient sur Toi, Toi qui étais bronzé comme un Dieu, Tes cheveux plaqués en arrière. J'ai entendu qu'on appelait Ton nom — un téléphone pour toi. Bateman. Ils le prononçaient mal — Dateman. J'étais assise dans les ténèbres du long bar poli, je venais d'apprendre oh! si discrètement qu'au trimestre dernier j'avais loupé trois u.v. sur quatre. Malheureusement j'avais oublié de remet-

---

* Les *screws* représentent divers cocktails américains. Mais ce terme signifie aussi « baiser ». (*N.d.T.*)

tre, voire de remplir, les formulaires obligatoires avant de partir pour l'Arizona et les Hamptons. Et Tu étais assis là. Je T'avais vu pour la dernière fois lors d'un Petit Déj de Minuit; Tu avais lancé une crêpe roulée en boule vers une tablée de théâtreux. Et maintenant Tu allumais une cigarette. Sans Te donner la peine d'allumer celle de Ta compagne dissolue. Je T'ai suivi vers la cabine téléphonique.

« Salut, vieux, alors tu n'as pas parlé au doyen pour lui expliquer, euh, à quel point j'étais déjanté? »

J'ai songé qu'il s'agissait de Ton psychiatre.

Tu as bâillé et dit : « Ça me concerne. »

Il y a eu un silence très long, et puis tu as dit : « Fais-m'en seulement une de Librium. »

Encore un silence. Tu t'es retourné, Tu m'as vue sans me reconnaître. Moi, couverte de coups de soleil, j'essayais de m'enivrer, sans succès. « Je suis prêt », Tu as dit.

Tu as raccroché. Je T'ai regardé lancer des billets sur la table d'une main nonchalante et sortir du restaurant devant Ta délurée. La porte s'est refermée sur elle, mais elle T'a suivi. Vous êtes partis tous deux dans une Alfa Romeo rouge vif et je me suis saoulée et j'ai attendu Ce Soir.

Ce Soir. J'ai passé tout l'après-midi dans une baignoire remplie d'eau parfumée, en me préparant, me bichonnant, lavant, rasant, récurant, parfumant pour Toi. Je n'ai rien mangé depuis deux jours. J'attends. Je sais prendre mon mal en patience. J'écoute les vieilles chansons bientôt oubliées, j'attends Ce Soir et Toi. J'attends l'instant crucial. Un instant si saturé d'espoirs et de désirs que je crains presque de le voir arriver. Mais je suis prête. Un jour tu voudras que je devienne la fille de ta vie, pleure ma radio. C'est ça. Ce soir.

PAUL — Je marche jusqu'à la réception et reste planté là, submergé par le désir de fuir, rentrer à Camden, il suffirait de parcourir deux blocs, sous la pluie, jusqu'à la gare routière, monter dans le car, intercepter Sean à la soirée du Prêt à Baiser, mais je reste figé comme un crétin en regardant le type morose, tiré à quatre épingles, derrière la réception, jusqu'à ce qu'il glisse vers moi et demande: «Oui monsieur?» je suis tenté de m'éclipser, de me barrer, de filer à l'anglaise.

«Oui monsieur?» il redemande.

Alors je m'arrache. Le regarde. Trop tard. Beaucoup trop tard.

«Je crois que ma mère a fait une réservation pour ce week-end. Je m'appelle Denton.»

«Denton, très bien», dit l'employé en m'examinant d'un air dubitatif avant d'aller consulter ses registres.

J'ai baissé les yeux vers mon corps, puis regardé l'employé.

«Oui, Denton. Trois jours. Il s'agit de deux chambres, n'est-ce pas?»

«Je crois.»

«Pouvez-vous remplir ceci, s'il vous plaît?» L'employé me tend un papier.

Sans savoir pourquoi, j'ai inscrit l'adresse de Camden. Mes mains étaient toujours moites. Elles ont taché la carte.

«Votre mère compte payer en liquide ou avec VISA, monsieur Denton?» a demandé l'employé.

J'aurais pu payer avec ma carte American Express, mais bordel pourquoi aurais-je fait ça? Ç'aurait été stupide; d'ailleurs tout ce plan était stupide. «VISA, je crois.»

«Très bien, monsieur Denton.»

«Les autres personnes arriveront plus tard.» Et ne m'appelez plus monsieur Denton. Je m'appelle Paul, bande de crétins, Paul!

«Très bien, monsieur Denton. Est-ce votre seul bagage?»

Je me tenais là, trempé jusqu'aux os, ma vie barrée en couilles. C'était terminé avec Sean. Un autre amour qui finit aux chiottes, tirons la chasse!

«Monsieur?» a répété l'employé.

«Quoi?» J'ai cligné des yeux.

«Je vais demander à quelqu'un de vous le monter immédiatement», il a fait.

Je ne l'ai même pas entendu, seulement «merci», déboutonner mon manteau, quelqu'un me tend une clef, dans le brouillard je marche jusqu'à un ascenseur, entre, appuie sur le bouton du neuvième étage, non, quelqu'un appuie à ma place, on m'accompagne dans le couloir, on m'aide à trouver les deux chambres.

Je suis resté longtemps allongé sur le lit avant de me décider à me lever. J'ouvre les portes communicantes entre les suites et me demande laquelle est la mieux. Je m'allonge sur l'un des lits doubles de l'autre chambre et décide que la première est plus confortable. Je regarde l'autre lit double, où Richard va dormir. Je me demande si nous allons faire la fête ensemble, comme au bon vieux temps du lycée, à Chicago. J'avais failli aller à Sarah Lawrence à cause de lui. Il avait failli venir à Camden, mais avait refusé au dernier moment en expliquant «Faudrait me payer cher pour que je m'enterre dans ce bled paumé du New Hampshire», et j'avais rétorqué «Je préfère aller à la fac de Las Vegas plutôt qu'à Bronxville». Richard était indéniablement très beau, mais nos retrouvailles s'annonçaient sous de mauvais auspices; je venais d'abandonner Sean et me retrouvais maintenant avec Richard sur les bras. J'ai allumé la télé, me suis rallongé, ai pris une douche, le téléphone sonnait sans arrêt, je le laissais sonner, me suis habillé, ai encore regardé la télé, j'ai fumé plusieurs cigarettes, attendu.

LAUREN — Je rêve de Victor. Le cadre de mon rêve est Camden. Des gens de la fac occupent un bar sur la plage. Judy est debout au bord de la mer. Derrière elle la mer est tantôt blanche, tantôt rouge, tantôt noire. Quand je lui demande où est Victor, elle répond: «Mort.» Je me réveille. Pendant un long moment douloureux, entre le cauchemar et l'instant où par bonheur il est oublié, je reste allongée en pensant à Victor. Une matinée tout ce qu'il y a de banal.

Je regarde la chambre. Franklin est parti. Autour de moi les objets me dépriment, semblent définir ma piteuse existence, tout est si ennuyeux: ma machine à écrire sans ruban; mon chevalet sans toile; mes étagères sans livres; un chèque de papa; un billet d'avion pour

St. Tropez, que quelqu'un a fourré dans ma boîte; une circulaire annonçant l'annulation du Week-End des Parents; les nouveaux poèmes que j'écris, froissés près du lit; la nouvelle que Franklin m'a laissée, intitulée «*Les Yeux de Saturne*»; la bouteille de vin rouge à moitié vide (Franklin l'a achetée; du Jordan, trop doux) que nous avons descendue hier soir; les cendriers; les cigarettes dans les cendriers; la cassette de Bob Marley déroulée — tout cela me déprime immensément. J'essaie de me concentrer sur mon cauchemar. Impossible. Je regarde les bouteilles de vin par terre, le paquet de Gauloises vide (Franklin fume cette marque; quel prétentieux). Je ne parviens pas à décider si je veux boire du vin, fumer une cigarette ou allumer la radio. Complètement dans le coltard, je titube dans le couloir, un boum boum reggae monte du salon. Il doit faire jour dehors, alors je réalise qu'il est quatre heures et demie de l'après-midi.

Je quitte Franklin. Je lui ai annoncé ma décision hier soir; avant de coucher avec lui.

«Tu plaisantes?» il a fait.

«Certainement pas», j'ai répondu.

«Tu planes?» il m'a demandé.

«Perdu», j'ai rétorqué. Ensuite on a baisé.

159

PAUL — J'envisageais de prendre une deuxième douche, de m'occuper de mes cheveux ou de téléphoner à Sean ou de me branler ou de faire un certain nombre d'autres choses, quand j'ai entendu quelqu'un qui essayait d'entrer dans la chambre. J'ai avancé jusqu'à la porte et alors j'ai entendu ma mère et Mme Jared qui discutaient.

« Oh, Mimi, aide-moi à venir à bout de cette sacrée serrure. » Les roucoulements de ma mère.

« Seigneur, Eve », a répondu la voix geignarde de Mme Jared. « Où donc est le *garçon d'étage?* »

J'ai couru vers le lit, me suis jeté dessus, collé un oreiller sur la tête en essayant de paraître naturel. Alors le ridicule de ma pose m'a frappé et je me suis levé.

« Zut alors, Mimi, c'est pas la bonne clef. Essaie l'autre chambre », j'ai entendu la voix éplorée, assourdie, de ma mère.

Elle a frappé à la porte en criant : « Paul? Paul, es-tu là? »

Je me suis demandé si je devais répondre, puis j'ai compris que je ne pouvais pas y couper et j'ai dit : « Oui? Qui est-ce? »

« C'est ta mère, pour l'amour du ciel », elle a fait, exaspérée. « Qui veux-tu que ce soit? »

« Oh », j'ai dit. « Salut. »

« Pourrais-tu m'aider à ouvrir cette porte, s'il te plaît? » elle a supplié.

J'ai marché jusqu'à la porte et tourné le bouton en essayant de l'ouvrir, mais ma mère l'avait tellement bidouillée qu'elle était maintenant verrouillée de l'extérieur.

« Maman? » Surtout ne pas s'énerver.

« Oui, Paul? »

« Tu l'as verrouillée. »

Silence.

«Vraiment?»

«Vraiment.»

«Oh la la.»

«Essaie de la déverrouiller», j'ai suggéré.

«Oh.» Silence. «Mimi, viens voir. Mon fils me dit que je devrais essayer de déverrouiller la porte.»

«Bonjour, Paul», a dit Mme Jared à travers la porte.

«Salut, Mme Jared», j'ai répondu.

«On dirait que cette porte est fermée à clef», elle a fait.

J'ai encore essayé de l'ouvrir, mais rien à faire.

«Maman?»

«Oui, mon chéri?»

«La clef est-elle dans la serrure?»

«Oui. Pourquoi?»

«Essaie donc de la tourner, disons... à gauche? Okay?»

«A gauche?»

«Oui. Pourquoi pas?»

«Essaie, Eve», l'a pressée Mme Jared.

J'ai cessé de tirer sur la porte. Il y a eu un déclic. La porte s'est ouverte.

«Mon chéri», s'est écriée ma mère en me tombant dans les bras avec une expression de cinglée. Elle était plutôt en beauté. Peut-être trop maquillée, mais plus mince, et superbement habillée, avec toute sa quincaillerie qui cliquetait dans la chambre, mais malgré tout élégante, rien de vulgaire. Ses cheveux, plus foncés que dans mon souvenir, parfaitement coupés, la rajeunissaient. Mais c'était peut-être dû à l'opération de chirurgie esthétique autour des yeux qu'elle avait subie l'été dernier, avant le voyage en Europe.

«Maman», j'ai fait en me figeant.

Elle m'a étreint en disant: «Oh, ça fait tellement longtemps.»

«Cinq semaines?»

«Mais c'est très long, mon chéri», elle a répondu.

«Pas vraiment.»

«Dis bonjour à Mme Jared», elle a fait.

«Oh! Paul, tu es tellement beau!» a dit Mme Jared en me serrant dans ses bras.

«Mme Jared», j'ai fait.

«Tellement solide et loin de nous dans ton université. Nous sommes si fières de toi.»

«Il est superbe», a renchéri ma mère en allant ouvrir la fenêtre pour chasser l'odeur de cigarette.

«Et si grand», a lancé Mme Jared. Ouais et j'ai enculé ton fils, j'ai pensé.

Je me suis assis sur le lit, retenu d'allumer une cigarette, et j'ai croisé les jambes.

Ma mère a filé à la salle de bains pour se brosser vigoureusement les cheveux.

Mme Jared a enlevé ses chaussures, s'est posée en face de moi et m'a demandé: «Dis-moi, Paul, pourquoi t'habilles-tu exclusivement en noir?»

STUART — Après le dîner et une douche, j'ai invité des amis à boire du vin et nous avons décidé de nous teindre les cheveux. Tandis qu'ils monopolisaient la salle de bains et se lavaient les cheveux dans les lavabos, j'ai traversé le couloir jusqu'à la chambre de Paul Denton.

Je suis resté longtemps devant sa porte, j'avais trop le trac pour frapper. J'ai lu les mots que des gens avaient punaisés, puis j'ai passé la main dessus. Je voulais l'inviter à notre petite soirée, et j'étais assez raide pour l'oser. J'ai d'abord frappé doucement, puis, quand personne n'a répondu, plus fort. La porte est restée close, je suis parti, confus et soulagé. Je m'étais promis de lui parler à la soirée — de me jeter à l'eau. Quand je suis rentré dans ma chambre, Dennis était assis sur mon lit. Ses cheveux mouillés étaient maintenant teints en rouge, il feuilletait le nouveau *Voice* et jouait ma cassette de Bryan Ferry. J'ai passé la nuit dernière avec lui. Je ne lui dis rien. Alors il me parle : « Paul Denton ne couchera jamais avec toi. » Je ne lui réponds pas. Je me saoule encore un peu, monte le volume de la musique et réfléchis à ce que je vais porter pour la soirée du Prêt à Baiser.

PAUL — « Comment s'est passé le voyage en avion ? » je leur ai demandé.

« Oh ! atroce, atroce ! » a répondu Mme Jared. « Ta mère a rencontré un médecin absolument sublime de North Shore, qui voyageait avec nous en première classe ; il se rendait au Week-End des Parents de Brown, et tu sais ce que ta mère a fait ? » Maintenant Mme Jared souriait comme une petite délurée.

« Non. » Oh, je mourais d'envie de l'apprendre.

«Oh! Mimi!» a gémi ma mère en sortant de la salle de bains.

«Elle lui a dit qu'elle était *célibataire*», s'est écriée Mme Jared en se levant pour remplacer ma mère à la salle de bains, mais elle a fermé la porte.

Comme le silence engendre la gêne, ma mère m'a demandé aussitôt: «Je t'ai parlé de la voiture?»

«Oui.» J'entendais Mme Jared uriner. Agacé, j'ai élevé la voix. «Oui. Oui, tu m'en as parlé. Je crois bien que tu m'as parlé de la voiture.»

«C'est typique. Tellement typique. J'avais rendez-vous avec le docteur Vanderpool, nous devions déjeuner tous les deux au 95 et —»

«Une seconde. Le docteur Vanderpool? Ton psy?» j'ai demandé.

Elle s'est encore brossé les cheveux et m'a demandé: «Psy?»

«Excuse», j'ai fait. «Médecin.»

«Oui. Mon médecin.» Ma mère m'a lancé un regard bizarre.

«Vous alliez déjeuner?» je lui ai rappelé.

«Ah oui», elle a dit. J'avais ébranlé sa confiance. Elle restait là, hébétée.

«Je croyais que ça s'était passé à Neiman», j'ai dit, amusé, mais je m'en foutais comme de l'an quarante.

«Non. Pourquoi?» elle a demandé en se brossant toujours les cheveux.

«Laisse tomber.» J'avais oublié que semblables contradictions ne devaient plus m'amuser. Je veux dire, j'ai seulement passé combien de temps loin d'eux? Trois ans, non? La chasse d'eau a vrombi, j'ai grimacé, puis me suis retourné vers la télé en faisant comme si Mme Jared n'avait pas pissé.

«Alors...» Ma mère me regardait comme si j'étais un vrai dingue. Un barjot de première.

«Continue», je lui ai dit. «Continue.»

«Alors», elle a fait. «Je suis sortie de son bureau et elle avait disparu. Volatilisée. Tu te rends compte?» elle me demandait.

«Typique», je lui ai répondu. Fais comme si elle n'était pas dingue, et tout ira bien.

«Oui.»

Elle a arrêté de se brosser les cheveux, mais continué de se regarder dans la glace.

Les grooms ont apporté leurs bagages — huit valises en tout. Exactement. Bien sûr, un week-end à Boston, huit valises pour deux personnes, rien de plus normal. Quatre Louis Vuitton pour ma mère, quatre Gucci pour Mme Jared.

«Comment ça va à l'université?» a demandé ma mère après avoir donné un pourboire aux grooms (lesquels n'avaient rien de sexy, contrairement aux allusions de Mme Jared).

«Bien», j'ai répondu.

«Les cours», elle s'est rappelé. «Comment vont les cours?»

«Très bien.»

«Qu'as-tu choisi?» elle m'a demandé.

J'avais déjà répondu au moins cinq fois à cette question. «Les cours. On dit: les cours. Jeu d'Acteur. Impro. Technique du Décor. Les cours. Le théâtre.»

«Et comment va ce superbe garçon de tes amis? Michael? Monty? Comment s'appelle-t-il déjà?» elle a fait en ouvrant la fermeture Eclair d'une valise pour examiner son contenu.

Je ne parvenais pas à croire qu'elle était à ce point givrée. Elle connaissait foutrement bien son foutu nom, mais je ne pouvais même pas me mettre en colère, je me suis donc allongé en murmurant son nom avec un soupir. «Mitchell. Il s'appelle Mitchell.»

«Oui. Mitchell. C'est ça.»

«Comment il va?» j'ai fait.

«Oui.»

«Bien.» De nouveau je me suis inquiété pour Sean. Sean à la soirée. Sean baisant avec quelqu'un. Qui? Cette fille qui laisse des mots dans sa boîte à lettres? Ou pire... et s'il retournait à sa chambre avec Raymond, Harry ou Donald? Qu'est-ce que je fous ici?

«Quand Richard arrive-t-il?» j'ai demandé, changeant de sujet.

«J'en sais rien», a chuchoté ma mère, soudain inquiète. «Mimi?»

«Je dirais aux alentours de six heures», a répondu Mme Jared. «Je l'ai prévenu que nous avions réservé une table pour dîner en bas à neuf heures, il sait donc quand il doit être ici.»

Mais qu'est-ce que je fous ici? Ma mère n'a strictement rien à me dire. C'est seulement un appât destiné à me piéger ici pour qu'elle puisse se plaindre de la façon dont je m'habille, mange, fume, vis et dieu sait quoi encore. Ma mère et Mme Jared vont dans l'autre chambre. «Nous allons vous laisser cette chambre à Richard et à toi pour que vous puissiez bavarder à l'aise...» Ça me paraît de mauvais augure, menaçant, et bon dieu qu'est-ce que je fous ici? Je regarde mon exemplaire de *The Fountainhead* posé sur la télé, un souvenir de Michael? Monty? Je regarde un dessin animé. Ma mère et Mme Jared s'envoient un Séconal ou une saleté quelconque et commencent à s'inquiéter de ce qu'elles vont porter ce soir. Je regarde d'autres dessins animés, maudis Sean, appelle la réception. Je décide de me saouler de bonne heure.

166

SEAN — Après m'être saoulé cet après-midi j'ai cherché Lauren au dîner ce soir. Elle n'était pas là. Je l'ai cherchée après que Getch, Tony, Tim et moi avons préparé Wooley. Je l'ai encore cherchée après avoir enfilé ma toge. (Puisque je fais partie du comité des loisirs, je suis obligé de porter une toge, mais je mets ma veste en cuir par-dessus pour avoir l'air cool.) J'ai même cherché sa chambre en me baladant sur le campus obscur, essayé de me rappeler quel pavillon elle habitait. Mais le froid a eu raison de moi, si bien que je me suis arrêté à Commons pour regarder la télé et picoler de la bière. Et puis, si je la trouvais, je ne saurais pas quoi lui dire. Je voulais simplement la *voir*. A force de penser à elle, de la chercher partout, je suis retourné dans ma chambre pour me faire une branlette en fantasmant sur elle. Ç'a été complètement spontané, un truc plus fort que moi. Comme de croiser une belle fille dans la rue, une fille qu'on ne peut pas s'empêcher de mater, de siffler, une fille qui vous met la queue au garde-à-vous. Voilà l'effet que me faisait Lauren, ma toge remontée jusqu'à la taille, occupé à me polir fébrilement le chinois dans le noir. Je me suis demandé quelle était sa spécialité. Les questions défilaient à toute allure dans mon esprit — perd-elle la tête en baisant, jouit-elle facilement, tailler une pipe la fait-il flipper, aime-t-elle qu'un mec jouisse dans sa bouche? Alors je me suis rendu compte que je ne coucherais pas avec une fille qui refuserait ça. Et puis

167

je ne coucherais pas avec une fille qui ne pourrait pas ou refuserait de jouir, parce qu'alors à quoi bon? Si l'on ne peut pas faire jouir une fille, autant regarder la télé. Ou poser des questions dans une lettre.

PAUL — J'appelle Sean. Quelqu'un décroche le téléphone de Booth.

«Ouais?» Le mec est manifestement raide défoncé.

«Je voudrais parler à Sean Bateman. Je crois qu'il loge à l'étage», je dis.

«Ouais.» Très long silence. «S'il dort, je dois le réveiller?»

«Oui. S'il vous plaît.» C'est ce crétin qui semble dormir.

Je me regarde dans la glace, tourne la tête. Dans l'autre salle de bains ma mère ou Mme Jared prend une douche. La télé marche toujours. Je tends le bras pour baisser le son.

«Ouais? Salut», fait Sean.

«Sean?»

«Ouais? C'est qui? Patrick?»

Patrick? Bordel, qui est Patrick? «Non, c'est Paul.»

«Paul?»

«Ouais. Tu te souviens de moi?»

«Non. Alors?» il demande.

«Je voulais juste savoir ce qui se passait», je dis. «Qui est Patrick?»

«Non, Paul. C'est pas ça. Que voulais-tu me dire?»

«Tu dormais?»

«Non. Bien sûr que je ne dormais pas.»

«Tu fais quoi?»

«Je me préparais à aller à la soirée», il répond.

«Avec qui?» je demande. «Avec Patrick?»

«Quoi?»

«Avec qui?» je redemande.

«Tu m'as déjà posé cette question», il fait.

«Alors?»

«Avec l'auteur des billets de ma boîte à lettres», il dit très fort en rigolant.

«Vraiment?» je demande en me redressant.

«Non. Bon dieu, tu me téléphones pour savoir avec qui je vais à la soirée?» il gueule. «T'es malade!»

«Je croyais... j'avais une image... très précise de toi.»

«Tu ne comprends rien aux gens», il fait d'une voix plus calme.

«Excuse», je dis. «Désolé.»

«C'est okay.» Je l'entends bâiller.

«Alors... avec *qui* vas-tu à cette soirée?» je demande au bout d'un moment.

«Avec personne, espèce de crétin!» il crie.

«Je blaguais. Calme-toi. T'as donc aucun humour?» je lui demande. «Les gens du Sud n'ont donc aucun sens de l'humour?»

Suit un long silence, après quoi il maugrée: «Seulement en compagnie de gens qui en ont.»

«Salaud, Sean. T'es un salaud.»

«Rock'n'roll. Démerde-toi», il marmonne.

«Ouais», j'essaie de rire. «Démerde-toi.»

«Ecoute, je pars à la soirée, d'ac?» il dit enfin.

«Euh...»

« A la semaine prochaine », il dit.

« Mais je rentre dimanche », je proteste.

« Exact, dimanche », il dit.

« Désolé d'avoir appelé », je fais.

« A dimanche. Salut. » Il raccroche.

Je raccroche aussi, me touche le visage, bois une autre bière; me demande pourquoi Richard est en retard.

LAUREN — La chambre de Judy. Judy et moi décidons de porter des toges pour la soirée du Prêt à Baiser. Pas parce que nous y tenons mordicus, simplement parce que nous sommes plus jolies en toge. Du moins, moi je suis plus jolie en toge que dans la robe que j'allais mettre. Judy est bien dans n'importe quel vêtement. Par ailleurs je ne veux pas retourner dans ma chambre pour aller chercher ma robe, car je risque d'y rencontrer Franklin, mais peut-être pas car je lui ai dit que *Le Destin de la terre* était le livre le plus chiant qu'il m'avait jamais fait lire (pire encore que *Dragon flottant*), alors il a eu une crise majeure (avec un C majuscule : il s'est mis à trembler, a viré au rouge) avant de partir en claquant la porte. De plus, je ne veux pas savoir si ma mère a rappelé. Elle a déjà appelé aujourd'hui, exigé de savoir pourquoi je ne lui avais pas téléphoné depuis plus de trois semaines. Je lui ai répondu que j'avais oublié mon numéro d'abonnement téléphonique. Pourtant je suis de bonne humeur, car Vittorio, mon nouveau professeur de poésie, a dit que je promets beaucoup, et rien que pour ça j'ai écrit d'autres poèmes, dont certains me plaisent beaucoup ; et puis Judy et moi achèterons peut-être de l'Ecstasy ce soir, cela semble une bonne idée, nous sommes vendredi, nous essayons des maquillages devant le miroir, « Revolution » passe à la radio, je me sens bien.

Judy m'apprend que l'autre jour quelqu'un a mis une cigarette dans sa boîte.

« C'est sûrement Sam le première année », je dis.

« Il s'appelle Steve », elle répond. « Il fume pas. Aucun première année ne fume. »

Je me redresse, regarde la toge. « Comment suis-je ? Ai-je l'air d'une imbécile ? »

Judy regarde ses lèvres, son menton. « Non. »

« Grosse ? »

« Non. »

Elle s'éloigne du bureau vers le lit où elle finit de rouler un joint en chantant avec « Revolution ». Elle me dit qu'elle a arrêté de prendre la pilule lundi et qu'elle a déjà perdu du poids, d'ailleurs il me semble qu'elle est plus mince. Le service de santé lui a procuré un diaphragme.

« Le service de santé est écœurant », dit Judy. « Le médecin est un vrai satyre : quand je suis allée le voir à cause d'une douleur à l'oreille, il m'a fait passer un test de Pap. »

« On va acheter de l'Ecstasy, oui ou non ? » j'ai demandé.

« Seulement s'il accepte la carte American Express », elle a fait. « J'ai oublié d'encaisser un chèque aujourd'hui. »

« Il l'accepte sûrement », j'ai murmuré.

Debout devant le miroir, je ne suis pas mal du tout; cela me surprend, et ma surprise m'attriste; car je m'aperçois que depuis le départ de Victor je ne me suis jamais sentie excitée par une soirée. Au fait, quand est-il parti? Début septembre? Une soirée au Surf Club? Je ne sais pas pourquoi mais «Revolution» qui passe à la radio me fait penser à lui, je conserve des images mentales de lui, parcourant l'Europe, des images perdues dans mon esprit et qui refont surface aux moments les plus bizarres: une certaine soupe servie à déjeuner, feuilleter *GQ*, une pub pour jeans à la télé. Et aussi une boîte d'allumettes de chez Morgan à New York, découverte sous mon lit dimanche dernier.

Judy est prête à fumer son joint, mais comme elle ne trouve pas d'allumettes, je vais à côté voir le type de L.A. Sur sa porte, quelqu'un a écrit en grosses lettres rouges «Repose En Paix A Appelé». J'entends les Eagles à l'intérieur, mais personne ne répond quand je frappe. Dans la salle de bains je trouve des allumettes de chez Maxim's, que je rapporte à Judy. «Revolution» s'achève, une autre chanson des Thompson Twins commence. Judy et moi fumons l'herbe, planons, buvons quelques bloody mary, essayons de dresser la liste de tous les types avec qui nous avons couché à Camden, mais nos efforts sont minés par notre mémoire défectueuse, l'herbe et la nervosité qui précède une soirée du vendredi, si bien que souvent nous notons seulement «Ami de Jack» ou encore «Type de Limelight» et tout ça me déprime et je suggère que nous partions pour Wooley. Je devrais peut-être coucher avec ce Français, suivre le conseil de Judy. Mais je songe qu'il y a d'autres options. Lesquelles? je me demande. L'orgie à Booth ce soir? Quand nous quittons la chambre de Judy, je plane et me sens bien; dans son couloir à l'étage nous entendons la musique qui nous appelle d'au-delà de Commons, accompagnée par des hurlements et des cris étouffés dans la nuit.

Alors que nous sortons de son pavillon, Judy bousille tout dans l'air glacé de l'automne, nous frissonnons sous nos toges en nous dirigeant vers Wooley et la musique.

«Tu as des nouvelles de Victor?» elle me demande.

J'ai détesté répondre ça, mais je n'avais pas le choix: «De qui?»

PAUL — Richard arrive vers huit heures. Je suis assis dans la chambre des «garçons», dans un fauteuil en velours, déjà vêtu de mon costume gris et de la cravate en soie rouge que j'ai achetée chez Bigsby & Kruthers, je regarde MTV, je fume, je pense à Sean. Dans l'autre chambre, ma mère et Mme Jared se préparent pour le dîner. Richard ouvre la porte: smoking et lunettes noires, cheveux couverts de gel tirés en arrière; il entre, laisse la porte claquer derrière lui, crie: «Salut, Paul!»

Je regarde Richard sans trop me formaliser. Ses cheveux blonds sont maintenant courts, teints en platiné, mais à cause de la pluie ou du gel ils semblent bruns. Il porte une chemise blanche de smoking déchirée, une chaussette noire et l'autre blanche, des bottes noires Converse, un long manteau avec dans le dos une décalco de Siouxsie et les Banshees. Un minuscule diamant inséré dans son oreille gauche, les Wayfarer toujours sur le nez, noires et brillantes. Il porte seulement un petit sac noir avec des autocollants de Dead Kennedys et de Bronski Beat, et dans l'autre main un énorme lecteur de cassettes et une bouteille de Jack Daniel's presque vide. Il entre en titubant, s'appuie contre la porte pour retrouver son équilibre.

« Richard », je fais. J'ai l'impression que mon univers tout entier se transforme en un numéro de *Vanity Fair*.

« Quand est-ce qu'on bouffe ? » il demande.

« Richard ? C'est toi ? » s'écrie sa mère dans l'autre chambre.

« Ouais, c'est moi », il fait. « Mais je m'appelle pas Richard. »

Ma mère et Mme Jared entrent dans la chambre, toutes les deux à moitié habillées, et elles regardent Richard qui ressemble à un vrai crétin de Sarah Lawrence, mais peut-être sexy.

« J'm'appelle Dick », il continue avec un rire gras, puis il ajoute : « Alors, c'est quand qu'on bouffe ? » Il s'enfile une bonne rasade de Jack Daniel's, puis rote.

SEAN — Scène tendue avec Rupert.

Rupert s'est rasé le crâne. J'ai dû passer chez Roxanne avant la soirée pour approvisionner des andouilles de première année, et ce connard s'est rasé le crâne. Il se faisait des rails de coke sur le plancher du salon, il se regardait dans le miroir, Hüsker Dü beuglait, et sur le divan un Brésilien tripotait une machine à écrire Casio portative quand je suis entré.

«Quoi de neuf?» j'ai crié afin que ma voix domine la musique. Je suis allé vers la chaîne hifi pour baisser le son.

«Va falloir que tu vendes ta bécane», a grondé Rupert en essuyant le miroir avec son doigt avant de le sucer.

«Ah ouais?» j'ai fait en rigolant nerveusement. «Quoi de neuf?»

«Où est le pognon, coco?» il a demandé.

«Tu acceptes la carte American Express?» j'ai blagué.

Rupert a incliné violemment sa grosse tête blanche et chauve, deux ou trois entailles de rasoir rendaient le spectacle encore plus cradingue, et il a ri trop longtemps. Je me suis demandé si ce Brésilien avait rasé le crâne de Rupert. Cette question m'a déprimé. «Oh, Bateman, t'es tout sauf drôle.»

«J'suis un marrant», j'ai fait.

«Et parce que tu n'es pas drôle, je vais te laisser un peu de temps.» Il s'est levé. Il était gros, presque menaçant quoiqu'un peu ridicule. Il s'est approché de moi.

«Combien je te dois?» J'ai demandé en reculant un peu.

«Je préfère ne pas te le rappeler, Bateman», il a dit en passant la main sur son crâne luisant. Il a regardé la valise à revolvers, il se demandait sans doute lesquels étaient chargés, mais il était trop défoncé à la coke pour me faire quoi que ce soit.

«Y a une orgie à Booth ce soir», j'ai dit, alors que je

m'en foutais. Je comptais être avec Miss Hynde, la perspective de l'embrasser m'a excité tout en me calmant, et j'ai seulement dit : « Faut que je ravitaille des première année. »

« J'ai besoin de mon pognon », a rétorqué Rupert, furax ; mais le ton de sa voix m'a appris qu'il laisserait tomber. Il a marché jusqu'au bureau près de la valise des revolvers et ouvert un tiroir.

« Tu sais bien que j'suis fauché », j'ai dit. « Cesse donc de harceler les pauvres. »

« Et ta bécane ? » a souri Rupert en allant monter le son de la chaîne, mais moins fort qu'avant.

« Et alors ? » j'ai demandé.

« T'es con comme un manche », il a soupiré.

Avant de partir je lui ai demandé : « Où est Roxanne ? »

« Elle saute le Brésilien », a fait Rupert. Haussement d'épaules, signe de pouce vers l'autre pièce. Il m'a tendu un sachet.

Le Brésilien m'a fait au revoir.

« A la prochaine et rock'n'roll », j'ai fait.

« Ouais, et bien le bonjour chez toi », a dit Rupert en me tournant le dos.

J'ai pris le sachet, puis la porte, je suis monté sur ma bécane, et retour à la fac à dix heures.

LAUREN — C'est idiot mais j'ai appelé Victor. De la soirée du Prêt à Baiser. Il me restait un numéro à New York où il m'avait dit qu'il serait peut-être, et comme une imbécile je me suis planquée dans la cabine au rez-de-chaussée de Wooley, je pleurais, je portais cette affreuse toge et j'ai regardé la soirée commencer en attendant que Victor réponde. J'ai dû appeler deux fois, car j'avais bel et bien oublié mon numéro d'abonnement téléphonique; quand je l'ai retrouvé et que j'ai entendu la sonnerie lointaine et brouillée du téléphone, j'ai piqué une suée. Je me suis mise à trembler, mon cœur s'est emballé tandis que j'attendais la voix surprise, heureuse, de Victor. Un son que je n'avais pas entendu depuis plus de huit semaines. Alors j'ai compris brusquement que je ne devais pas m'énerver, qu'il s'agissait seulement d'un épisode triste. Je n'avais pas prémédité cet appel. J'étais entrée dans cette cabine téléphonique sans vouloir appeler Victor, mais parce que Reggie Sedgewick s'était pointé devant moi, nu comme un ver, en me demandant: «Je veux que tu...»

Horrible, pitoyable, il regardait le film porno qu'on projetait au plafond, j'allais vers le bar et j'ai dit: «Oui?»

Alors il a fait: «Je veux que tu... me suces la queue.»

J'ai baissé les yeux vers la chose, puis j'ai regardé son visage et dit: «Tu as perdu la tête?»

«Non chérie», il a fait. «Je veux que tu me suces la queue, vraiment.»

Alors j'ai pensé à Victor et j'ai filé vers la cabine téléphonique. «Suce-la toi-même», j'ai répondu au bord des larmes en me dirigeant au radar vers la porte.

«Tu crois que je te demanderais ça, si je pouvais?» il a gueulé en la montrant, rond comme une queue de pelle, ou, encore pire, lucide.

Ça m'a tellement déprimée que j'ai crié «Va te faire

177

foutre ! » et j'ai failli claquer la porte de la cabine, avant de composer son numéro, vexée de le connaître par cœur. Quand j'ai enfin donné à l'opératrice mon numéro d'abonnement, et pendant le silence qui a suivi, j'ai su que c'était terminé. Debout dans cette cabine, j'attendais que Victor réponde à ce numéro bizarre, hostile. J'ai su que c'était terminé avant même de rencontrer Sean Bateman plus tard dans la soirée. Depuis quand refusais-je de voir les choses en face ? je me suis demandée dès la première sonnerie. J'ai eu honte, envie d'une cigarette, et le téléphone continuait de sonner à New York et Reggie Sedgewick s'est mis à frapper sur la porte en bredouillant une excuse et quelqu'un a répondu au téléphone et c'était Jaime et j'ai raccroché et je suis retournée à la soirée en écartant Reggie de mon chemin. Bien décidée à m'amuser.

Je me suis donc saoulée, puis j'ai rencontré Sean, puis j'ai regardé Stuart Jackson danser sur une vieille chanson de Billy Idol, puis je me suis défoncée dans l'appart de Gina. Dans cet ordre.

PAUL — Nous sommes assis tous les quatre — moi, Richard, Mme Jared, ma mère — au milieu de la salle de restaurant du Ritz-Carlton. Un pianiste virtuose joue de la musique classique. Des serveurs, qui portent de somptueux smokings neufs, se déplacent vivement, avec grâce, de table en table. Des femmes âgées, trop maquillées, languissamment vautrées dans les fauteuils en velours rouge, regardent et sourient béatement. Nous sommes entourés par ce que Mme Jared appelle «de l'argent ancien, très ancien», comme si le pognon des Jared était nouveau, très nouveau. (Ouais, toutes ces banques sont dans votre famille depuis seulement un siècle et demi, j'ai envie de lui rétorquer.) Tout ça est vraiment casse-pieds, d'autant que Richard, même après une douche et un costard neuf, les cheveux toujours tirés en arrière, les lunettes noires toujours sur le nez, n'a pas dessaoulé. Il semble, malheureusement, très allumé. Assis en face de moi, il fait des gestes obscènes que, je l'espère, aucune des deux mères ne remarque. Son pied s'immisce maintenant dans mon entrejambe, mais je suis trop nerveux pour bander. Il boit des kirs au champagne, il en a déjà éclusé quatre, avec un soin et une attention qui révèlent un plan méticuleux. Il contemple son verre ou bien hausse les sourcils en m'adressant un regard lourd de sens, puis enfonce son pied sans chaussure dans mon entrejambe et je me tortille sur mon fauteuil et je grimace et ma mère me demande si tout va bien et je me contente de tousser «Euh-euh.» Richard louche vers le plafond, se met à fredonner une chanson de U2. Il règne un tel silence dans cette énorme caverne élégante que je redoute le regard des autres convives, surtout pour Richard; ils nous observent probablement et il n'y a rien d'autre à faire qu'à picoler de plus belle.

Après que, pour la seizième fois, Mme Jared demande à Richard de retirer ses lunettes noires et qu'il refuse, elle change son fusil d'épaule, essaie la stratégie opposée et dit: «Alors, Richard, parle-nous de ton école.»

Richard la regarde, glisse la main dans sa poche, en

sort une Marlboro, prend la bougie au milieu de la table, allume sa cigarette.

«Oh, ne fume pas», intime Mme Jared alors qu'il remet le bougeoir en place.

Toute la soirée je me suis retenu de fumer, je meurs pour de bon d'une crise de manque de nicotine, et je fixe comme un affamé la cigarette de Richard. J'essaie de déchirer ma serviette en deux.

«J'm'appelle pas Richard», lui dit Richard d'une voix paisible.

Mme Jared regarde ma mère, puis Richard, puis demande: «Alors quel est ton nom?»

«Dick», il répond comme s'il s'agissait du nom le plus lubrique qu'on puisse imaginer *.

«Quoi?» fait Mme Jared.

«Dick. T'as bien entendu.» Richard tire une longue bouffée sur sa Marlboro, puis souffle la fumée à travers la table dans ma direction. Je tousse, bois une gorgée.

«Non. Ton nom est Richard», rectifie Mme Jared.

«Désolé», fait Richard en secouant la tête. «C'est Dick.»

Mme Jared marque un temps d'arrêt. Ses repères se dissolvent. Elle n'a pas mangé grand-chose et elle boit régulièrement depuis son arrivée à l'hôtel. Maintenant, elle demande calmement: «Eh bien, Dick... comment va l'école?»

«Ça pue la bite», répond Richard.

Je bois une gorgée de champagne quand il prononce ces quatre mots, et j'éclate de rire, arrose mon assiette. Je porte aussitôt à mes lèvres la serviette que j'essaie de déchirer, tente de déglutir, mais me mets à tousser, à

---

* *Dick* : pine ou bite, en anglais. (*N.d.T.*)

180

m'étouffer. Mes yeux s'embuent, je n'arrive plus à respirer.

«Quels cours suis-tu... Dick?» demande Mme Jared en me regardant; elle essaie de ne pas perdre son sang-froid, mais la colère se lit sur son visage. Je m'essuie la bouche en haussant les épaules.

«Je sais pas, moi. Zimboum 111. Initiation à la liberté.» Richard hausse les épaules, rigole, enfonce son pied plus violemment dans ma cuisse. Je tousse encore, m'empare de son pied sous la table. «Ça te plaît?» il demande.

«Quoi encore?» De toute évidence Mme Jared tente de rester de glace, mais sa main tremble quand elle fait cul sec.

«Atelier de Sexualité orale», dit Richard.

«Mon Dieu», chuchote ma mère, qui n'a pas ouvert la bouche de la soirée.

«De quoi s'agit-il?» demande Mme Jared, toujours calme.

La stratégie opposée se solde par un nouvel échec.

«Je connais une bonne blague», fait Richard qui frotte toujours son pied contre moi, et tire sur sa cigarette. «Vous voulez que je vous la raconte?»

«Non», répondent en même temps ma mère et Mme Jared.

«Paul veut l'entendre», il fait. «Voilà. Julio Iglesias et Diana Ross se rencontrent à une soirée, ils rentrent ensemble à l'appart de Julio et ils baisent ...»

«Je ne veux pas entendre ça», dit Mme Jared en faisant signe à un serveur de s'éloigner après lui avoir montré son verre vide.

«Moi non plus», dit ma mère.

«Bon, ils baisent donc», poursuit Richard, «et après,

181

Diana Ross qui a joui une bonne cinquantaine de fois mais veut encore de la queue de Julio, dit ... »

« Je ne veux pas entendre ça non plus », insiste ma mère.

« Elle dit », Richard continue en haussant le ton, « "Julio je veux que tu m'enfiles encore, j'ai tellement aimé ça", et Julio répond : "Okay chérie, mais j'ai besoin de piquer un petit roupillon ..." »

« Que t'est-il arrivé ? » demande Mme Jared.

« "Il faut que tu gardes une main sur ma queue et l'autre sur mes roustons", dit Julio, "et dans une demi-heure je te baiserai encore, okay ?" » Richard s'anime de plus en plus ; quant à moi, mort de rire, je déchire de plus belle ma serviette.

« Oh ! mon Dieu ! », fait ma mère, dégoûtée.

« Alors Diana demande », et Richard se lance dans une mauvaise imitation de Diana Ross : « "Pourquoi faut-il que je garde une main sur ta queue et l'autre sur tes roustons, Julio ?" »

« Que t'est-il arrivé ? » demande Mme Jared.

Richard est furieux des interruptions de sa mère, sa voix enfle encore, je m'enfonce dans mon fauteuil, lâche ma serviette pour allumer une cigarette. Pourquoi pas.

« Alors Julio répond : "Tu veux savoir pourquoi tu dois garder une main sur ma queue et l'autre sur mes roustons ?" » Il débite son boniment avec une grimace affreusement lubrique.

« Que t'est-il arrivé ? » Mme Jared secoue la tête, j'ai pitié d'elle, assise dans cette salle huppée, humiliée par son fils, vêtue de ces nippes horribles qu'elle a sûrement achetées chez Loehmann.

Richard est maintenant fou de rage des interruptions de sa mère, je devine ce qui va suivre et me contrefous de savoir avec qui Sean va s'envoyer en l'air ce soir, en ce moment. J'attends simplement la dernière réplique de cette vanne, et Richard, en vrai trouduc, la beugle en regardant sa mère : « " Parce que la dernière fois que j'ai tringlé une négresse, elle m'a chouravé mon porte-feuille ! " » Puis il s'écroule dans son fauteuil, épuisé mais ravi. Un ange passe. Je regarde dans la salle de restaurant, opine du chef en souriant aux vieilles peaux de la table voisine. L'une d'elles me rend mon salut et mon sourire.

« Que t'est-il arrivé ? » demande Mme Jared pour la quatrième fois.

« Comment ça, *que m'est-il arrivé ?* A ton avis ? » rétorque Richard en soulignant sa question d'un reniflement méprisant.

« Je vois bien que cette école a une mauvaise influence sur toi », elle fait.

Incroyable, je pense. Elle a mis trois ans à découvrir ça ? Alors que Richard a toujours été du genre grossier. Je ne comprends pas où est la surprise. Je baisse les yeux vers mes cuisses quand le pied disparaît. Je finis mon verre, suce un glaçon, laisse ma cigarette brûler dans le cendrier.

« Quelle horreur, hein ? » ricane Richard.

« En tout cas je constate que nous n'aurions jamais dû t'envoyer là », dit Mme Jared. Richard a beau être un trouduc, sa mère est quand même une sale conne.

« Jamais », fait Richard en l'imitant.

« Tu veux bien quitter la table ? » elle lui demande.

« Pourquoi ? » répond Richard en haussant la voix, sur la défensive.

« Je te prie de quitter la table », elle fait.

« Non », répond Richard en cédant à l'hystérie. « Je refuse de quitter cette table. »

« Je te demande de quitter cette table *sur-le-champ* », dit Mme Jared d'une voix plus calme mais plus intense.

183

En proie à une horreur silencieuse, ma mère suit le dialogue.

« Non, non et non », dit Richard en secouant la tête. « Je ne quitterai pas cette table. »

« Quitte la table. » Mme Jared est écarlate de rage.

« Va te faire foutre ! » braille Richard.

Le pianiste s'arrête de jouer ; dans la salle le paisible brouhaha des conversations s'interrompt brusquement. Richard se fige, puis tire une dernière bouffée de sa Marlboro, finit son kir, se lève, salue et sort lentement de la salle de restaurant, une seule chaussure aux pieds. Le maître d'hôtel et le chef des serveurs se précipitent vers notre table pour nous demander si quelque chose ne va pas, si par hasard nous voulons l'addition.

« Tout va très bien maintenant », dit Mme Jared en réussissant à sourire faiblement. « Je suis absolument navrée. »

« Vraiment ? » Le maître d'hôtel me regarde d'un air méfiant comme si j'étais le frère jumeau de Richard.

« Absolument », dit Mme Jared. « Mon fils ne se sent pas bien. Il est surmené... vous savez, avec... les examens du milieu de trimestre. »

Des examens de milieu de trimestre à Sarah Lawrence ? Je me tourne vers ma mère, qui regarde dans le vague.

Le maître d'hôtel et le chef des serveurs se dévisagent quelques instants comme s'ils ne savaient pas très bien quelle mesure prendre, et quand ils se tournent de nouveau vers Mme Jared, elle dit : « J'aimerais une autre vodka Collins. Eve, veux-tu quelque chose ? »

« Oui », dit ma mère, hébétée, qui secoue lentement la tête, encore scandalisée par la sortie de Richard. Je me demande si je vais coucher avec lui ce soir. « Enfin...

non », dit-elle. « Euh... oui. » Toujours dans la panade, elle se tourne vers moi — elle veux quoi? De l'aide?

« Servez-lui la même chose. » Je hausse les épaules.

Le maître d'hôtel s'incline, puis s'éloigne en discutant avec son subalterne. Le pianiste recommence à jouer, lentement, d'une main peu sûre. Quelques convives, qui nous regardaient, se remettent à manger. Quand je baisse les yeux vers mes cuisses, je remarque que j'ai presque réussi à déchirer ma serviette.

Au bout d'un moment ma mère dit : « Je crois que ma prochaine voiture sera bleue. Bleu foncé. »

Personne n'ouvre la bouche jusqu'à l'arrivée des cocktails.

« Qu'en penses-tu, Paul? » elle demande.

Je ferme les yeux et dis : « Bleu. »

SEAN — Lauren Hynde restait avec des amis dans l'escalier. Elle tenait un gobelet de punch à l'alcool de grain, qu'une grosse fille presque nue servait dans une poubelle. Lauren portait aussi une toge (sans doute parce que j'en avais parlé cet après-midi-là) qui dénudait des épaules soyeuses et brunes ; voir autant de peau nue m'a littéralement estomaqué. Soudain je me suis demandé si elle n'était pas gouine. Debout là avec Tony, à la regarder, son dos, ses jambes, son visage, ses cheveux, elle parlait avec des filles — laides, sans distinction, comparées à elle. Tony me bassinait avec sa nouvelle sculpture, sans se douter une seconde que je matais cette fille. Il portait seulement ses sous-vêtements et avait fixé un matelas sur son dos. Sans cesse je levais les yeux vers elle et elle le sentait — mais elle ne regardait pas de mon côté, même si j'étais juste sous elle, au pied de l'escalier. Sur tous les murs on avait collé les pages centrales de revues porno, et on projetait un film au plafond du salon, au-dessus de la piste de danse, mais les filles qu'on y voyait étaient grosses, trop pâles, ça n'était pas sexy ni rien.

Nous nous sommes finalement retrouvés aux toilettes. Appuyé au lavabo, Getch planait sous Ecstasy, je crois qu'elle aussi était défoncée; Getch nous a présentés, mais nous lui avons dit qu'on se connaissait déjà, «vaguement», elle a ajouté. Je lui ai resservi du punch en me maudissant de la laisser seule avec Getch dans les toilettes (mais Getch est peut-être homo, j'ai songé) et à mon retour Getch était parti et elle s'examinait dans le miroir et j'ai regardé aussi jusqu'à ce qu'elle se retourne pour me sourire. Nous avons bavardé et je lui ai dit que j'aimais ses toiles que j'avais vues le trimestre dernier à Gallery 1 (je la baratinais sans trop savoir ce que je disais) et elle a répondu «C'est gentil» (en fait je n'avais jamais vu ses toiles, mais bah — je désirais la sauter) et ensuite nous sommes retournés au salon et elle a voulu danser, mais je ne danse pas très bien, alors je l'ai regardée danser sur une chanson intitulée *Love of the Common People* et j'ai flippé en songeant qu'un crétin quelconque risquait de se mettre à danser avec elle si je n'intervenais pas, alors quand Joy Division a joué *Love Will Tear Us Apart,* j'ai avancé sur la piste. Mais c'était pas la version de Joy Division, c'était une autre, trafiquée et gonflée, mais j'ai dansé quand même puisque nous flirtions comme des malades et qu'elle

186

était d'une beauté si affolante que je n'ai pas compris comment j'avais fait pour ne pas la baiser avant. Je me suis senti trop excité pour rester à la soirée, mais impossible de trouver un prétexte pour m'éclipser avec elle. Par bonheur, à ce moment précis, un pédé théâtreux a perdu la boule et s'est mis à danser tout seul comme un sauvage en sous-vêtements, quand *Dancing With Myself* est arrivé, et il a occupé toute la piste de danse. J'ai regardé Lauren le regarder — elle frappait dans ses mains, pétée, transpirant, et je lui ai filé une cigarette quand Tim et Tony m'ont annoncé qu'ils venaient de pisser dans une bouteille de Heineken et qu'ils voulaient la donner à Deidre, ivre morte. Je leur ai fait signe de se barrer quand ils ont agité ladite bouteille sous mon nez. J'ignorais si Lauren les avait entendus, car elle matait toujours le petit malingre qui sautait comme un fou sur la piste en fredonnant avec la musique — tout le monde hurlait, applaudissait et dansait autour, quelqu'un lui a même lancé une banane, et alors j'ai saisi le bras de Lauren et couru, l'entraînant vers la porte, vers la froide pelouse sombre, loin de la soirée.

EVE — Mimi a bu deux autres vodka Collins et quand nous sommes sortis tous les trois de la salle de restaurant pour prendre l'ascenseur, elle s'est effondrée contre le groom et a failli s'évanouir. Je l'ai ramenée à la chambre où elle a pris un Valium avant de se coucher. Paul est allé dans l'autre chambre. Je me suis assise sur le lit, suis restée un moment à regarder Eve dormir avant de me décider à parler à Paul. Je suis entrée dans sa chambre. Il s'était déjà déshabillé et couché : il lisait au lit. Richard n'était pas là. La télévision était allumée. Il a levé les yeux quand j'ai ouvert la porte. Etait-il en colère ? Regrettait-il d'être venu à Boston ? Il n'éprouvait donc aucun plaisir à me voir ? A cet instant je me suis sentie très vieille et pitoyable. Je ne pouvais pas lui annoncer la nouvelle dans une chambre d'hôtel, alors j'ai fini par parler : « Pourquoi ne t'habilles-tu pas ? »

« Pourquoi ? » il a demandé.

« J'ai pensé que nous pourrions peut-être descendre boire un verre », j'ai suggéré d'une voix neutre.

« Pour quoi faire ? » il a demandé.

« J'aimerais te parler de quelque chose », je lui ai dit.

Il a pris un air paniqué et demandé : « Mais pourquoi pas ici ? »

« Descendons », j'ai répondu avant d'aller chercher mon sac.

Il a enfilé un jean, un chandail gris et un manteau déchiré en tweed noir que je n'ai pas reconnu, que je ne lui avais pas acheté. Je l'ai retrouvé dans le couloir.

Nous sommes descendus au bar, l'hôte a marché vers nous en examinant la tenue de Paul. « Oui, nous sommes deux », j'ai dit.

« Je crains qu'il y ait une tenue exigée », a souri l'hôte.

« Oui... ? » J'ai attendu la suite.

« Les vêtements de ce jeune homme ne s'y conforment pas », a dit l'hôte, toujours souriant.

« Où peut-on voir ce code vestimentaire ? » j'ai demandé.

L'hôte nous a jeté un regard noir en souriant

toujours, puis s'est approché d'un tableau blanc et nous a montré les lettres bleu ciel, d'abord: «Pas de jean», puis: «Cravate obligatoire». Je sentais la migraine monter, la fatigue s'abattre sur moi.

«Laisse tomber, m'man», a dit Paul. «Allons ailleurs.»

«Nous résidons dans cet hôtel», j'ai dit.

J'ai ouvert mon sac.

«Désirez-vous réserver une table pour plus tard?» a proposé l'hôte.

«Mon fils est bien habillé», j'ai dit en tendant à l'hôte un billet de vingt dollars. «Installez-nous dans le fond», j'ai ajouté d'une voix lasse.

L'hôte a empoché rapidement le billet en disant: «Oui, il y a peut-être une table dans l'angle là-bas, dans la pénombre.»

«Dans l'angle, dans la pénombre», j'ai répété.

Il nous a installés à une table minuscule, très mal éclairée, dans le fond, loin de la foule du bar, mais j'étais trop fatiguée pour me plaindre et j'ai simplement commandé deux kirs champagne. Paul a essayé d'allumer une cigarette en catimini, et soudain il m'a paru tellement beau assis là, avec la lumière qui jouait sur ses traits, ses cheveux blonds, épais, coiffés en arrière, son visage fin, son nez magnifique, que j'ai désiré l'étreindre, avoir un contact quelconque avec lui, mais j'ai seulement pu lui dire: «Je préférerais que tu ne fumes pas, mon chéri.»

«Je suis désolé, maman», il a répondu. «Mais j'ai salement besoin d'une cigarette.»

J'ai renoncé à l'en empêcher, et le serveur nous a apporté les kirs. J'ai concentré toute mon attention sur la manière dont le serveur ouvrait chaque petite bouteille de Taittinger avec adresse et rapidité, puis versait leur contenu dans deux minces flûtes. Comme c'était joli quand le champagne dissolvait lentement le cassis pourpre au fond de chaque verre. Paul a croisé les jambes et essayé de me regarder après le départ du serveur.

« Tu sais, ton père et moi sommes venus ici pour la première fois il y a dix-sept ans, afin de fêter le cinquième anniversaire de notre mariage. C'était en décembre, il neigeait, et nous avons commandé cela », je lui ai dit calmement en portant le verre à mes lèvres.

Il a bu une gorgée et paru se détendre.

Je n'ai rien pu ajouter pendant longtemps. J'ai fini mon verre avant d'y verser le restant de la petite bouteille verte de Taittinger. J'ai bu encore, puis l'ai interrogé à propos de Richard.

« Je me demande quelle mouche a piqué Richard ce soir », j'ai dit en me forçant à faire la conversation.

« Exams du milieu de trimestre », a répondu Paul par dérision, puis il a ajouté : « J'en sais rien. »

« Tu n'as pas une idée ? » j'ai demandé.

« La marche ? » il a soupiré. « Je sais pas. »

« Sa mère affirme qu'il a une nouvelle petite amie », j'ai dit.

Brusquement Paul est devenu très hostile et a levé les yeux au plafond.

« M'man, Richard est bi », il a fait.

« Bi quoi ? » j'ai demandé.

« Bi », il a répété en levant les mains comme pour décrire cette étrange condition. « Tu sais. *Bi.* »

« Bilingue ? » j'ai demandé, en proie à la plus grande confusion. J'étais fatiguée, j'avais besoin de dormir.

« Bisexuel », il a fait en regardant son verre.

« Oh ! » j'ai dit.

J'aimais beaucoup mon fils. Nous étions ensemble dans un bar, il était poli, j'aurais voulu lui prendre la main, mais me suis contentée d'inhaler et d'expirer. Il faisait trop sombre à notre table. Je me suis touché les cheveux, puis j'ai regardé Paul. Et pendant un très bref instant j'ai eu l'impression que je n'avais jamais connu cet enfant. Il était assis là, placide, sans expression. Mon fils — une énigme. Je me suis demandée comment nous avions pu en arriver là.

« Ton père et moi allons divorcer », j'ai dit.

« Pourquoi ? » a demandé Paul, après un silence.

« Parce que... » Impossible d'expliquer ça. Puis j'ai dit : « Nous ne nous aimons plus. »

Paul n'a rien dit.

« Ton père et moi vivons séparés depuis que tu es à l'université », je lui ai dit.

« Où habite-t-il en ce moment ? » il a demandé.

« En ville. »

« Oh ! » a fait Paul.

« Ça te choque ? » je lui ai demandé. J'ai cru que j'allais pleurer, mais mon envie a passé.

Paul a bu une autre gorgée, puis décroisé ses jambes. « Si je suis choqué ? » il a fait. « Non. Je savais que ça devait arriver tôt ou tard. »

Il a souri comme s'il se rappelait une chose intime et drôle ; ça m'a attristée et j'ai seulement pu dire : « Nous signons les papiers définitifs mercredi après-midi. » Je me suis ensuite demandé pourquoi je lui avais dit ça, pourquoi je l'informais de ce détail. Je me suis demandé aussi où serait Paul mercredi après-midi. En train de déjeuner avec son ami Michael ? Soudain j'ai eu très envie de savoir ce qu'il faisait à son université — s'il avait beaucoup d'amis, s'il allait aux fêtes, même avec qui il couchait. Je me suis demandé s'il fréquentait toujours cette fille du Caire. Du Caire ou du Connecticut ? Il avait parlé d'elle au début de l'année. J'étais désolée de lui avoir dit de me rejoindre à Boston pour le week-end, de lui avoir infligé ce dîner. Et puis j'aurais pu lui annoncer la nouvelle dans la chambre d'hôtel. La chambre ou le bar, c'était du pareil au même.

« A quoi penses-tu ? » j'ai demandé à mon fils.

« Est-ce important ? » il a répondu.

« Non », j'ai dit. « Pas vraiment. »

« C'est de ça que tu voulais me parler ? »

« Oui. » J'ai terminé le champagne. Il ne restait plus rien à faire.

« Il y a autre chose ? » il a demandé.

« Autre chose ? » j'ai fait.

« Ouais », il a dit.

« Je ne crois pas. »

« Okay. » Il a éteint sa cigarette et n'en a pas allumé d'autre.

STUART — Je ne sais pas ce qui me prend, mais je vais à la soirée du Prêt à Baiser en sous-vêtements, convaincu que mon corps est okay, convaincu surtout d'attirer l'attention de Paul Denton. Je prends donc un peu de coke avec Jenkins et je deviens complètement schlass à force de boire cet infect, poisseux, douceâtre punch à l'alcool, et quand Billy Idol se met à chanter je perds la tête et entame mon grand numéro. Tous les gens de la soirée adorent ça, ils font cercle autour de moi, je tourbillonne, me démène comme un beau diable au milieu en espérant qu'il me regarde. Je l'ai cherché ensuite, allumé, en proie au vertige, un peu nauséeux après toutes ces cabrioles, ivre mort, raide défoncé, les étudiants en danse viennent me féliciter, je me sens plutôt bien. Mais comme de juste, impossible de le repérer. Il n'était nulle part. Il pense probablement que ce genre de manifestation n'est pas assez cool. Mais qui refuse d'aller à la soirée du Prêt à Baiser, hormis ce groupe bizarre de lettres classiques (ils écument sans doute la campagne en sacrifiant des fermiers et en accomplissant des rituels païens)? J'ai fini par retourner seul à ma chambre. Pas vraiment, j'ai baisouillé avec Dennis un moment, mais me suis écroulé comme d'habitude le vendredi soir : sans baiser.

L'heure de la soirée est arrivée, elle est prête. La fête tourbillonne comme un miracle, elle s'est habillée avec un soin tel qu'elle essaie d'éviter le salon et la piste de danse car si un désordre quelconque ternit ses vêtements elle croit qu'elle ne te verra jamais ou que tu ne la verras jamais. Voilà pourquoi elle se promène avec mille précautions au milieu de la fête en te cherchant. Elle pénètre dans le salon de cette maison, une tombe de destruction, les chansons qu'elle aime sont mimées par les prisonniers ruisselant de sueur dans l'étreinte de l'espace. Avec un choc, sans joie, elle constate combien ont décidé de venir enveloppés dans un drap blanc. Aurait-elle dû choisir autre chose? Il fait tellement sombre qu'elle distingue seulement la pâleur des peaux dévêtues, une caméra, une équipe vidéo dans un angle qui piège les images de la nuit, d'autres images, moins graphiques, qui tremblotent en haut des murs, au-dessus d'eux, sous le plafond, un type maigre qui danse avec enthousiasme dans le cercle des captifs ruisselant de sueur, les gens presque nus sont partout, mais assez curieusement, à moins que cela n'ait justement rien de bizarre, ce n'est pas érotique, et elle les côtoie, traverse la tombe des vivants, entre dans une zone où une boisson rose est puisée hors d'une poubelle grise et cylindrique par une fille si pulpeuse qu'elle en pouffe de rire et elle ne te voit toujours pas. Elle explore couloirs et toilettes, découvre des couples qui baisent sur la pelouse sous la lune d'octobre, dans les toilettes du haut, dans les chambres à l'étage, elle hante le couloir, jusqu'à la cuisine bon dieu, mais ne te trouve pas et bientôt elle retourne sous les lumières bleues insupportables du salon désormais illuminé. Et maintenant c'est toi qui danses, te déhanches avec une belle fille qu'elle ne connaît pas, mais elle ne croit pas que tu l'aimes, la musique est trop forte pour ressentir quoi que ce soit sinon — que tu vas t'offrir à elle. Elle s'arrête à côté d'une boîte noire plus grosse qu'elle, d'où sort la musique, elle tient un gobelet rempli d'une boisson rose et elle adore la manière dont tu jettes la tête en arrière, remue en essayant de garder le rythme (tu n'es pas un bon danseur) et la chanson s'achève, une nouvelle commence et tout cela n'a aucun sens. Elle te suit hors de la pièce, tu te retournes vers la fille et décides de saisir son bras et la lumière bleue rend ton drap blanc phosphorescent sous ta veste tu t'en vas et elle te suit vers la lumière du seuil en disant... «Hello»... et jamais une seconde n'a été plus douloureuse, blessante, ignoble car la musique est trop forte et tu n'entends rien, tu ne remarques même pas sa présence, et

194

tu prends sa main et vous partez tous les deux. Elle croit
que tu lui as souri. Mais alors elle se cache dans un angle
de la pièce, debout sur le tapis roulé, la pièce est une
masse bleu-noir qui oscille au gré de la musique, son
amour toujours silencieux et non déclaré et le moment est
arrivé de prendre une décision. Que peut-elle faire? Peut-
elle t'aborder et se déclarer sans que tu la prennes pour
une folledingue transie d'amour? Non. Ce n'est peut-être
pas ça, mais tout est bel et bien terminé. Et elle ne sera
jamais avec toi. C'est simple comme bonjour. Pourtant
ton sourire s'attarde sur tes lèvres, et il est trop tard. Elle
est là dans l'angle, elle attend, elle écoute la musique, une
musique qui ne lui dit rien, qui ne lui suggère même pas
quoi faire, qui s'offre bruyamment, ce même rythme
stupide et torturant qui la piège sans l'émouvoir, et alors
que seule elle quitte cet·endroit elle bouscule quelqu'un
qui s'est rasé le crâne et il lui tire la langue, il l'agite en
beuglant orgieàboothorgieàbooth mais elle n'écoute pas,
son visage, toujours brûlant mais engourdi par l'échec,
baissé vers le sol — c'est terminé. Le moment est venu. Le
chauve se paie sa tête. Elle s'éloigne, longe la Fin du
Monde, baisse les yeux vers les lumières de la ville. Il n'y
aura plus de billets dans la boîte à lettres. C'est fini.

LAUREN — Une ampoule électrique. Je regarde l'ampoule au-dessus de la tête de Sean. Nous sommes à Fels,

dans l'appartement de Lila et Gina. Deux lesbiennes de l'atelier de poésie que je fréquente depuis peu. En fait, sous le sceau du secret Gina m'a confié qu'elle prenait la pilule, «au cas où». Cela signifie-t-il qu'elle est lesbienne techniquement? De son côté, Lila m'a avoué qu'elle craignait que Gina ne la quitte, car ce trimestre-ci c'est «*in*» de coucher avec des femmes. Que répondre à ça? Et le trimestre prochain alors? Au fait oui, *et le trimestre prochain?* Tu regardes aussi Sean, tu l'observes en train de rouler son joint et il s'y prend plutôt bien, ce qui diminue mon envie de coucher avec lui, mais oh! et puis zut, c'est Jaime qui a répondu au téléphone, pas vrai? et nous sommes vendredi, et c'était soit lui soit ce Français. Ses mains sont agréables: propres, grandes, elles manipulent l'herbe avec délicatesse, et soudain j'ai envie qu'il touche mes seins. Je ne sais pas ce qui me prend, mais c'est comme ça. Pas vraiment beau, mais passable: cheveux blonds coiffés en arrière, des traits menus (il ressemble peut-être un peu à un rat?), sans doute trop petit, voire trop mince. Non, pas très beau, le genre Long Island. Mais une nette amélioration par rapport à cet éditeur iranien amateur de kir que tu as rencontré à la dernière fête de Vittorio, et qui t'a affirmé que tu allais devenir la nouvelle Madonna. Quand je lui ai dit que j'étais poète, il a répondu qu'il voulait dire Marianne Moore.

«Alors, qui va nous aider à faire sauter la salle de gym?» a demandé Gina. Gina fait partie de la «vieille garde» de Camden, moyennant quoi la construction d'une salle de gym et l'arrivée d'une prof d'aérobic l'ont fait blêmir (elle aimerait malgré tout coucher avec la prof d'aérobic — qui, selon moi, n'a pas un corps si terrible que ça). «Lila est dans tous ses états», elle me dit.

196

Lila opine du chef et pose la tête sur le livre de Kathy Acker qu'elle feuilletait.

« C-O-N-N-E-R-I-E », j'épelle en soupirant. Puis je regarde la photo de Susan Sontag par Mapplethorpe, épinglée au-dessus du lavabo, et je ricane.

Sean cesse de s'occuper de ses joints afin de rire, comme si je venais de dire un truc brillant, pourtant ce n'est pas drôle ; mais comme il rit, je ris aussi.

« Tim est ravi », il dit.

« Assassinons-le et déclarons que c'est de l'art », dit Lila. Je me demande comment Lila a connu Tim. Tim couche-t-il avec des lesbiennes ? Je suis saoule.

Les doigts toujours serrés autour d'un verre de punch rose, je songe que je suis tellement ivre que je ne peux plus me lever. Je dis seulement à Lila : « Déprime pas », puis à Gina : « T'aurais pas un peu de coke ? », car je suis trop pétée pour prendre des gants.

« La déprime sied parfois », répond Lila.

« Non. » dit Gina.

« T'en veux ? » demande Sean.

« Non. »

La déprime sied parfois ?

Impossible de répondre à ça, si bien que nous allumons le premier joint. Dommage que le sexe soit pas déjà terminé pour que je puisse retrouver le duvet des oreillers de ma chambre, ma couette, sombrer dignement dans les bras de Morphée. Lila se lève. Met un disque de Kate Bush et danse dans la pièce.

« Ça a vraiment changé ici. » Quelqu'un me tend le joint. J'en tire une longue bouffée, regarde autour de moi l'appartement et tombe d'accord avec la personne qui a dit ça. Pendant mon année de sophomore, Stephanie Myers, Susan Goldman et Amanda Taylor vivaient ici. C'est réellement différent.

« Les années 70 ne finiront jamais. » Sean

« Philosophe » Bateman, cette fois. Quelle imbécillité, je pense. Quelle réflexion curieuse et parfaitement stupide. Il me sourit en se croyant profond. Je me sens nauséeuse. J'aimerais qu'on baisse le volume de la musique.

« Je me demande si tout le monde vit la fac comme un enfer », réfléchit Lila qui ondule près de mon fauteuil en me regardant d'un air rêveur. Ai-je envie de coucher avec une fille ? Non.

« Ne t'en fais pas, ma chérie », répond Gina. « Nous ne sommes pas à Williams. »

Pas à Williams. Non, ça au moins est sûr. Je fume encore de l'herbe. Pour une raison quelconque il ne regarde pas Gina. Lila s'assoit, soupire, recommence à regarder les dessins du livre de Cathy Acker. Va en Europe si ça ne te plaît pas, je songe. Victor, je pense à Victor.

« Louis Farrakhan était censé venir à Camden, mais les première année et les sophomores du conseil étudiant ont voté contre », dit Sean. « Tu te rends compte ? » Alors comme ça, il a même une conscience politique. C'est pire que je ne l'imaginais. Il fume davantage d'herbe que Gina et moi réunies, quelqu'un a même apporté un narguilé. Il le tient comme Victor. Je le regarde, écœurée, mais il y a trop de fumée, Kate Bush me fait mal aux tympans, et Sean ne s'aperçoit de rien. « Ils veulent même reconcevoir l'emblème de l'école », il ajoute.

« Pourquoi ? » je me retrouve en train de demander.

« Pas assez années 80 », suggère Lila.

« Ils voudraient sans doute du néon. » Gina.

« Qu'ils aillent chercher Keith Haring ou Kenny Scharf », fait Lila avec une grimace.

« Ou Schnabel », crache Gina.

« Dépassé », marmonne Lila.

«Des tonnes d'assiettes brisées et de taches "suggestives"», Sean a-t-il dit ça?

«Fischel pour le pamphlet. Les raclures nihilistes européennes de la jet-set qui habitent à l'extérieur du campus et vivent nus avec leurs chiens et leurs poissons. Bienvenu à Camden College — Pas Une Seconde D'Ennui.» Gina éclate de rire.

«Je vais reconcevoir tout ça», dit Lila. «Rafler l'argent. Me payer un gramme.»

Quel argent? Je me demande. Ai-je loupé quelque chose? Suis-je hors du coup?

L'herbe est bonne, mais je dois allumer une cigarette pour rester éveillée, et pendant une interruption de la musique nous entendons tous quelqu'un hurler dans la chambre voisine: «C'est phallique — ouais! ouais! ouais!» Nous nous dévisageons, défoncés, nous craquons et je me rappelle avoir vu Judy pleurer à la soirée dans un couloir, devant les toilettes; Franklin essayait de la consoler, il me jetait un regard noir alors que je partais avec Sean.

Maintenant l'inévitable.

Nous sommes dans sa chambre et il me joue une chanson. Sur sa guitare. La *sérénade,* et c'est presque assez grotesque pour me dessaouler. «*You're Too Good to Be True*» et je fonds en larmes tout bonnement parce que je ne peux pas m'empêcher de penser à Victor, il s'arrête en plein milieu du morceau, m'embrasse et nous finissons sur le lit. Et si maintenant je retournais dans ma chambre, je me dis, et s'il y avait un billet punaisé sur la porte, m'annonçant que Victor a appelé? Et s'il y avait un simple mot? Peu importe qu'il ait appelé ou pas. Juste voir un billet, peut-être un simple V, et que toutes les autres lettres aillent se faire foutre. Si seulement il y avait un signe. Ça me rendrait joyeuse pour une semaine, non, un jour. J'ai mis mon diaphragme à l'appartement de Gina et Lila, afin qu'il n'y ait pas d'oubli de ma part pour cause d'ébriété, pas de course précipitée vers la salle de bains au beau milieu des préliminaires.

Sean me baise. Ce n'est pas désagréable. C'est fini. Je respire.

SEAN — Nous sommes allés lentement à ma chambre (elle m'a suivi comme si elle savait que ça allait arriver, trop excitée, trop tendue pour parler) en passant devant la fête qui continuait, devant Commons, puis l'escalier de Booth. Le désir me faisait trembler comme une feuille, j'ai laissé tomber ma clef en essayant d'ouvrir la porte. Elle s'est assise sur le lit, appuyée au mur, les yeux clos. J'ai branché ma Fender et lui ai joué une chanson que j'avais écrite moi-même, puis j'ai enchaîné avec *You're Too Good to Be True*, je l'ai jouée calmement en chantant les paroles doucement et lentement et elle a été si émue qu'elle s'est mise à pleurer et j'ai arrêté de jouer et je me suis agenouillé devant le lit et j'ai caressé sa nuque, mais elle ne levait pas les yeux; c'était peut-être l'herbe que nous avions fumée chez les gouines qui voulaient faire sauter la salle de gym, peut-être l'Ecstasy qu'elle avait pris; peut-être tout simplement qu'elle m'aimait. Quand j'ai relevé son visage, ses yeux étaient si reconnaissants que...

... il l'a embrassée rapidement sur la bouche et... il a bandé presque tout de suite quand elle lui a rendu son baiser, pleurant toujours, son visage détendu, et il a commencé de remonter sa toge, mais il y a eu une interruption dont il a été bizarrement reconnaissant. Tim est entré sans frapper pour demander s'il n'aurait pas une lame de rasoir et il lui en a donné une et Tim ne s'est pas excusé de son intrusion car il était bourré de coke jusqu'aux yeux et après le départ de Tim il s'est assuré que la porte était bien fermée à clef. Mais bizarrement il n'était pas excité. Il lui a tourné le dos, a éteint l'ampli, puis s'est allongé sur le lit.

Elle avait déjà commencé de retirer sa toge, et hormis son slip elle ne portait rien en dessous. Elle avait le corps d'une fille beaucoup plus jeune. Ses seins étaient petits mais pleins, ses mamelons n'étaient pas durs, même quand il les a touchés, embrassés, léchés. Il l'a aidée à retirer son slip, a constaté que son con était menu, ses poils blonds clairsemés, mais quand sa paume s'est posée dessus, il s'est ramolli, alors il a glissé un doigt dedans sans rien sentir. Elle gémissait doucement, mais ne mouillait pas. Il bandait mou, sans vraiment se sentir excité. Quelque chose manquait... Il y avait un problème quelque part, une erreur. Il ne savait pas laquelle. En pleine confusion il s'est mis à la baiser, et avant de jouir il a pigé: impossible de se rappeler la dernière fois où il avait couché à jeun...

PAUL — Assis seul dans un fauteuil de ma chambre, devant la télé, je bois une bière que j'ai demandée par téléphone et je regarde les clips du vendredi soir. Vidéo de Huey Lewis and the News. Huey Lewis, l'air paumé, arrive dans une fête. Huey Lewis me fait penser à Sean. Huey Lewis me rappelle aussi mon prof de gym en première. Sean ne me rappelle pas mon prof de gym en première. Richard ouvre la porte, il porte toujours le smoking qu'il avait au dîner, il s'assoit sur l'un des deux lits et dit seulement: « J'ai perdu mes lunettes noires. »

Je continue de regarder Huey Lewis, qui ne parvient pas à sortir de cette fête. Il tient les mains d'une blonde platinée, et ils ne réussissent pas à sortir. Ils ouvrent une kyrielle de portes, mais aucune ne donne sur l'extérieur. L'une dévoile un train qui leur fonce dessus, un vampire est caché derrière une autre, mais impossible de trouver la sortie. Quel symbole.

« T'as de la coke ? » demande Richard.

Une bouffée d'irritation crispe mes doigts autour de la bouteille de Heineken. Je ne réponds pas.

« Y a plein d'coke à Sarah Lawrence », il fait.

La vidéo s'achève, une autre commence, mais ce n'est pas une vidéo, c'est une pub pour savon, alors je regarde Richard.

« Quoi de neuf ? » il demande.

« Je sais pas », je réponds. « Quoi de neuf ? »

« De mon côté ? » il demande.

« Evidemment », je fais. « C'est à toi que je parle, crétin. »

« Je sais pas », dit Richard. « Je suis sorti. »

« T'es sorti », je répète.

« Dans un bar », il soupire.

« Ça a mordu ? » je demande.

«Est-ce que je serais ici si ça avait mordu?» il fait.

Sa tentative grossière pour m'humilier m'irrite davantage que s'il était entré avec un vrai... un vrai quoi? chieur?

«T'es saoul?» je lui demande en espérant vaguement qu'il l'est.

«J'aimerais bien», il gémit.

«Ah ouais?» je demande.

«Ouais.» Il s'allonge sur le lit en gémissant.

«Pas mal, ton numéro au dîner», je lui lance.

Nous regardons une autre vidéo à moins qu'il ne s'agisse d'une pub, difficile à dire, puis il parle: «Bordel de merde. Rien à secouer.» Après un silence pensif, il demande: «Elles pioncent toutes les deux?» en se tournant vers la cloison qui sépare les deux chambres.

«Oui», je hoche la tête.

«J'suis allé au cinéma», il avoue.

«Rien à foutre», je dis.

«C'était débile», il dit.

Il se lève, marche vers son lecteur de cassettes, en glisse une dedans; un morceau hard punk sort de la machine à plein volume, je saute au plafond, complètement surpris, il grimace, baisse le volume, puis se met à glousser d'un air malicieux et s'installe dans un fauteuil à côté de moi.

«Quesse tu regardes?» il me demande.

Il tient la bouteille de J.D. qui s'est remplie magiquement et il me la tend en dévissant le bouchon. Je secoue la tête et la repousse. «Vidéos», je dis.

Il me regarde, se lève pour jeter un coup d'œil par la fenêtre; je remarque qu'il est en proie à cette agitation nerveuse qui chez lui précède la baise; une énergie inquiète émane de lui. «Je suis revenu parce qu'il s'est mis à pleuvoir.» Je l'entends allumer une cigarette, je respire l'odeur de sa fumée. Je ferme les yeux, m'adosse au fauteuil et me rappelle un après-midi pluvieux passé avec Sean à Commons, nous avions tous deux la gueule de bois, partagions une assiette de frites prise au snack car nous avions loupé le déjeuner. Nous rations toujours le déjeuner. Il pleuvait sans arrêt.

« Tu te rappelles ces week-ends à Saugatuck et à l'île de Mackinac ? » il a demandé.

« Non, je m'en rappelle pas. Je me rappelle seulement des week-ends insupportables au lac Winnebago. En fait je n'ai jamais mis les pieds sur l'île de Mackinaw », je dis calmement.

« Mackinac », il fait.

« Naw », j'insiste.

« Fais donc pas ton malin, Paul », il me dit gentiment.

« Lâche-moi le mollet. »

« Eh bien, oui, tu te rappelles que les Thomas venaient toujours ? » il m'a demandé. « Tu t'souviens de Brad Thomas ? Plutôt mignon mais hyper-con ? »

« Hyper-con ? » je demande. « Bred ? Brad, qui venait de Latin ? »

« Non, Brad, qui venait de Fenwick », il rétorque.

« Je me rappelle pas Brad Thomas », je dis, bien que je sois allé à Fenwick avec Brad et Richard. En fait, j'en pinçais pour Brad. Mais n'était-ce pas pour Bill ?

« Tu te rappelles ce 4 juillet quand mon père nous a enivrés, Kirk, toi et moi, sur le bateau, et quand ma mère a piqué sa crise ? On écoutait le Top 100 à la radio et quelqu'un est tombé à la flotte, tu t'rappelles ? » il fait. « Tu t'souviens de ça ? »

« Un 4 juillet ? Sur un bateau ? » je demande. Et soudain je me demande où est mon père ce soir, et je suis à peine surpris que cela ne me déprime pas, car je me souviens vaguement du bateau de mon père, et je me rappelle que je mourais d'envie de voir Brad à poil, mais je ne me rappelle pas que quelqu'un soit tombé à l'eau, et je suis trop crevé pour faire du plat à Richard, si bien que je me tasse dans mon fauteuil et lui dis: «Je me rappelle. Continue. Où veux-tu en venir?»

«Cette époque me manque», dit simplement Richard.

«T'es un con», je dis.

«Keski s'est passé?» il demande en se détournant de la fenêtre.

Eh bien voyons, ton père a plaqué ta mère pour une autre femme, et si je me souviens bien M. Thomas est mort d'une crise cardiaque en jouant au polo et tu es devenu un camé et tu es allé à la fac et j'en suis devenu un aussi pendant un petit moment et je suis allé à Camden où je n'étais plus accro comme avant, mais enfin Richard qu'as-tu donc envie d'entendre? Vu que je ne peux éviter de dire quelque chose, je me contente de: «T'es un con», comme plus haut.

«Je crois que nous avons grandi», il dit tristement.

«Grandi?» je fais. «Ça, c'est profond.»

Il s'installe à côté de moi dans l'autre fauteuil. «Je déteste la fac.»

«Ce ne serait pas un peu tard pour te plaindre?» je lui demande.

Il m'ignore. «Je la déteste.»

«Bof, les deux premières années sont durailles», je fais.

«Et la suite?» Il se tourne vers moi, il attend gravement ma réponse.

«On s'y fait», je réponds au bout d'un moment.

Nous regardons la télé. Encore des pubs qui ressemblent à des vidéos. Suivies d'autres vidéos.

«Je voudrais baiser Billy Idol», il dit d'un air absent.

«Ah ouais?» Je bâille.

«Je voudrais te baiser aussi», il ajoute de la même voix absente.

«Me voilà donc en bonne compagnie.»

Ses petites phrases creuses me donnent envie de boire une gorgée de Jack Daniel's. Je m'exécute. Ça a bon goût. Je lui repasse la bouteille.

«Arrête de flirter», il fait en riant. «D'ailleurs, tu flirtes comme un pied.»

«Mais non, je flirte pas», je dis, vexé qu'il puisse croire que je lui fais des avances.

Il s'empare de mon poignet, le secoue en rigolant et dit : «T'as toujours flirté comme un pied.»

«Richard, j'ignore de quoi tu parles», je lui réponds en retirant mon poignet ; je le regarde avec des grands yeux avant de me tourner vers la télé.

Une autre vidéo se transforme en pub, puis un coup de tonnerre assourdissant nous calme.

«Il pleut vachement», il dit.

«Oui, ça dégringole», je fais.

«Tu fréquentes quelqu'un là-bas ?» il demande. «A la fac, j'veux dire.»

«Un sophomore du Sud, qui fait de la moto. Inexplicable», je réponds et je comprends brusquement que c'est une description assez exacte de Sean, une description qui le rend infiniment moins séduisant qu'il n'a pu me paraître. De fait, que dire d'autre à son sujet ? Suit une minute pendant laquelle je suis incapable de retrouver son nom, pas davantage ses traits, son visage, un profil quelconque. «Et toi», je fais d'une voix rauque en redoutant sa réponse.

«Moi ?» il demande. Richard manque parfois de subtilité.

«Tu as "rencontré" quelqu'un ?» je précise.

«"Rencontré" quelqu'un ?» répète le gros malin.

«Avec qui baises-tu ? Tu comprends, maintenant ? Oh et puis je tiens pas vraiment à le savoir. C'est juste histoire de faire la conversation.»

«Dieu», il soupire. «Un type de Brown. Spécialiste de sémiotique. J'crois que c'est l'étude des races sémitiques, un truc dans ce genre. En tout cas, il fait partie de l'équipe d'aviron. Je le vois le week-end, tu comprends. »

«Qui d'autre?» je demande. «Et dans la fac?»

«Oh, un mec originaire de Californie, d'Encino, il s'appelle Jaime. Un transfuge de l'U.C.L.A. Blond, juif. Il fait aussi partie de l'équipe d'aviron.»

«Tu *mens* comme tu respires», j'éclate.

«Quoi?» Il prend un air gêné, scandalisé. «Quesse tu veux dire?»

«Tu racontes toujours que tu fréquentes un mec de l'équipe d'"aviron". Mais c'est des bobards. C'est quoi, ton équipe d'"aviron"?» je lui demande en remarquant que depuis le début nous parlons à voix basse. «Il n'y a pas d'équipe d'aviron à Sarah Lawrence, espèce de gros nigaud. Tu crois sans doute que tu peux me faire avaler toutes ces couleuvres?»

«Oh la ferme, t'es complètement cinglé», il dit d'un air dégoûté; d'un geste de la main il me chasse de ses pensées.

Nous regardons encore la télé en écoutant la musique qui sort du lecteur de cassettes et nous finissons la bouteille de J.D. Quand nous avons fumé toutes nos cigarettes, il me demande enfin: «Comment va?»

«Mal», je réponds.

Il se penche pour regarder par la fenêtre. Richard a vraiment un corps extra.

Je prends la bouteille et avale les dernières gouttes en toussant.

Richard dit: «Tu sais que c'est mauvais signe quand on voit la pluie pendant la nuit.»

Nous restons silencieux une minute, il me regarde et je commence à me payer sa tronche.

«Keski y a de si drôle?» il demande en souriant.

«"Tu sais que c'est mauvais signe quand on voit la pluie pendant la nuit?" Où donc as-tu été pêcher ça? Dans une putain de rengaine de Bonnie Tyler?»

L'alcool m'a remonté le moral, Richard s'approche de moi en rigolant, son haleine empeste le whisky chaud, il m'embrasse d'abord trop violemment, alors je le repousse un peu, je palpe l'endroit où le chaume de sa barbe s'arrête près de la lèvre et je crois entendre une porte qui s'ouvre et se ferme quelque part et je me moque que ce soit Mme Jared ou ma mère, ivre, divorcée, endormie au Séconal, en chemise de nuit Marshall Fields, et bien que je n'en aie pas envie nous nous déshabillons mutuellement et je couche avec Richard. Ensuite, juste avant l'aube, sans dire au revoir à personne, je plie bagages en silence et rejoins la gare routière sous la pluie pour prendre le premier car à destination de Camden.

Je suis allongée dans l'eau chaude d'une baignoire de Sawtell. Je fais ça parce que je sais que je ne le L'aurai jamais. J'appuie fermement la lame du rasoir contre la peau chaude sous l'eau, la chair s'écarte aussitôt, le sang jaillit, gicle littéralement de mon poignet. Je me taillade

l'autre poignet, profondément, et l'eau devient rose.
Quand je lève le bras au-dessus de l'eau, le sang jaillit très
haut et je dois remettre mon poignet sous l'eau pour ne
pas en être éclaboussée. Je m'assois, taillade une seule de
mes chevilles, car, prise d'un accès de faiblesse, je dois
bientôt me rallonger, l'eau devient incroyablement rouge
et je commence à rêver et je continue de rêver alors je ne
suis plus si sûre que ce soit vraiment la chose à faire.
J'entends de la musique quelque part, ça vient d'un autre
pavillon et peut-être j'essaie de chanter avec elle, mais
comme d'habitude je me surprends à essayer d'arriver au
bout du morceau avant qu'il ne s'achève. J'aurais peut-
être dû essayer une autre voie. Celle que ce petit homme
à la station-service de Phoenix m'avait conseillée, ou
plutôt pressée de prendre ou bien ouh — *Devinez quoi?*
Pas le temps. Dieu Jésus-Christ notre mon rien sauveur.

LAUREN — Maintenant tout est tranquille, et terminé. Je suis debout à la fenêtre de Sean. L'aube
approche, mais il fait toujours nuit. Bizarre, c'est peut-
être mon imagination, mais je suis sûre d'entendre l'aria
de *La Wally* qui sort de quelque part, ça ne vient pas
de l'autre côté de la pelouse car la soirée est terminée,
peut-être du pavillon où je suis. Je me suis enveloppée
dans ma toge, de temps à autre je me retourne pour le
regarder dormir à la lueur bleue de son réveil digital. Je

ne me sens plus fatiguée. Je fume une cigarette. Une silhouette se déplace à une fenêtre, dans un pavillon en face de celui-ci. Une bouteille se brise quelque part. L'aria se poursuit, enfle, suivi par des cris et au loin une vitre vole en éclats. Puis le calme revient. Mais il est bientôt brisé par des rires dans la chambre voisine, où des amis de Sean se cament. Je suis étonnamment calme, apaisée dans ces limbes étranges qui séparent la lucidité de la cuite. Cette nuit, une brume couvre le campus éclairé par la pleine lune, très haute dans le ciel. La silhouette est toujours à la fenêtre. Une autre la rejoint. La première disparaît. Puis je vois la chambre de Paul, enfin s'il habite toujours Leigh. La pièce est obscure et je me demande avec qui il passe la nuit. Je touche mes seins, puis, honteuse, retire ma main. Me demande ce qui a foiré avec celui-là. Que s'est-il passé la dernière fois que nous étions ensemble ? Je ne m'en souviens même pas. Le trimestre dernier. Mais non... une soirée de septembre. Au début de ce trimestre. Le trimestre dernier, tu savais que c'était fini. Il est parti trois jours avec Mitchell dans la maison des parents de Mitchell à Cape Cod, en te disant qu'il allait voir ses parents à New York — mais alors, qui t'a appris la vérité ? Roxanne, parce qu'elle fréquentait Mitchell si je ne me trompe ? C'était peut-être un mensonge. Pourtant je mourais d'envie de le revoir ; quel con c'était. Je me gourre sans doute. Il était peut-être tendre, et toi gourmande. J'écrase ma cigarette sur le bord de la fenêtre, puis regarde Sean qui, dans son rêve, vient de se retourner. Il a tiré les couvertures sur sa tête.

PAUL — Mon manque de confiance en lui me stupéfie, mais je n'y peux rien : *Sean ne me plaît pas*. Je suis seul dans le car, excepté le chauffeur, quand nous quittons Boston, et peu de passagers montent à bord aux divers arrêts le long du chemin. Seul un vieux couple s'installe à l'avant. Je me demande vaguement ce que ma mère va penser de mon départ impromptu. Va-t-elle s'envoyer un Séconal ? Pleurer ? Rester à Boston ? Flirter avec les garçons d'étage ? Richard sera probablement soulagé, mais il devra se trouver un rencard pour samedi soir, et Mme Jared s'en fichera — à quoi bon prendre la peine de s'interroger sur ce qu'elle pense ? J'essaie de dormir pendant que le car roule sur une route anonyme (la 7 ? la 9 ? la 89 ? la 119 ?) vers Camden. Il cesse de pleuvoir quelque part près de Lawrence, le soleil se lève, sa grosse boule apparaît près de Bellows.

Impossible de dormir.

Je vais me ruer vers la chambre de Sean et que vais-je y découvrir ? Lui au lit avec une fille à qui je n'ai jamais parlé ni accordé la moindre attention, mais que je reconnaîtrai tout de suite, ou bien il sera fatigué mais se réveillera en souriant et nous nous regarderons, nous toucherons, nous serrerons la main et il en profitera pour m'attirer sur son lit et puis nous irons faire un tour en moto jusqu'à ce café à la lisière de la ville — mauvais plan, Sean ne mangera jamais de ce pain-là. Il n'a probablement jamais mis les pieds dans un bon restaurant ; passé sa vie à bouffer des Quarter Pounders, des Tastee Freezes et des Friendlys. Y a-t-il des Friendlys dans le Sud ? Sans walkman ni cigarettes ni revue, le car peut être un véritable enfer, Je deviens fou, je suis toujours allumé à cause de la bonne séance de jambes en l'air de la nuit dernière et j'essaie de me masturber dans les toilettes du car mais quand je me rends compte de ce que je fais, le clapotement des ordures sous le siège des toilettes, la main serrée autour de ma queue, j'éclate d'un rire fêlé, suraigu, qui me flanque la trouille.

Quelques personnes montent à Newport. Quelques passagers descendent à Wolcott, quelques autres montent à Winchester. Affamé, épuisé, l'haleine fétide, je descends enfin à la gare routière de Camden, prends un taxi jusqu'au campus, et quand j'y arrive il est presque midi. Je suis sans doute en train de rêver.

ROXANNE — J'ai découvert la fille en me réveillant le lendemain matin...

J'avait passé la soirée avec Tim, Rupert était parti à l'orgie de Booth... La nuit avec Norris. J'étais encore saoule et défoncée à l'XTC, et quand je suis allée à la salle de bains...

... Comme je voulais prendre une douche, j'ai...

Lorsque j'ai ouvert la porte du compartiment, j'ai dû repousser le...

La fille était (c'est difficile à décrire) très bleue...

Aucune eau ne devrait jamais être aussi rouge, il faisait très sombre...

... Evidemment j'ai paniqué, je me suis mise à hurler et à appuyer...

Je me rappelle pas avoir appuyé sur les avertisseurs d'incendie dans certains pavillons, mais je crois...

Tim m'a expliqué que les types de la sécurité étaient arrivés à cause de ça...

... Je me suis mise à courir partout.

J'ai seulement arrêté de flipper quand Rupert m'a redonné du Xanax...

... Norris ne s'est même pas réveillé...

PAUL — Alors je me retrouve sur l'allée de la fac, j'approche de Wooley House, où vient d'avoir lieu la soirée du Prêt à Baiser. Le campus est mort, endormi, il est pourtant presque midi, ce qui veut dire qu'ils ont tous loupé le brunch, et j'ai un sourire satisfait en songeant à ce luxe auquel ils ne goûteront pas. Presque toutes les vitres de Wooley sont brisées, des draps déchirés roulés en boule jonchent la pelouse verte devant les baies vitrées défoncées du salon, ou pendent des arbres comme de gros ballons dégonflés, fantomatiques. Les mouches bourdonnent autour de trois poubelles poisseuses qui sèchent sur le flanc au frais soleil automnal. Trois personnes gisent, endormies ou mortes, deux d'entre elles assises, dans le salon, la troisième nue à plat ventre. Vomi, bière, vin, fumée de

213

cigarette, punch, marijuana, jusqu'à l'odeur du sexe, du sperme, de la sueur, des femmes, saturent l'atmosphère et planent dans l'air comme un brouillard. Je ne sais même pas ce que je fais ici, car la chambre de Sean, le pavillon où il habite, se trouvent juste de l'autre côté de la pelouse de Commons (la trouille, pas vrai?), en face de Wooley. Je porte toujours mon sac, je ne veux surtout pas le poser par terre; à chaque pas, des craquements et des grincements montent du sol. Partout il y a de la bière et du punch, ou peut-être du vomi, en larges flaques, en grandes traînées éclaboussées sur les murs où manquent de gros morceaux de plâtre. Un projecteur de cinéma brisé, à demi écrasé, gît dans un coin au milieu de bobines de pellicule déroulées. Les mégots de cigarette couvrent le sol comme des cafards blancs aplatis. Dans le couloir je découvre deux personnes, mortes, endormies, l'une sur l'autre. Le pavillon lui-même est incroyablement silencieux, même pour un samedi matin.

Alors les cris commencent, une fille gueule, les sirènes d'incendie se déclenchent à Stokes et Windham, je sors, trébuche sur le couple aux membres imbriqués, mes semelles écrasent du verre, d'innombrables gobelets en plastique, les cris de la fille se rapprochent. C'est cette putain de lesbienne qui habite en dehors du campus avec Rupert Guest (lequel, je l'avoue à mon corps défendant, est vraiment mignon), elle est complètement barge, elle gueule «oh merde» sans arrêt. Des têtes apparaissent aux fenêtres qui donnent sur la pelouse de Commons, ses hurlements réveillent tout le monde. Elle s'engouffre dans un autre pavillon, puis la sirène d'incendie de Booth se met en marche. Je regarde vers ce pavillon, la folledingue hurlante qui ressort ventre à terre en trébuchant un peu partout, elle ne sait pas où elle va, elle court à l'aveuglette. Dans l'angle supérieur gauche du pavillon, la fenêtre de Sean s'ouvre et qui vois-je à la fenêtre, un bout de sein à l'air — Lauren. Alors la tête de Sean apparaît. Il regarde un peu partout en mettant la main en visière, torse nu. Il me repère, m'adresse un signe, braille: «Salut, Dent!» et moi je reste là, trop ébahi pour rire, pour ne pas lui rendre son salut.

Je me dirige donc vers ma chambre, plusieurs sirènes d'incendie hurlent, je croise des couples qui ont baisé la nuit dernière; hagards, ils regardent la fille hallucinée qui braille, son visage convulsé, elle porte seulement un caleçon bleu de garçon et un t-shirt Pee Wee Herman. De retour à ma chambre — une note sur ma porte m'avertit que ma mère a téléphoné, un trac du comité des jeunes républicains. Je m'assois en regardant mon lit, je me demande si c'est moi qui l'ai fait avant de partir. Je suis un peu étonné, mais pas aussi choqué que je devrais, enfin il me semble. Lauren. Donc.

SEAN — Samedi nous avons traîné, puis sommes allés à Manchester. Moi, Lauren, Judy et un type qui couchait avec Judy, un certain Frank, qui nous a emmenés à Manchester dans sa Saab. On est allés au magasin de disques, on s'est baladés, on a payé des glaces aux filles, envisagé d'acheter de l'Ecstasy, car un mec qui venait du Canada et qui passait le week-end sur le campus en avait apporté. On s'est arrêtés à un magasin de spiritueux pour acheter deux packs de bière et une bouteille de vin au cas où on trouverait pas de fête où aller et si on ratait le cinéma. Nous avons dîné dans un restau italien plutôt chouette et Frank a payé avec sa carte de l'American Express. Frank semblait cool, je me plaisais avec lui, même quand je lui ai demandé ce qu'il voulait faire plus tard, et qu'il m'a répondu « critique de rock ». Avait-elle couché avec lui ? J'avais entendu des rumeurs qui l'affirmaient, des bruits absurdes, mais comme on ne peut pas croire le quart de ces conneries, j'ai laissé tomber. Quand je pensais qu'elle avait peut-être couché avec lui, je pensais moins à ce type, à ce qu'il racontait, par exemple qu'il voulait aller à Paris au trimestre prochain car il ne « saquait pas l'Amérique », et tout ce baratin donnait l'impression d'un mec débile, qui n'aurait jamais pu lui plaire, et encore moins la baiser.

Nous étions dans ce restaurant italien quand Frank a dit ça ; alors Lauren a étouffé un rire et bu aussitôt une gorgée de vin. J'ai glissé la main sous la table pour serrer son genou, cette longue et merveilleuse jambe lisse, cette cuisse pulpeuse mais ferme (soyeuse n'est pas exactement le terme juste). Quand je l'ai regardée, j'ai compris que j'étais fou de cette fille, et tellement soulagé d'avoir une petite amie plutôt mignonne et peut-être permanente, ça m'a frappé, dans ce restaurant italien de Manchester et sur le chemin du retour vers Camden — la seule évocation de ses baisers la nuit dernière m'a fait bander — que j'avais quelque chose comme quatre disserts de retard pour le trimestre précédent, que je n'allais même pas commencer à les rédiger, et que ça n'avait aucune importance puisque j'étais avec Lauren. Ça m'a pas gêné qu'elle soit en poésie, même si les filles qui se spécialisent en poésie

216

sont d'habitude de sacrées emmerdeuses. Elle m'a demandé quelle était ma majeure et j'ai répondu « Informatique » (ce qui me pend au bout du nez) juste pour l'impressionner, et je crois que ça a marché car elle a souri, levé vers moi ses grands yeux bleus aux longs cils, et fait : « Vraiment ? » avec cet imperceptible sourire salace qui a retroussé ses lèvres.

Vu qu'il s'est avéré impossible de trouver la moindre fête à Manchester, nous sommes retournés sur le campus pour traîner dans sa chambre. J'avais ma pipe sur moi, de la bonne herbe, on s'est éclatés. J'ai failli sortir de la coke, mais j'ai eu peur de les faire flipper, peur qu'ils me prennent pour un étudiant en médecine. On était à moitié vautrés sur son grand lit double qui occupait presque toute sa chambre à Canfield, on parlait des gens qu'on n'aimait pas, des cours qu'on ne fréquentait pas, on déplorait la bêtise des première année, la dégradation de l'atmosphère de la fac. Lauren a dit qu'une fille s'était trucidée la nuit dernière. Frank et moi, on a rigolé et rétorqué que c'était probablement parce qu'elle ne s'était pas fait troncher. Judy et Lauren l'ont mal pris (mais pas vraiment, l'herbe nous avait calmés, elle avait enterré toutes les tensions potentielles) et répondu que c'était probablement à cause du contraire. La radio diffusait les Talking Heads, REM, New Order, des vieux morceaux d'Iggy Pop. Je me suis approché d'elle. Elle a allumé des bougies.

Je savais qu'elle m'aimait, pas seulement à cause des petits mots glissés dans ma boîte, sujet que je ne voulais pas aborder (à quoi bon la gêner ?), mais parce que, lorsqu'elle me regardait, je comprenais pour la première fois, je sentais vraiment que je n'avais jamais rencontré personne d'autre qui ne regardât pas à travers moi. Elle était vraiment la première personne qui regardait et s'arrêtait là. J'avais du mal à m'expliquer ça, à me démerder avec, mais je m'en moquais. Ce n'était pas le plus important. L'essentiel était sa beauté. Une beauté typique américaine, le genre de beauté qu'on ne trouve que chez les filles américaines. Ce corps aux proportions merveilleuses, mince mais pas anorexique, sa peau, WASP * et crémeuse, d'une pureté délicate, totalement opposée à ses expressions qui semblaient toujours légèrement salaces comme si elle était un peu garce, ce qui augmentait encore mon excitation. Je me moquais de son éducation, strictement Upper East Side Park Avenue de merde, mais elle ne jouait pas les saintes nitouches paranoïaques susceptibles, ce que sont toujours les filles de Park Avenue, parce que tout ce que je désirais c'était de regarder son visage, un vrai miracle d'harmonie, et son corps, tout aussi beau, sinon plus admirable encore.

Et je lui ai dit ça ce soir-là, alors que nous étions tous les quatre allongés sur son matelas dans la pénombre, puis dans l'obscurité quand les bougies se sont éteintes les unes après les autres, en écoutant de vieux standards à la radio, défoncés, Judy et Frank saouls, dans le coltard, et je n'ai pas pu attendre davantage ; pas pu attendre de retourner dans ma chambre et je suis monté sur elle très vite et très doucement et ses jambes se sont serrées autour des miennes. Elle a pleuré de joie ce soir-là, elle se mordait les lèvres, glissait les mains sous mon jean, puis remontait le long de mon dos, m'enfonçait davantage en elle et nous bougions tous les deux lentement alors même que nous jouissions ensemble ; toujours en silence elle a enfoui son visage dans mon cou ; nos respirations étaient bruyantes ; je bandais

---

* *White Anglo Saxon Protestant* : Blanc, anglo-saxon et protestant. (*N.d.T.*)

toujours. Je ne me suis pas retiré, j'ai chuchoté quelque chose à son oreille, des mèches de ses cheveux se collaient à mon visage brûlant couvert de sueur. Elle a murmuré quelque chose et alors j'ai su qu'elle m'aimait. A ce moment-là Judy a parlé dans le noir : «J'espère que ça vous a autant plu qu'à nous », elle a dit, puis j'ai entendu Frank rigoler, et nous avons ri avec eux, trop crevés pour être gênés, moi toujours en elle et voulant y rester, ses bras toujours noués autour de mon dos.

Dimanche, après un long déjeuner à la Brasserie en bordure de la ville, nous avons passé le reste de la journée au lit ensemble.

CLAY — Les gens ont peur de traverser le campus après minuit. Un type sous acide me chuchote ça à l'oreille, un dimanche à l'aube après que j'ai passé presque toute la semaine à planer avec des cristaux de méthédrine, en pleurant, et je sais que c'est vrai. Ce type suit le même cours d'info que moi (c'est maintenant ma majeure), je le vois dans la salle de gym et parfois à la piscine municipale de la grand-rue en ville. Un endroit où, selon certaines personnes, je passe un temps exorbitant. (Il y a un bon salon de bronzage à côté.) Ce trimestre j'utilise beaucoup mon walkman pour écouter des groupes qui ont disparu : les Eagles, les Doors, les Go-Go, les Plimsoul, parce que je ne veux pas entendre parler de la fille mutilée découverte à North Ashton (littéralement coupée en deux) victime d'un monstre que les citadins ont surnommé l'Eventreur d'Ashton, ni de cette fille de Swan House qui s'est tranché la gorge dans une baignoire de ce pavillon et qui a perdu tout son sang la nuit de la soirée du Prêt à Baiser, ni entendre les voix des victimes des incestes citadins qui errent, hagardes, dans l'Ecrase-Prix, un endroit où j'aime traîner, un endroit qui me rappelle la Californie, qui me rappelle le rayon des surgelés de Gelson's, qui me rappelle mon foyer.

Je vais à New York pour un concert d'Elvis Costello, mais me perds en rentrant à Camden. Impossible de trouver un câble pour brancher MTV dans ma chambre ; j'achète donc un magnétoscope et loue des vidéos dans un magasin bon marché en ville. J'achète aussi une Porsche d'occase à New York avant le début du trimestre afin d'avoir une voiture sur place. Les gens, aussi, ont peur de manger du sushi dans le New Hampshire.

Autres remarques : Quelqu'un a écrit Caisson d'Isolation Sensorielle sur la porte du Pub. Rip m'appelle deux ou trois fois de L.A. Quelqu'un écrit son nom au marqueur rouge fluo sur ma porte. Je ne suis pas sûr que ce soit vraiment lui, car dans une cassette que Blair m'a envoyée, elle m'a certifié qu'on l'avait assassiné. Elle m'a dit aussi qu'elle avait vu Jim Morrison au Häagen Dazs de Westwood. Je fréquente un moment Vanden, une fille qui peint en noir le cadre de mon futon, mais elle a rompu avec moi parce que, selon elle, elle a aperçu dans ma salle de bains « une araignée aussi grosse que Norman Mailer ». Je ne lui ai pas demandé qui était Norman Mailer, et pas davantage demandé de revenir. Ensuite je me suis mis en cheville avec un Brésilien, surtout pour avoir de l'Ecstasy. Ensuite ç'a été cette danseuse du Connecticut qui se prenait pour une sorcière. Nous avons organisé une séance de spiritisme autour d'un fût de bière, tenté de matérialiser l'esprit d'un quatrième année transféré à Bard. Alors nous avons disposé des lettres sur la planche magique, et nous lui avons demandé si nous pourrions trouver de la cocaïne. L'esprit a répondu OWTQ. Nous avons passé une heure à tenter de donner un sens à ces lettres. Elle m'a quitté pour un étudiant en lettres nommé Justin. J'ai couché avec des garçons riches, des filles encore plus riches, un couple de Californie du Nord, un prof français, une fille de Vassar qui connaît l'une de mes sœurs, une fille qui s'envoyait sans arrêt du Nyquil.

Et je ne garde plus mon store ouvert depuis qu'on m'a expliqué pourquoi les Indiens ne peuvent pas rester en paix dans le périmètre du campus ; les quatre vents se rencontraient ici sur la pelouse de Commons, les Indiens étaient devenus complètement fous, il avait fallu les tuer ; on avait offert leurs corps aux dieux avant de les enterrer à Commons. Selon certains, lors des chaudes nuits d'automne, après minuit, ils quittent leur tombe, le visage mutilé et sanglant, puis grimacent aux fenêtres des pavillons, à la recherche de nouvelles offrandes, le tomahawk brandi au-dessus de leur tête.

Dans la salle de bains, au-dessus des toilettes, quelqu'un a écrit « Ronald McGlinn a un petit pénis et pas de testicules », puis répété ce message tout le long du mur. Un habitant de L.A. m'a envoyé une cassette vidéo sans la moindre explication, et j'ai peur de la regarder, mais je crois que je le ferai un jour. Ce trimestre j'ai perdu trois fois mes papiers d'identité. Au conseiller psychologique que je vois régulièrement, je dis que l'apocalypse me semble très proche. Alors elle me demande des nouvelles de mon cours de flûte. Je ne lui réponds surtout pas que je l'ai plaqué pour suivre des cours de perfectionnement en vidéo.

Quelqu'un demande : « Quoi de neuf ? »

« Je sais pas », je réponds. « Quoi de neuf pour toi ? »

Caisson d'Isolation Sensorielle.

Reposez en Paix.

Les gens ont peur de se retrouver sur le campus après minuit.

Indiens dans une vidéo, apparaissent, disparaissent, reviennent.

Ronald McGlinn a un petit pénis...

Et pas de testicules. Bon dieu.

« Quoi de neuf ? »

« ... *Si j'étais de retour à L.A. je me sentirais bien dans ma peau...* »

La plage me manque.

PAUL — « C'est fini, pas vrai ? » je demande ça, assis dans une voiture empruntée par Sean, dans le parking du McDonald.

Il fait trop froid pour y aller en bécane, il m'a dit quand je suis passé à sa chambre. (Sa turne était en désordre. Le lit défait, des bracelets sur la table, on avait retiré le miroir du mur pour le poser sur une chaise, des petites enveloppes en papier gisaient dessus, une mince pellicule de poudre blanche le couvrait par endroits.) Il m'a dit, et j'écoutais attentivement : Tu ne peux pas te servir de la salle de bains.

Mais je ne veux pas m'en servir.

Y a du vomi partout, il a expliqué.

Je ne veux pas me servir de ta salle de bains, j'ai répété calmement.

Il a haussé les épaules. Refusé de dîner avec moi.

J'ai dit : Tu ne m'aimes pas, tu fréquentes quelqu'un d'autre.

Il a dit : C'est pas vrai.

Alors j'ai dit : Jure-le.

Il a dit : Je le jure.

J'ai dit : Je ne te crois pas.

Il a dit : Tu ne peux pas te servir de la salle de bains.

Je l'ai convaincu d'aller au McDo, et assis là dans la voiture, il crache quelque chose par la fenêtre, finit une partie de son Big Mac, jette le reste, allume une Parliament. Il essaie de faire démarrer la voiture, mais il gèle bien qu'on soit seulement en octobre et la voiture empruntée (à qui appartient-elle ? à Jerry ?) refuse de démarrer.

« Alors ? » je lui demande. Je ne peux pas manger. Je ne peux même pas allumer une cigarette.

« Ouais », il fait. « Bordel », il beugle en abattant son poing sur le volant, « pourquoi cette salope de caisse refuse de démarrer ? »

« Je suppose que ce n'est pas de ta faute si tu ne partages pas mes sentiments », je lui dis.

« Non. Pas de ma faute », il répond en essayant encore de faire démarrer la voiture.

« Mais ça ne va pas modifier mes sentiments », je lui dis.

« Ça devrait pourtant. » Il marmonne ça en fixant le pare-brise. Des voitures arrivent, les conducteurs passent la tête dehors pour crier leur commande, ils la réceptionnent, avancent, remplacés par d'autres voitures, d'autres commandes. Je lui touche la jambe et dis : « Non, ça ne change rien à ce que je ressens. »

« Ecoute, c'est dur pour moi aussi », il fait en écartant ma main.

« Je sais », je dis. Comment puis-je m'attacher à un crétin pareil ? je pense en regardant son corps, puis son visage, en essayant d'éviter son entrejambe.

« C'est la faute à qui ? » il crie. D'une main nerveuse il tente encore de faire démarrer la voiture. « La tienne. Ton obsession pour le sexe a bousillé notre amitié », il dit d'un air dégoûté.

Il sort de la voiture, claque la portière, en fait le tour deux fois. L'odeur de la bouffe que j'ai commandée, qui refroidit, intacte, sur mes cuisses, m'écœure un peu, mais je ne peux pas bouger, impossible de la bazarder. Bientôt je suis debout dans le parking. Brusquement il fait très froid. Ni lui ni moi ne pouvons rester immobiles longtemps. Il remonte le col de sa veste en cuir. Je tends le bras, touche sa joue, en retire quelque chose. Il détourne le visage sans sourire. Je m'écarte, perplexe. Un klaxon de voiture, quelque part.

« Je n'aime pas cet arrangement », je dis.

De retour dans la voiture, sans me regarder, il dit : « Alors barre-toi. »

Morale de l'histoire ?

SEAN — Après le départ de Lauren, je reniflais les oreillers. Elle n'aimait pas dormir dans mon lit ; elle disait qu'il était trop petit et que dormir ensemble avait finalement peu d'importance. Je suis tombé d'accord avec elle. Après qu'elle était partie et que j'ai respiré les oreillers, puis mes bras, mes mains, mes doigts, je pensais à nous en train de baiser et je me branlais, jouissais encore une fois en pensant à nous en délirant et remodelant la baise à ma convenance, la rendant plus intense et violente qu'elle n'avait été. Et au lit avec elle j'avais beaucoup de mal à me contrôler. Je commençais par la sauter rapidement pour me calmer, puis je passais des heures à la lécher, à sucer son con sans discontinuer ; ma langue en devenait douloureuse, enflée à force de frotter, d'enfoncer mon menton en elle, et ma bouche était si sèche que je ne pouvais même plus déglutir, alors je redressais la tête pour souffler un peu.

Un rien suffisait à m'exciter. Je la voyais se pencher en slip afin de ramasser quelque chose par terre, ou alors elle s'habillait, enfilait un t-shirt ou un chandail, s'appuyait contre le rebord de la fenêtre en fumant. Le moindre de ses gestes, le seul fait d'allumer une cigarette, et je désirais sauvagement l'étreindre, lui arracher son slip, la lécher, la renifler, la palper. Ce désir était parfois si puissant que je pouvais seulement rester immobile au lit en pensant à son corps, à telle expression que j'avais surprise sur son visage, et aussitôt je bandais.

Elle me parlait rarement, jamais du sexe — sans doute parce qu'elle était parfaitement comblée, et moi non plus je ne lui disais pas grand-chose. Notre relation comportait donc peu d'inconvénients, et encore moins de désaccords. Par exemple je n'avais pas à lui dire ce que je pensais de sa poésie, à savoir que c'était nul, même si deux de ses poèmes avaient été choisis pour être publiés dans le torchon littéraire de l'école et dans un journal de poésie édité par son prof. Si elle m'avait posé la question, je lui aurais tout simplement répondu que j'aimais ses poèmes et me serais lancé dans un commentaire succinct de ses images. Mais qu'était la poésie, ou en fin de compte n'importe quoi, comparée à ces seins, à ce cul, à ce centre insatiable entre ces longues jambes nouées autour de mes hanches, à ce beau visage qui hurle son plaisir ?

LAUREN — Toujours pas de courrier de Victor. Pas la moindre carte postale. Pas de coup de téléphone. Pas de lettre. Pas de message. Ce salopard peut pourrir en enfer, je m'en contrefous.

« La fac va vraiment de mal en pis », me dit Judy avant de m'expliquer la chance que j'ai d'être en dernière année, car je ne reviendrai pas l'année prochaine. D'ailleurs, je ne peux qu'être d'accord avec elle. L'orchestre des première année s'appelle les Parents — ça suffit pour faire sentir aux esprits les plus obtus que quelque chose cloche. Octobre paraît durer une éternité à cause du commentaire de Judy. Le diplôme semble repoussé aux calendes grecques.

Gina a bel et bien réussi à décrocher le prix offert pour trouver un nouvel emblème de la fac ; avec l'argent de son prix nous avons acheté de l'XTC ; je n'en avais jamais pris, même pas avec Victor, et ç'a été assez incroyable. Mais je ne crois pas que l'expérience ait plu à Sean. Il s'est mis à transpirer et à grincer des dents en oscillant d'avant en arrière, et plus tard cette nuit-là il s'est montré encore plus lubrique que d'habitude, ce qui ne m'amuse pas du tout. A cause de ça j'ai bu de la bière comme un trou ; la seule chose qui intéresse ce garçon dans la vie est les jeux vidéo. Mais il embellit au fil du temps, et bien que le sexe soit seulement couci-couça et que Sean ne soit pas un champion au lit, au moins il a de l'imagination. Pourtant il ne me branche pas vraiment. Pas de vrais orgasmes (enfin, peut-être une fois ou deux). Simplement parce qu'il s'y prend comme un pied. (Contrairement à ce que croient la plupart des gens, se faire bouffer la chatte pendant deux heures d'affilée n'a rien de très jouissif.) Et puis il semble méfiant. J'ai l'impression qu'il est la tête pensante du parti des jeunes conservateurs qui ont organisé un grand bal samedi dernier à Greenwall. A part sa présence au comité des loisirs, je n'ai aucune idée de ce qu'il fait ici, et au bout du compte, comme dit Judy, j'ai même pas envie de le savoir. Je veux seulement que décembre arrive vite, pour pouvoir me tirer d'ici. Je ne sais pas combien de temps je pourrai encore boire de la bière et le regarder battre le record de Pole Position, où il est génial.

Un soir je lui ai posé cette question et il a marmonné une réponse monosyllabique. Mais que faire en fac sinon picoler de la bière ou se taillader les poignets ? Je me suis dit ça quand il s'est levé, dirigé vers le jeu vidéo pour glisser une nouvelle pièce d'un quart de dollar dans la fente. Alors j'ai cessé de me plaindre.

La fille qui s'est suicidée a eu droit à une affichette pour lui signifier qu'elle était vraiment morte et qu'un service funèbre aurait lieu à sa mémoire à Tishman. J'ai parlé de ça un soir que Sean et moi étions au Pub pour écluser les bières rituelles d'avant la fête, et il m'a regardé en ricanant : « Quelle ironie, bon dieu », mais il aurait aussi bien pu rétorquer : « Et alors ? »

La poésie marche bien. Je n'ai pas arrêté de fumer. Judy me dit que Roxanne lui a affirmé que Sean deale de la came. Je lui réponds : « Au moins Sean n'est pas fana de *breakdance* »

SEAN — J'avance péniblement derrière Lauren qui remonte la colline vers la maison de Vittorio. Bien que nous soyons à la fin octobre, il ne fait pas trop froid, mais je lui ai dit de mettre un chandail car il fera sans doute plus froid quand nous rentrerons. Je portais un t-shirt et un jean quand je lui ai dit ça ; alors que nous nous préparions dans sa chambre elle m'a demandé pourquoi elle devrait mettre un chandail si moi je restais en t-shirt, ce qui était plus confortable. Je ne pouvais pas lui avouer la vérité : l'idée de Vittorio louchant sur ses roberts me déplaisait. Je suis donc repassé à ma chambre pour prendre une vieille veste noire et troquer mes tennis contre des mocassins, afin de lui plaire.

La veste est maintenant nouée autour de ma taille, ses manches battent mes cuisses tandis que nous montons vers le sommet de la colline. Je ralentis l'allure en songeant que j'ai encore une chance de la dissuader d'aller à la fête de Vittorio, en espérant qu'elle va changer d'avis et retourner au campus avec moi. Je l'accompagne seulement parce que je sais que cette fête lui importe beaucoup (même si je ne comprends pas pourquoi) et que c'est la dernière soirée avec Vittorio avant qu'il ne parte en Italie dimanche ; il sera ensuite remplacé par un pochard qui s'est fait virer du département de littérature de Harvard (j'ai appris ça par Norris qui connaît tous les ragots concernant les profs). Je franchis le portillon, puis me dirige vers la porte de la maison de Vittorio. Elle marche, puis s'arrête, soupire, sans se retourner.

« Tu es sûre de vouloir y aller ? » je lui demande.

« Nous avons déjà parlé de ça », elle répond.

« Je crois que j'ai changé d'avis. »

« Nous y sommes. Nous allons rentrer. Enfin, *moi* je vais entrer. »

Je la suis jusqu'à la porte. « S'il commence à te faire du plat, je lui casse la gueule. » Je dénoue les manches de ma veste et l'enfile.

« Tu quoi ? » elle demande en sonnant.

« Je sais pas. » Je lisse les plis de ma veste. J'ai apporté de la coke au cas où je m'emmerderais trop, mais n'en ai pas parlé à Lauren. Je me demande s'il y aura des filles.

« Te voilà jaloux de mon prof de poésie », elle dit. « J'en crois pas mes oreilles. »

« Et moi je ne peux pas croire qu'il te viole quasiment lors de ces foutues réunions », je lui chuchote d'une voix furieuse. « Le pire, c'est que t'adores ça », j'ajoute.

« Bon dieu, Sean, il a presque soixante-dix ans », elle dit. « Et puis tu n'es jamais venu à ces réunions, comment peux-tu le savoir ? »

« Et alors ? Je me fous de son âge, ça n'empêche que

229

c'est la vérité. Tu me l'as dit. » J'entends des bruits de pas, Vittorio se traîne vers la porte.

« Il m'a beaucoup appris et je lui dois de venir ce soir. » Elle s'empare de mon poignet pour regarder ma montre, puis le laisse retomber. « Nous sommes en retard. De toute façon il s'en va, tu n'auras plus à supporter ça. »

C'est la fin de notre relation. Je sentais que c'était dans l'air. D'ailleurs, Lauren commençait déjà me raser. Cette fête constitue sans doute une bonne occasion pour y mettre un terme, un prétexte idéal. Je m'en fous. Rock'n'roll. Je la regarde une dernière fois, pendant ces secondes qui précèdent l'ouverture de la porte, et tente désespérément de me rappeler pourquoi nous nous sommes mis ensemble.

La porte s'ouvre, Vittorio, pantalon de velours déformé et vieux sweater L.L. Bean, longs cheveux gris hirsutes, lève les bras au ciel en signe de bienvenue et dit : « Lauren, Lauren... oh ! quelle merveilleuse, merveilleuse surprise... » Sa voix douce est stridente, émue. Voici donc Vittorio ? Le mec qui drague Lauren ? Il l'embrasse quand elle entre ; au-dessus de la vieille épaule voûtée de Vittorio, elle me regarde et lève les yeux au plafond. J'enregistre sa mimique, mais ça ne change rien à l'affaire. Pourquoi ne baise-t-elle pas tout simplement avec lui ?

« ... merveilleuse, merveilleuse surprise... »

« Je croyais que nous étions invités », je dis, ennuyé.

« Oh ! mais vous l'étiez, vous l'étiez ! » dit Vittorio en regardant Lauren comme si elle venait de parler. « Mais c'est une si merveilleuse... merveilleuse surprise... »

« Vittorio, tu te souviens de Sean », elle dit. « Tu étais inscrit à l'un des cours de Vittorio, n'est-ce pas ? » elle me demande.

Je n'ai jamais vu ce type de ma vie, seulement

entendu parler de sa lubricité par Lauren, qui n'en faisait aucun mystère, comme s'il s'agissait d'une bonne blague. Quand elle me confiait les frasques sexuelles du vieux, j'avais du mal à savoir si elle se vantait ou si elle essayait consciemment de m'éloigner. Peu importe.

« Ouais », je fais. « Salut. »

« Oui, oui... Sean », il dit en regardant toujours Lauren.

« Euh... » je fais.

Il respire bruyamment, je remarque que l'haleine de ce vieux satyre empeste l'alcool.

« Oui », il répète d'un air absent en faisant entrer Lauren dans le salon et en oubliant de fermer la porte derrière lui. Je ferme donc la porte d'entrée et suis le train.

Il y a seulement six autres personnes à cette prétendue fête. (Je ne comprends pas pourquoi Lauren refuse de reconnaître que six personnes ne font pas une fête, mais plutôt une putain de « réunion ».) Et tout le monde est assis autour d'une table du salon. Un jeune type pâle au crâne rasé, en combinaison de pompiste, fume des Export A, assis dans un fauteuil ; il nous lance un regard méprisant quand nous entrons. Un couple de San Francisco, Trav et sa splendide épouse Mona, habite près de la fac pendant que Trav finit son roman et que Mona suit un cours de poésie avec Vittorio ; ils sont assis sur deux chaises près du divan où sont installées deux horribles éditrices du magazine littéraire publié par Vittorio, à côté de Marie, une femme boulotte et silencieuse de quarante-cinq ans environ, qui ressemble à une veuve italienne et, je suppose, s'occupe de Vittorio.

Lauren connaît une des éditrices, qui vient de publier un de ses poèmes dans le dernier numéro du magazine. Ce poème m'avait fait le même effet que les autres :

c'est-à-dire aucun. Pas un seul n'avait le moindre sens pour moi. Tous ces pataquès à propos de filles déprimées assises dans des pièces vides pour penser à leurs anciens petits amis, ou pour se masturber, fumer des cigarettes sur des draps trempés de sueur, se plaindre de leurs crampes menstruelles. J'avais l'impression que Lauren écrivait en fait un poème interminable, et un soir qu'on venait de baiser dans sa chambre je lui ai avoué sincèrement qu'aucun de ses poèmes — non, pas « aucun », presque aucun — n'avait le moindre sens pour moi. Elle avait seulement répondu : « Pas le moindre sens » avant de poser la tête sur l'oreiller que nous partagions, et quand plus tard j'ai essayé de l'embrasser, sa bouche et son étreinte semblaient froides, indifférentes, glacées.

« Voici une jeune poétesse tout à fait prometteuse... hum, oui... » dit Vittorio en présentant Lauren, sa grosse patte velue posée sur l'épaule de sa protégée.

Puis Vittorio se tourne vers le chauve vautré dans son fauteuil pour dire à ce plouc prétentieux : « Et voici Stump, un autre... oui, poète très prometteur... »

« Nous nous connaissons », rétorque Lauren avec un sourire ravageur. « Tu as fait ta thèse avec Glickman pendant le trimestre dernier, exact ? Sur... » Elle a oublié. Ça a dû lui faire une forte impression.

« Ouais », répond Stump. « Hunter S. Thompson. »

« C'est ça », elle dit. « Voici Sean Bateman. »

« Salut, Stump ? » Je lui tends la main.

« Ouais. » Il me salue sans saisir ma main.

« Ton... visage m'est familier », je dis en m'asseyant.

« Vin ? Euh, vodka ? Gin ? » propose Vittorio en s'installant sur une chaise à côté de Lauren, le bras tendu vers la table autour de laquelle nous sommes tous « réunis ». « Tu aimes le gin, n'est-ce pas... Lauren. »

Merde alors, comment le sait-il ?

« Ouais, du gin », répond Lauren. « Tu as du tonic ? »

« Oh ! bien sûr, bien sûr... Le voilà », dit Vittorio de sa douce voix de pédé en se penchant au-dessus des genoux de Lauren pour saisir le seau à glace.

« Je prendrai de la bière », je dis.

Quand Vittorio ne fait pas mine de m'en donner une, je me penche et saisis une Beck.

La soirée s'annonce tranquille. Tout le monde attend que Vittorio prépare le gin de Lauren. Je reste assis là en regardant les mains tremblantes de Vittorio, soudain stupéfait par la dose de gin qu'il verse dans le verre de Lauren. Quand il se tourne pour lui tendre le verre, il paraît médusé, affolé, et alors qu'elle saisit son verre, il dit : « Oh ! regardez... voyez le soleil, le soleil... qui joue dans tes cheveux... tes cheveux d'or... » Maintenant on dirait que c'est sa voix qui sucre les fraises. « Le soleil... » il murmure. « Voyez comme ils brillent... brillent dans le soleil... »

Bon sang de bonsoir, ça me flanque vraiment les boules. *Elle* me flanque les boules. Mes doigts se crispent autour du goulot de la bouteille de Beck, déchirent l'étiquette humide. Puis je regarde Lauren.

Le soleil, qui n'est pas encore couché, entre large-ment par le grand vitrail de la fenêtre, il fait *réellement* briller les cheveux de Lauren, qui maintenant me paraît très belle. Tout le monde rigole, Vittorio se penche pour respirer ses cheveux. « Ah, cette douceur de nectar... du nectar », il dit.

Je vais hurler. Je vais hurler. Pas un son ne sort de ma bouche.

« Cette douceur de nectar... » marmonne encore Vittorio, puis il s'écarte, laisse les mèches de cheveux retomber en place.

« Oh, Vittorio », fait Lauren. « Arrête, s'il te plaît. »

Elle adore ça, je me dis. Elle adore ça, la salope.

233

«Du nectar...» répète encore Vittorio.

Après un long silence l'une des éditrices prend la parole et dit: «Mona était en train de nous expliquer certains projets sur lesquels elle travaillait.»

Mona porte un corsage blanc transparent, un jean moulant décoloré, des bottes de cow-boy; elle a l'air sexy avec ses cheveux blonds frisés remontés sur le crâne, et son visage très bronzé. Le bruit court qu'elle traîne souvent dans les parages de Dewey, qu'elle propose de l'herbe à des mecs de deuxième année avant de les sauter. J'essaie d'attirer son regard. Elle boit une longue gorgée de son verre de vin blanc avant d'ouvrir le bec. «Eh bien, maintenant, je suis fondamentalement freelance. Je viens de finir une interview avec deux V.J. de MTV.»

«Hah!» s'écrie Stump. «MTV! Des V.J.! Absolument fascinant!»

«En fait, c'était assez... » Mona incline la tête. «Rafraîchissant.»

«Rafraîchissant», opine Trav.

«En quel sens?» tient à savoir Stump.

«En ce sens qu'elle a réussi à saisir cette superstructure de grande société monolithique qui matraque et pourrit, ouvrez les guillemets, les innocents d'Amérique, fermez les guillemets, en imposant à leur esprit ces... ces films vidéo essentiellement sexistes, fascistes, typiquement bourgeois. La vidéo a tué la radio, ce genre de saleté», dit Trav.

Personne ne moufte pendant longtemps, puis Mona reprend la parole.

«En fait, ce n'est pas aussi... agressif.» Elle boit une gorgée de vin blanc, incline la tête, regarde Trav. «Ç'est plutôt le sujet de ton livre, Trav.»

«Ah oui, Travis», dit l'une des éditrices en ajustant ses lunettes. «Parle-nous donc de ton livre.»

«Il travaille dessus depuis longtemps», susurre Mona.

«Tu as arrêté de bosser pour Rizzoli?» demande l'autre éditrice.

«Hum hum, moui», dit Trav en opinant. «Fallait que je m'attelle sérieusement à ce bouquin. On a quitté L.A., quand?» Il se tourne vers Mona qui, me semble-t-il, flirte avec moi. «Il y a neuf mois? On a passé deux mois à New York et maintenant nous sommes ici. Mais faut que je vienne à bout de ce livre.»

«Nous connaissons quelqu'un à St Martin's qui serait très intéressé», dit Mona. «Mais Trav doit d'abord le finir.»

«Ouais baby», dit Trav. «Il le.faut.»

«Tu travailles dessus depuis combien de temps?» demande Stump.

«Pas vraiment longtemps», dit Trav.

«Treize ans?» fait Mona. «Pas vraiment long-temps?»

«Eh bien, le temps est une notion subjective», dit Trav.

«Qu'est-ce le temps?» demande l'une des éditrices. «Je veux dire, en réalité.»

Je regarde Vittorio qui boit un verre de vin rouge en matant Lauren. Lauren sort de son sac un paquet de Camel, et Vittorio lui allume sa cigarette. Je finis rapidement ma Beck sans quitter Lauren des yeux. Quand elle se tourne vers moi, je détourne le regard.

Trav parle: «Vous ne pensez pas que le rock'n'roll a tué la poésie?»

Lauren, Stump et Lauren éclatent de rire, je regarde Lauren, elle roule les yeux au plafond. Elle me regarde en souriant, et me voilà soulagé comme un crétin. Mais je ne peux pas lui rendre son sourire tant qu'elle sera assise à côté de Vittorio ; je la regarde tirer une profonde bouffée de cigarette allumée par Vittorio.

« Bien sûr », crie presque Stump. « J'ai davantage appris de Black Flag que de Stevens, Cummings, Yeats ou même Lowell, ah bon Dieu, Black Flag est vraiment *mon* poète, bordel de merde. »

« Black Flag... Black Flag... qui est ce Black Flag ? » demande Vittorio, les yeux mi-clos.

« Je t'expliquerai plus tard, Vittorio », dit Stump, amusé.

Trav gobe tout ce que raconte Stump et allume une cigarette en hochant la tête.

Stump me propose une Export A. Je secoue la tête et lui réponds : « Je ne fume pas. »

« Moi non plus », rétorque Stump en en allumant une.

« Stump... travaille, hum... sur une série de poèmes... très intéressants à propos de... » Vittorio s'arrête. « Oh ! comment... comment dirais-je... ah, enfin... »

« Sur la bestialité ? » propose Stump.

Je sors un paquet de Parliament et en allume une.

« Eh bien... moi... je crois que, ça doit être ça... » marmonne Vittorio, gêné.

« Ouais, je travaille sur ce concept selon lequel, quand l'homme baise un animal, il baise la Nature, car il est devenu tellement informatisé et tout. » Stump s'interrompt pour boire une gorgée à la flasque en argent qu'il sort de sa poche, puis il reprend : « En ce moment je travaille sur le chien (*dog*), et quand mon héros ligote un chien pour le baiser, il croit que ce chien est Dieu (*god*). C'est Dieu épelé à l'envers. Vous pigez ? Vu ? »

Tout le monde opine sauf moi. Je cherche une autre bière sur la table. Je saisis une Beck, l'ouvre rapidement, bois une longue gorgée. Je regarde Marie qui, comme moi, est restée silencieuse pendant tout ce dialogue cauchemardesque.

«C'est bizarre que tu parles de ça», intervient Lauren, «parce que ce matin j'ai vu deux chiens faire l'amour devant le pavillon où j'habite. C'était très étrange, mais en tout cas poétique selon les termes de l'imagerie érotique.»

Enfin j'ai quelque chose à dire: «Lauren, les chiens ne font pas l'amour», je lui dis. «Ils baisent.»

«En tout cas ils n'ont aucun scrupule pour la sexualité orale», lance Mona en riant.

«Les chiens ne font pas l'amour?» me demande Stump, incrédule. «A ta place, je ne me montrerais pas si certain de ce que j'avance.»

«Hum, oui... oui... je pense vraiment que les chiens font l'amour... hum, oui, ils font l'amour au... dans le soleil», dit Vittorio d'une voix mélancolique. «Dans le soleil doré... doré... ils font l'amour.»

Je m'excuse, me lève, traverse la cuisine en croyant qu'elle aboutit à la salle de bains, puis je monte l'escalier, traverse la chambre de Vittorio jusqu'à sa salle de bains. Je me lave les mains, examine mon reflet dans le miroir, me dis que je vais redescendre annoncer à Lauren que je ne me sens pas bien et que nous ferions mieux de retourner au campus. Comment réagira-t-elle? Elle me répondra probablement que nous venons à peine d'arriver, que si j'ai envie de partir je peux le faire, et qu'elle me retrouvera sur le campus. Ai-je dit quelque chose à propos des chiens qui baisent? Laisse tomber la coke, je décide en ouvrant l'armoire à pharmacie de Vittorio, plus par ennui que par curiosité. Sea Breeze, Vitalis, Pâte dentaire Topol, Ben-Gay, Pepto-Bismol, un tube de Préparation H, une ordonnance de Librium autour d'un flacon. La classe. Je prends le flacon, l'ouvre, fais tomber quelques gélules

237

vertes et noires sur ma paume, en envoie une dans ma bouche pour me calmer, que j'avale en buvant une gorgée d'eau au robinet. Puis je m'essuie la bouche et les mains avec une serviette qui pend du tube de la douche, et je redescends au salon en me maudissant d'avoir laissé Lauren si longtemps seule avec Vittorio.

Ils parlent d'un livre que je n'ai pas lu. Je reprends ma place sur la chaise à côté de Lauren, j'entends l'une des éditrices dire : « Fondamental... fondamental », et l'autre renchérir : « Oui, c'est un repère incontournable. » J'ouvre une autre bière, puis regarde Lauren qui me lance un regard interrogateur. Je tète ma bouteille en louchant vers Mona et son corsage transparent.

« La façon dont elle a représenté la totalité du personnage de la terre maternelle est étonnante, pour ne pas dire audacieuse », dit Mona en hochant vigoureusement la tête.

« Mais c'est pas seulement sa représentation », dit Stump. « C'est aussi les implications joyciennes qui m'ont littéralement sidéré. »

« C'est tellement Joyce, tellement Joyce », acquiesce Mona.

« Je devrais lire ce livre ? » je demande à Lauren en espérant qu'elle va pivoter pour me regarder ; et du même coup tourner le dos à Vittorio.

« Ça te plairait pas », elle fait sans me regarder.

« Pourquoi pas ? » je demande.

« Ce livre "n'a pas de sens". » Elle boit une gorgée de gin tonic.

« Non seulement Joyce, mais ça m'a rappelé un peu le travail d'Acker », dit Trav. « A propos, aucun de vous n'a lu *Quand la foudre a frappé ma queue* par Crad Kilodnez ? C'est étonnant, stupéfiant. » Il secoue la tête.

« Quesse tu veux dire ? » je demande à Lauren.

« Cherche », elle murmure.

Je me retourne, étouffe un bâillement, continue de téter ma bière.

Trav s'adresse à Vittorio. «Laisse-moi te demander quelque chose, Vittorio. Tu ne crois pas que ces griffonnages bohèmes punks hors-la-loi de tous ces scribouillards paumés post-Vietnam post-Watergate post-... bon dieu post-tout, sont purement le produit d'un establishment littéraire qui lance sur le marché une génération perdue avec une propagande indigne qui exploite la cupidité, des attitudes sexuelles blasées et une stérilité engourdissante, corruptrice, et que pour cette raison des œuvres comme *Un connard de plus,* un recueil affligeant, affligeant, de ouvrez les guillemets, textes underground, fermez les guillemets, deviennent de puissants abcès de fixation pour les esprits mécontents, nihilistes, inadaptés, égoïstes... oui, oui, avortés, ou bien penses-tu que tout cela n'est que...» Alors Trav s'interrompt pour chercher le mot juste. «... du vent?»

«Oh! Tra-av!», fait Mona.

«Hum... du vent?» marmonne Vittorio. «Mais de quel vent... parles-tu? Je n'ai pas... lu ce livre... hum...» Il se tourne vers Lauren. «Du vent?... mmm, tu as aimé ce livre?»

«Oh oui», répond Lauren, enthousiaste. «C'est un très bon livre.»

«Je... je n'ai pas lu ce... ce livre», dit timidement Vittorio en baissant les yeux vers son verre.

Je regarde Vittorio et soudain je trouve le bonhomme sympathique. Je veux lui dire que moi non plus je n'ai pas lu ce livre, et je vois bien que Lauren ressent la même chose, car elle se tourne vers lui pour lui dire: «Oh! Vittorio, quel dommage que tu partes!»

Vittorio rougit et répond: «Je dois... retourner... dans ma famille.»

« Et Marie ? » elle demande tendrement en posant la main sur son poignet.

Je regarde Marie, qui parle du livre en question avec Trav.

« Oh », dit Vittorio en la regardant, puis il se tourne soudain vers Lauren : « Elle va beaucoup me manquer... beaucoup. »

J'ai envie de dire la même chose à Lauren, au lieu de quoi je bâille, bois encore de la Beck en me sentant pâteux, vaguement défoncé. C'est terminé, pas de doute. Je vais lui annoncer la nouvelle, mais Stump bondit sur ses pieds pour mettre une cassette de Circle Jerks que personne n'a envie d'entendre, Mona et Trav désirent écouter Los Lobos, alors on négocie un compromis, et nous nous payons Yaz. Stump se met à danser dans la pièce maintenant obscure avec Mona, Trav, les deux éditrices. Stump demande même à Marie de se joindre à eux, mais elle répond avec un sourire qu'elle est très fatiguée.

La musique fait rire Vittorio, qui prépare de nouvelles boissons pour tout le monde. Marie allume des bougies. Vittorio se penche pour murmurer quelque chose à l'oreille de Lauren. Lauren ne cesse de regarder dans ma direction. Maintenant je bois du whisky à la flasque de Stump et je sens que je vais m'endormir. Je n'entends pas ce que le vieux et Lauren se disent, grâce au ciel. Je chasse de ma bouche le goût du whisky bon marché en buvant de la Beck tiède. Quelqu'un porte ensuite un toast à Vittorio pour lui souhaiter bonne chance pendant son voyage ; et même Marie, qui semble triste, lève son verre et murmure : « *Mi amore* » à Vittorio, l'homme marié, le père de famille, Vittorio. C'est la dernière chose dont je me souvienne clairement.

Je m'évanouis.

Je me réveille en sueur sur le lit de Vittorio. Je me

lève, regarde ma montre, il est presque minuit. Je m'assure de mon équilibre, puis descends l'escalier en titubant jusqu'au salon. Tout le monde est parti sauf Lauren et Vittorio, maintenant installés sur le divan pour parler; sur la table, devant eux, les bougies sont toujours allumées. Combien de bières ai-je bues? Combien de whisky? De la musique douce italienne sort maintenant des baffles. Ai-je tenté de danser? Ai-je éclusé tout le whisky de la flasque de Stump? Impossible de m'en souvenir.

« Tu viens de te lever? » elle fait.

« Keski s'passe? » je demande en m'asseyant avec précaution.

« On picole », elle dit en brandissant un verre de — quoi? *Du porto?* « T'en veux? »

Je m'aperçois qu'elle est ivre car elle se tient très droite sur le divan en essayant de conserver un minimum de maintien. Elle allume une cigarette d'une main tremblante, Vittorio se verse le peu de vin rouge qui reste dans la bouteille. Depuis quand sont-ils assis comme ça sur le divan? Je regarde ma montre.

« Non », je dis. Avec difficulté je me verse un verre de tonic, puis le bois. « Comment ai-je fait pour me retrouver dans la chambre de Vittorio? »

« Tu étais complètement saoul », elle répond. « Tu te sens mieux? »

« Non. Je me sens pas mieux. » Je me frotte le front. « J'étais vraiment pété? »

« Ouais. Nous avons décidé de te laisser te reposer un peu avant que nous ne partions. »

Nous? Que signifie ce « nous »? Qui est « nous »? Je regarde la pièce, puis Lauren, je remarque qu'elle n'a plus ses chaussures. « Où sont passées tes chaussures? »

« Quoi? » elle demande. Qui, moi? La petite innocente.

« Tes chaussures. Où — sont — elles ? » je demande en espaçant les mots.

« Je dansais », elle explique.

« Super. » Une image de danse langoureuse avec Vittorio, les doigts boudinés du vieux descendant le long de son dos, sur son cul, Lauren qui soupire « Oh s'il te plaît » de cette voix alanguie qu'elle adopte toujours pour soupirer. « Oh, s'il te plaît, Vittorio. » Tous ces flashes défilent dans mon esprit, ma migraine augmente. Je regarde Lauren. Je ne la connais pas. Elle n'est rien.

« Tu... tu as des pieds... des pieds merveilleux », marmonne Vittorio comme un ivrogne en se penchant au-dessus d'elle.

« Vittorio », elle l'avertit.

« Non... non, laisse-moi regarder. » Il lève l'une des jambes de Lauren.

« Vittorio », elle répète, d'une voix de sainte nitouche.

Vittorio se penche pour lui embrasser le pied.

Je me lève. « Okay. On y va. »

« Tu veux vraiment ? » Elle lève les yeux pendant que Vittorio commence à lui peloter la cheville, et puis sa main remonte vers son foutu genou.

« Oui. Tout de suite », je commande.

« Vittorio, nous devons partir », elle dit en essayant de se lever.

« Oh non non non... non non non... ne... partez pas », fait Vittorio, inquiet.

« Il le faut, Vittorio », elle dit en finissant son verre.

« Non ! Non ! » s'écrie Vittorio en essayant de saisir la main de Lauren.

« Allez, Lauren, viens ! » je lui dis.

« J'arrive, j'arrive », elle répond en haussant les épaules d'un air impuissant.

Elle marche vers la chaise où j'étais assis et remet ses chaussures.

«Je veux pas que tu... partes», dit Vittorio, allongé sur le divan, les yeux clos.

«Vittorio, il le faut. Il est tard», elle répond d'une voix apaisante.

«Tu les mettras dehors», je lui dis. «Fichons le camp.»

«Oh Sean», elle fait. «Boucle-la.»

«Où est Marie?» je demande. «Ne me dis pas de la boucler.»

«Elle a pris la voiture pour raccompagner Mona et Trav.» Elle tend le bras vers son sac posé sur la table.

Vittorio fait mine de se lever du divan, mais ne trouve pas son équilibre, tombe à la renverse contre la table, s'écroule par terre et se met à gémir.

«Oh mon Dieu», dit Lauren en se précipitant vers lui.

«Je veux pas aller en Italie», il beugle. Elle s'agenouille près de lui, essaie de le tirer vers le divan. «J'veux pas y aller», il répète.

«Lauren, barrons-nous d'ici», je gueule.

«Tu n'as donc aucune compassion?» elle gueule aussi fort que moi.

«Lauren, ce type est saoul», je gueule encore. «Tirons-nous d'ici.»

«Ne pars pas Lauren... ne pars pas», grogne Vittorio, les yeux fermés.

«Je suis là, Vittorio, je suis là», elle fait. «Sean, va chercher une serviette.»

«Certainement pas», je lui crie.

«Lauren», répète Vittorio qui gémit toujours, recroquevillé comme un enfant. «Où est Lauren? Lauren?»

«Lauren», je dis, debout au-dessus d'eux, complètement scandalisé par cette scène.

«Je suis là», elle dit, «je suis là, Vittorio. Ne t'inquiète pas.» Elle passe la main sur le front du vieux, puis me regarde. «Si tu refuses d'aller chercher une serviette, si tu refuses de m'aider, alors tu peux sortir tout de suite et m'attendre dehors si ça te chante. Moi, je reste.»

C'est fini. Je lui dis que je m'en vais, mais ça ne lui fait ni chaud ni froid. Je marche jusqu'à la porte d'entrée, puis j'attends de voir si elle va rappliquer. Je reste là trois bonnes minutes et j'entends seulement des chuchotements dans le salon. Alors je sors, descends l'allée jusqu'au portillon. Maintenant il fait froid, je remets ma veste. Je m'assois sur le trottoir en face de la maison. Dans la chambre de Vittorio une lampe s'allume, puis, une minute après, s'éteint. J'attends sur le trottoir, indécis, je reste là longtemps, les yeux fixés sur la maison.

Je retourne vers le campus, trouve Judy au Pub, alors nous fumons de l'herbe, puis nous retournons dans ma chambre, où une note menaçante de Rupert est punaisée sur la porte («TUMEDOISDUFRIC»). J'en fais une boule de papier, que je tends à Judy. Judy me demande de qui c'est. Je lui dis que c'est de Frank. Elle devient triste, se met à pleurer, m'annonce que c'est fini avec Franklin, qu'il ne lui a jamais plu, qu'ils n'auraient jamais dû se mettre ensemble. Ensuite elle se sent mieux, entame les manœuvres d'approche.

«Que vais-je raconter à Lauren?» je lui demande en la regardant se déshabiller.

«J'en sais rien», elle dit.

«Que je t'ai baisée?» je suggère.

«Non. Non», elle proteste, mais de toute évidence l'idée lui plaît.

LAUREN — Allongée nue dans mon lit. Tard. Minuit et demi. Dans la chambre voisine quelqu'un joue le nouveau disque des Talking Heads. Je finis ma cigarette, en allume une autre. Regarde Sean. Il détourne les yeux d'un air coupable. Pose la tête contre le mur. Seymour, le chat de Sara, marche jusqu'au lit, saute sur mon ventre en miaulant comme un affamé. Je caresse la tête du chat, regarde Sean. Il me renvoie mon regard, puis fixe le mur. Il sait que je désire qu'il parte. Ça se voit sur son visage. Habille-toi, va-t'en, je pense. Je bâille. Dans la pièce voisine, le disque s'arrête, recommence. Comme je ne veux pas qu'il me voie nue, je serre le drap autour de moi.

« Dis quelque chose », je fais en caressant le chat.

« Quoi par exemple ? »

Le chat le fixe en miaulant.

« Demande-moi pourquoi nous sommes toujours dans ma chambre », je dis.

« Parce que j'ai cet affreux coturne français sur les bras, voilà pourquoi », il répond.

« Est-il affreux parce qu'il est français ? »

« Oui », il fait en hochant la tête.

« Dieu. »

Je regarde la cigarette que je tiens entre mes doigts ; le bracelet d'or qui oscille à mon poignet. Sean me regarde. Il sent que je fume seulement pour l'embêter, car j'envoie la fumée vers son visage.

245

«Tu sais ce qu'il a fait?» il me demande.

Je renifle mon poignet, puis mes doigts. «Quoi?»

«Comme demain c'est Halloween, il a sculpté une citrouille qu'il a achetée en ville, et il l'a affublée d'un de ces chapeaux français, tu sais, un couvre-chef, un *béret*, il l'a collé sur cette foutue citrouille, et derrière il a écrit: "Paris pour toujours".»

Je suis impressionnée, car jamais il ne m'a autant parlé, mais je ne réponds rien. Pourquoi diable Victor fréquente-t-il Jaime? Elle aime beaucoup moins Victor que je ne l'aime. C'est dingue. Je me concentre sur Seymour, qui ronronne, satisfait.

«Qu'est-ce qui est pire que d'avoir un Parisien comme coturne?» il me demande.

«Quoi?» Impossible de m'intéresser à ce qu'il dit.

«Un coturne parisien qui a son téléphone privé.»

«Faudra que j'y réfléchisse.»

«Qu'est-ce qui est pire qu'un coturne parisien qui a son téléphone privé?»

«Quoi?» Exaspérée. «Sean?»

«Un coturne parisien qui a son téléphone privé, et qui porte une cravate bouffante», il dit.

Dans la chambre voisine quelqu'un remet la face un. Je sors du lit. «Si j'entends cette chanson encore une fois, je hurle.» J'enfile mon peignoir, m'assois dans un fauteuil près de la fenêtre en me demandant quand Sean va partir. «Allons à l'Ecrase-Prix», je propose.

Il s'assoit dans le lit. Il sait parfaitement que je désire qu'il parte. Il sait que j'ai envie de me débarrasser de lui le plus vite possible.

«Pourquoi?» il demande en observant Seymour qui monte sur ses cuisses en miaulant.

«Parce que j'ai besoin de Tampax», je mens. «De dentifrice, de Tab, d'Evian, de beurre de cacahuète.» Je

246

tends le bras vers mon sac et, oh merde, « Mais je crois que j'ai pas d'argent. »

« Mets ça sur ton ardoise », il fait.

« Dieu », je marmonne. « Je déteste tes sarcasmes. »

Il chasse Seymour hors du lit et commence de s'habiller. Il tend le bras vers ses sous-vêtements, pris dans les draps, il les met et je lui demande : « Pourquoi as-tu chassé le chat du lit ? »

Il me répond par une question : « Parce que j'en avais envie ? »

« Viens ici mon minou, viens ici Seymour », je susurre. Moi aussi je déteste ce chat, mais je fais semblant de l'aimer histoire d'agacer Sean. Le chat miaule derechef, saute sur mes cuisses. Je le caresse. Regarde Sean s'habiller. Silence tendu. Il enfile son jean. Puis se réinstalle au bord du lit, loin de moi, en maillot. On dirait qu'il a la sale impression que je sais quelque chose qui le gêne aux entournures. Pauvre chéri. Il se prend la tête à deux mains, se frotte le visage. Alors je lui demande : « C'est quoi, ce truc sur ton cou ? »

Il se raidit si brusquement que j'éclate presque de rire.

« Quel truc ? »

« On dirait un bouton d'acné. »

Il se campe devant le miroir, se touche le cou avec mille précautions, regarde la marque. Tord un peu la mâchoire. Je l'observe pendant qu'il s'examine dans le miroir ; sa beauté terne.

« C'est une tache de naissance », il dit.

Exact, couillon. « Tu es tellement narcissique. »

Alors ça commence : « Pourquoi es-tu si chieuse ce soir ? » Il me lance ça en me tournant le dos, enfile son t-shirt.

Je caresse la tête de Seymour. « Je suis pas chieuse. »

Il s'approche du miroir pour examiner encore la

247

petite marque jaune et pourpre. Je n'aurais sans doute rien remarqué si je n'avais pas appris la nouvelle. Et maintenant il me dit: «Je sais pas de quoi tu parles. C'est pas de l'acné. C'est une tache de naissance.»

Alors je crache le morceau, mais sans ressentir le plaisir que j'avais prévu. «T'as baisé avec Judy. Voilà tout.» Je dis ça vite, d'une voix anodine, et ça le prend au dépourvu. Il essaie de ne pas broncher, de ne pas se trahir.

Il pivote sur les talons. «Quoi?»

«T'as bien entendu, Sean.» Je serre Seymour trop fort.

Il ne ronronne plus.

«T'es cinglée», il fait.

«Ah vraiment?» je demande. «J'ai même appris que tu avais mordu l'intérieur de sa cuisse.» Le chat sort ses griffes, échappe à mon étreinte; traverse la chambre vers la porte.

Il rit. Il tente de s'en tirer par le mépris. S'assoit sur le lit pour nouer ses lacets de chaussure. Il continue de rire en secouant la tête. «Oh là là. Qui donc t'a raconté ces sornettes? Susan? Roxanne? Allez, qui?» il demande, tout miel.

Silence dramatique. Je regarde Seymour, innocent lui aussi, installé près de la porte pour se lécher les pattes. Il lève les yeux vers moi, attend ma réponse.

«Judy», je lui dis.

Alors son rire s'éteint. Et il cesse de secouer la tête. Le masque tombe. Il enfile son autre chaussure. Il marmonne: «J'ai mordu l'intérieur d'aucune cuisse. J'ai pas mordu la tienne, pas vrai?»

«Que veux-tu que je fasse?» il demande, stupéfait. «Lui dire d'écarter les jambes pour que je puisse vérifier?» De quoi parlons-nous au juste? Je me fiche de notre conversation. Tout cela me paraît tellement futile que je ne comprends pas pourquoi je l'enquiquine à ce point. Probablement parce que je veux rompre, et que Judy constitue un excellent prétexte.

« Oh bon dieu », il dit, l'air déçu. « Je n'arrive pas à y croire. Tu parles sérieusement, ou bien c'est tes règles ? »

« Tu as raison », je réponds. « J'ai mes règles. Ça ne s'est pas passé. »

Cette crapule semble réellement soulagée et ajoute : « C'est bien ce que je pensais. »

J'essaie de prendre un air blessé, désespéré, pour dire : « Pourquoi as-tu fait ça, Sean ? »

« Je m'en vais », il dit en déverrouillant la porte. Puis il s'engage dans le couloir. Dans la salle de bains des gens se coupent les cheveux en faisant beaucoup de bruit. Il semble paniqué. J'allume une cigarette.

« Tu blagues ? » il demande, planté là. « Tu l'as vraiment crue ? »

Je ris.

« Qu'y a-t-il de si drôle ? » il demande.

Je le regarde en pensant à tout ça, j'arrête de rire. « Rien. »

Il ferme la porte en secouant toujours la tête et en marmonnant : « Je ne te crois pas. »

J'écarte le fauteuil, écrase ma cigarette, m'allonge sur le lit. Dans la chambre voisine quelqu'un retire le bras du disque pour le remettre au début de la face un. Il y a de la glace Ben & Jerry dans le congélo du couloir, j'ai bien envie de la piquer, mais je sens qu'il est juste derrière la porte, aux aguets. Je me fige, respire à peine. Le chat miaule. Le disque recommence son manège. Le bruit de ses pas résonne dans le couloir, dans l'escalier, la porte d'en bas claque. Je vais à la fenêtre pour le regarder se diriger vers son pavillon. A mi-chemin de Commons, il bifurque brusquement vers Wooley, où habite Judy.

PAUL — Un après-midi de début novembre, en ville, je suis passé devant la pizzeria de la grand-rue et, à travers les bourrasques de neige, la vitrine et les reflets du néon rouge de l'enseigne, j'ai aperçu Mitchell assis seul dans un compartiment devant une pizza à moitié terminée (au fromage ; Mitchell les commandait toujours ainsi : sans fioriture). Je suis entré. Il éventrait des paquets de Sweet'n'Low, versait la poudre sur la table et la disposait en longues lignes qui ressemblaient à de la cocaïne.

J'ai supposé qu'il était seul.

« T'es paumé ou quoi ? » il a demandé en allumant une cigarette.

« Je peux en prendre une ? » je lui ai répondu.

Il m'en a donné une, mais sans l'allumer.

« Comment était la soirée d'hier soir ? » il a demandé.

Je suis resté planté là. Comment était la soirée ? Un pavillon bourré de corps ivres suants lubriques qui dansaient sur de vieilles chansons, bougeaient à l'aveuglette, se baisaient à qui mieux mieux. Ça intéresserait qui ? Hanna m'avait chargé de surveiller son frère âgé de dix-sept ans, qui avait quitté Bensonhurst pour voir s'il désirait venir à Camden. J'ai trouvé ce type séduisant, mais il était tellement coincé (il m'interrogeait à propos de filles particulièrement laides, je lui ai

250

d'ailleurs répondu que toutes souffraient d'herpès) que j'ai chassé de mon esprit les pensées folâtres qui commençaient de s'y former. Il m'a parlé de son équipe de basket, il chiquait du tabac sans se douter une seconde que sa sœur était la reine des lesbiennes de McCullough. Nous sommes remontés à ma chambre pour boire une dernière bière. Je suis allé me laver le visage à la salle de bains ; à mon retour il avait retiré son sweatshirt, descendu la fin de ma bouteille d'Absolut, il crachait dans la bouteille vide et m'a demandé si j'avais un disque de Twisted Sister. Il avait un corps magnifique, cela va sans dire, et il s'est lancé dans une baisade effrénée et passablement saoule. Entre deux « Baise-moi, baise-moi » torrides, il intercalait des « Surtout dis rien à ma sœur, dis rien à ma sœur ». Je l'ai satisfait sur ces deux points. Comment était la soirée ? « Okay. »

Mitchell venait de sortir sa carte de l'American Express et de la faire claquer sur la table à côté de deux lignes de Sweet'n'Low, et il me regardait avec une telle véhémence que j'ai eu l'impression d'être un moins que rien, une chiure de mouche dans son existence. Il m'a dit que l'avocat qu'il fréquentait l'été dernier à New York (avant moi, avant nous), un vrai couillon qui tenait à allumer les cigarettes de tout le monde et distribuait des clins d'œil en veux-tu en voilà, venait de revenir du Nicaragua et lui avait affirmé que c'était « de la dynamite », moyennant quoi Mitchell irait peut-être y passer Noël. Il a dit ça pour m'agacer, mais je n'ai pas bronché. Il savait que c'était idéal pour mettre fin à la conversation.

Je n'ai pas davantage bronché quand Katrina, la blonde de première année qui a fait courir le bruit que je ne bandais pas, s'est glissée près de Mitchell sur la banquette.

« Vous vous connaissez ? » a demandé Mitchell.

« Non », elle a dit en souriant, avant de se présenter.

SEAN — Je suis au beau milieu d'une série de cauchemars sinistres quand le téléphone sonne de l'autre côté
de la chambre derrière les bandes vertes et noires de la
toile de parachute que Bertrand a accrochée au début
du trimestre, et me réveille. J'ouvre les yeux en espérant
que ça va s'arrêter, je me demande si le répondeur de
Bertrand est branché. Mais le téléphone continue de
sonner. Je descends du lit, nu, avec une érection
provoquée par le cauchemar, je franchis la fente du
parachute et me penche pour répondre. « Hello ? »

C'est un appel longue distance, il y a beaucoup de
parasites. « Allô ? » demande une voix de femme.

« Hello ? » je réponds.

« Allô ? Bertrand ? » Les parasites augmentent.

« Bertrand n'est pas là. » Je jette un coup d'œil vers la
citrouille surmontée de son béret. Nom de dieu.

« C'est Jean-Jacques ? » fait la voix. « Allô ? *Ça va ?* »

« Bon dieu », je marmonne.

« *Ça va ? Ça va ?* »

Je raccroche, franchis la fente du parachute en sens
inverse, me recouche. Alors ça me frappe : je me
rappelle la nuit dernière. Je gémis, me colle la tête sous
l'oreiller, mais son odeur l'imprègne et je dois le retirer
de mon visage. Bon dieu de bois, pourquoi Judy a-t-elle

252

tout raconté à Lauren? Quelle lubie a donc traversé l'esprit de cette conne pour qu'elle crache ainsi le morceau? J'ai voulu parler à cette salope hier soir, mais quand je suis passé à sa chambre à Wooley personne n'a répondu. Je gémis encore, jette l'oreiller contre le mur, je me sens déprimé, tendu, lubrique. Je passe la main sur mon érection, essaie de me branler, me penche au-dessus de mon lit pour prendre le numéro d'octobre de *Playboy*, je cherche un peu plus loin et ma main rencontre *Penthouse*.

J'ouvre *Playboy* à l'endroit du dépliant central. J'examine d'abord le visage de la fille sans trop comprendre pourquoi, car c'est son corps, ses seins, son con, son cul, qui paraissent le plus important. Cette fille est okay; mignonne et méprisable; gros nichons lisses et bronzés; chair soyeuse; je passe la paume sur l'épais papier glacé, le petit triangle de poils entre les jambes est soigneusement brossé, crêpé. Comme je n'aime pas trop ses jambes, je replie cette partie de la photo. Cette fille se croit maligne. Son film préféré est *Das Boot*, ce qui est bizarre, car depuis un certain temps le film préféré des filles comme elle est *Das Boot*, mais de toute évidence elle est bête comme ses pieds — heureusement qu'elle a des seins potables. Je crache dans ma main en songeant qu'elle a l'air vaguement excitée, ma main bouge plus vite, mais la salive finit toujours par sécher, impossible de trouver de la vaseline dans le bordel de ma chambre, je me sers donc de mon oreiller et vérifie ses mensurations. 35-22-34.

Alors je la vois : à côté de ses mensurations, près de sa taille et de son poids (ces informations sont-elles censées allumer le lecteur ? Peut-être), à côté de la couleur de ses yeux, j'avise sa date de naissance. Mon esprit effectue une soustraction rapide, je m'aperçois que cette fille a dix-neuf ans, et moi, Sean, vingt et un. Cette fille est *plus jeune* que moi, ce qui me déprime instantanément. Cette femme, cette chair a toujours été plus âgée, ça faisait partie du jeu, mais aujourd'hui que je tombe sur cette fille, une chose que je n'avais jamais remarquée me bouleverse davantage que de songer à la conversation entre Judy et Lauren. Je dois fermer *Playboy,* me rabattre sur *Penthouse,* feuilleter la section Forum mais il est trop tard je ne peux plus me concentrer sur les mots et je me demande sans arrêt si j'ai vraiment mordu l'intérieur de la cuisse de Judy et si oui, pourquoi ? Je ne me rappelle même pas comment une chose pareille a bien pu se passer. Etait-ce la semaine dernière ? Le soir du cocktail chez Vittorio ? Ai-je baisé avec quelqu'un depuis Lauren ? Je ferme les yeux, tente de me rappeler.

Je jette *Penthouse* à travers la chambre, il frappe par hasard la chaîne hifi, un voyant s'allume, et puis « Monster Mash » sort d'une station radio de Keene, et je me remets à gémir, mon érection en pleine débandade. Je me hisse hors du lit, mets mon caleçon, marche jusqu'au placard, l'ouvre, me regarde dans le miroir, tripote la marque que Judy (à moins que ce soit Brooke, ou Susan que j'ai vue hier soir après être passé chez Judy ?) m'a faite, je me renfrogne en découvrant mon reflet. Je cherche un portemanteau, la cravate accrochée dessus, une cravate marron Ralph Lauren que Patrick m'a offerte pour un anniversaire oublié. Je tire dessus, l'allonge, la jette. J'en prends une autre, achetée chez Brooks Brothers, qui paraît plus solide. Je tire dessus pour tester sa résistance, puis fais soigneusement un nœud coulant. Je retire la plante qu'une fille m'a offerte, du gros crochet doré qu'une autre fille a enfoncé dans le plafond, je pose la plante morte par terre, puis glisse la cravate au crochet. Ensuite je vais à mon bureau, rapidement j'en tire la chaise, je monte sur la chaise, place ma tête dans le nœud coulant en coton à rayures roses et grises, je vais me pendre, je me souviens d'une messe de Noël, pourquoi? «Monster Mash» beugle toujours dans la radio; sans la moindre hésitation, je ferme les yeux et

d'un coup de pied fais tomber la chaise...

Je reste pendu pendant une seconde environ (même pas une seconde) avant que la cravate ne se déchire en deux et que je tombe par terre comme un crétin en hurlant «merde». Allongé sur le dos en caleçon, je regarde le morceau de cravate déchiré qui se balance au crochet. «Monster Mash» s'achève. Un D.J. sémillant annonce: «Joyeux Halloween pour tout le New Hampshire!» Je me relève et m'habille. Je traverse le campus vers le restaurant. Dépasser tout ça.

LAUREN — J'aperçois ce con d'abord à la poste où il jette des lettres sans même les regarder. Puis il se pointe vers moi alors que je déjeune avec Roxanne. Je lis *Artforum,* lunettes noires sur le nez. On partage une bouteille de bière qu'un type qui s'est lui-même surnommé Le Cochon de la Soirée a laissée là. Roxanne a probablement couché avec lui. Roxanne porte un t-shirt et des perles, ses cheveux sont enduits de gel. Je bois du thé et un verre de Tab, je n'ai pas faim. Roxanne le regarde d'un air méfiant quand il s'assoit. Il retire ses lunettes de soleil. Je l'examine. J'ai fait l'amour avec ça?

« Salut, Roxanne », il dit.

« Salut, Sean. » Elle se lève. « Je te parlerai plus tard », elle me dit, prend un livre, s'en va, revient chercher la bière. Je hoche la tête, tourne une page. Il boit une gorgée de ma Tab. J'allume une cigarette.

« Ce matin j'ai essayé de me suicider », il dit d'une voix neutre.

« Vraiment? C'est vrai? » je demande en tirant une longue et délicieuse bouffée.

« Ouais », il fait. Il regarde sans arrêt la pièce d'un œil nerveux.

« Hum-hum. Ça alors », je fais d'un air sceptique.

« Oui. J'ai essayé de me pendre. »

« Oh là là. » Je bâille. Tourne une page. « Vraiment? »

Il me regarde comme s'il voulait que j'enlève mes lunettes noires, mais je ne supporterais pas de le regarder sans ce filtre bleu. Il finit par dire: « Non. »

« Si tu as vraiment essayé », je lui demande, « pourquoi as-tu fait ça? Par culpabilité? »

« Je crois qu'on devrait parler », il dit.

« Il n'y a rien à dire », je l'avertis, et le plus étonnant c'est qu'il n'y a réellement rien à dire. Il scrute toujours aussi nerveusement la grande salle ouverte, il cherche probablement Judy, qui après avoir craqué devant moi en m'avouant tout est partie à New York avec Franklin pour la fête de Halloween à Area. Il semble triste, comme si quelque chose le tracassait pour de bon, mais je ne comprends pas qu'il ne pige pas que je veux qu'il me laisse tranquille, que je me fous de lui. Comment peut-il croire qu'il me plaît toujours? Qu'il m'a jamais plu?

«Nous devons parler ensemble», il dit.

«Mais je te dis qu'il n'y a strictement rien à dire», je lui réponds en souriant, avant de boire une gorgée de thé. «De quoi veux-tu donc parler?»

«Quoi de neuf?» il demande.

«Ecoute. Tu as baisé avec Judy. Voilà ce qu'il y a de neuf.»

Il ne répond rien.

«Tu l'as baisée, oui ou non?» je demande, l'esprit ailleurs.

«Je me rappelle plus», il dit au bout d'un moment.

«Tu te rappelles plus?»

«Ecoute, fais donc pas tout un plat de ça. Je comprends que tu sois vexée, blessée, mais je veux que tu saches que ça n'a aucun sens. Tu veux que je reconnaisse que je me sens merdeux?» il demande.

«Non», je réponds. «Je ne veux pas cela.»

«Très bien. Je l'avoue. Je me sens merdeux.»

«Et moi je me sens humiliée», je rétorque, à moitié sarcastique, mais il est trop bête pour le remarquer.

«Humiliée? Pourquoi?» il demande.

«Tu as couché avec ma meilleure amie», je dis en essayant de simuler la colère; je serre ma tasse de thé, en renverse un peu, tente de faire naître un sentiment quelconque.

Il finit par dire: «Judy n'est pas ta *meilleure* amie.»

«Si, elle l'est. Sean.»

«Eh bien», il fait, «je l'ignorais.»

«C'est sans importance», je dis d'une voix ferme.

«Quoi donc?» il demande.

«Rien.» Je me lève. Il saisit mon poignet quand je tends la main vers ma revue.

«Pourquoi as-tu continué de coucher avec moi si tu savais?» il demande.

«Parce que je m'en moquais», je réponds.

«Je le savais, Lauren», il dit.

«Tu es un paumé, je te plains», je lui dis.

«Attends une seconde», il fait. «Quelle importance de savoir combien de filles j'ai sautées? Ou qui j'ai baisé? Parce que, enfin, pourquoi le fait de coucher avec une autre impliquerait-il, enfin, que je te suis infidèle?»

Je réfléchis à sa question en attendant qu'il me lâche le poignet, puis je me mets à rire. Je regarde la salle de restaurant à la recherche d'une autre table où m'installer. Je vais peut-être aller en cours. Quel jour sommes-nous?

«Tu as raison, je crois», je lui dis en essayant de mettre un terme à cette absurdité.

Avant que je ne m'éloigne de lui en m'interrogeant à propos de Victor (rien de spécial, une simple pensée floue), il me demande: «Pourquoi tu ne m'aimes pas, Lauren?»

«Fous le camp», je lui réponds.

SEAN — Le reste de cette journée.

Norris et moi allons en ville dans la Saab rouge de Norris. Il est crevé, pâteux (trop de MDA, trop de sexe avec diverses première année). Il conduit trop vite, mais je ne lui fais aucune remarque ; me contente de regarder par la fenêtre les nuages gris qui se forment au-dessus des collines rouges, vertes, oranges. «Monster Mash» beugle à la radio et ramène le souvenir de la matinée.

«Lauren est au courant pour Judy», je lui dis.

«Comment?» il demande en ouvrant la vitre. «Ma pipe est-elle dans la boîte à gants?»

Je regarde. «Non. Judy lui a tout raconté.»

«Salope», il fait. «Tu plaisantes? Pourquoi?»

«Tu te rends compte? J'en sais rien», je dis en secouant la tête.

«Bon dieu. Elle est furax?»

Nous passons devant une jeune citadine sexy qui vend de la tapisserie et des citrouilles près du lycée. Norris ralentit.

«Laquelle est furax?»

«N'importe», fait Norris. «J'aurais juré que ma pipe était dans la boîte à gants. Vérifie encore.»

«Oui. Elle est furax», je dis. «Tu serais pas furax, toi, si la fille que t'aimais baisait avec ton meilleur copain?»

«Je suppose que si. Salement, même.»

«Ouais. Faut que je lui parle.»

«C'est sûr», dit Norris. «Mais elle est partie à New York pour le week-end.»

«Quoi? Qui? Lauren?»

«Non. Judy.»

Je ne parlais pas d'elle, mais je suis quand même soulagé. «Vraiment?»

«Ouais. Elle a un petit ami là-bas.»

« Super. »

« Un avocat. Il a vingt-neuf ans. Central Park West. S'appelle Jeb », dit Norris.

« Et Frank alors ? » je demande, puis : « *Jeb ?* »

« Ce mec connaît Franklin », précise Norris.

Tout n'est peut-être pas fini avec Lauren, je songe. Elle va peut-être revenir. Norris gare la Saab derrière la banque de la grande rue et cherche lui-même sa pipe.

Au drugstore. Pendant que Norris présente son ordonnance de Ritalin, j'examine le rayon des revues pornos, qui jouxte celui de l'hygiène orale. J'ouvre un numéro de *Hustler* — typique — photos nues exclusives du prince Andrew, Brooke Shields, Michael Jackson, pleines de grain, en noir et blanc. La revue promet des photos nues de Pat Boone et de Boy George dans le prochain numéro. Non. Je la remets sur le rayon, ouvre le numéro d'octobre de *Chic*. Le dépliant représente une femme habillée en sorcière, la cape grande ouverte, qui se masturbe avec un manche de balai. Elle est plus mignonne que Lauren, mais un peu vulgaire et elle ne m'excite pas. Ce dépliant se détache soudain et glisse à terre, ouvert, près des pieds d'une grand-mère aux cheveux bleus qui lit — elle ne regarde pas, elle ne survole pas, elle *lit* ce qui est écrit au dos d'une bouteille de Lavoris. Alors elle baisse les yeux vers le dépliant, sa mâchoire tombe et elle s'en va à petits pas pressés vers une autre partie du magasin. Je laisse la photo par terre, rejoins Norris qui attend au comptoir avec son ordonnance, et je lui dis « Tirons-nous d'ici. » Je soupire et regarde les présentoirs de bonbons sous la caisse. Je prends un paquet de Peanut Butter Cups, le tripote d'un air coupable en me rappelant la nuit dernière, mais très vaguement. Pourquoi nous sommes-nous disputés ? Y avait-il une quelconque émotion dans tout ça ? Des éclats de voix ? Ou cela tenait-il à une impression générale de mépris, de trahison, d'incrédulité? Je demande à Norris d'acheter ces friandises pour moi, ainsi qu'un tube de Sang pour Rire. Norris paie, puis demande à la caissière timide, couverte d'acné, si elle sait qui est l'auteur de *Mémoires écrits dans un souterrain*. La fille, si laide qu'on ne coucherait même pas avec elle pour de l'argent, pour rien au monde, sourit et dit que non, mais qu'il peut chercher dans la liste des bestsellers s'il le désire. Nous sortons du magasin, Norris a un ricanement un peu trop méprisant, «Ces citadins sont tellement ploucs.»

Puis c'est Le Bac à Disques. Norris s'envoie un peu de Ritalin. Je regarde la couverture du nouveau Talking Heads. C'était pas ça qu'on entendait hier soir, pendant notre discussion? Ça ne me déprime pas, ça me fait seulement une drôle d'impression. Je le repose, décide de lui acheter un disque. J'essaie de me rappeler ses groupes préférés, mais nous n'avons jamais parlé de ce genre de chose. Je prends un vieux disque de Police, mais Sting est vraiment trop beau, et je me mets à chercher des groupes avec des types laids. Peut-être les Peanut Butter Cups suffiront-ils, je reviens vers Norris qui m'adresse un clin d'œil, achète un vieil album Motown, le tend à la grosse blonde en veste de ski verte et t-shirt .38 Spécial. Tandis qu'elle fait sonner son tiroir-caisse, il lui demande si elle sait qui est l'auteur de *Mémoires écrits dans un souterrain*. Elle lui lance un rire méprisant (un rire à la Lauren) et répond: «Dostoïevski», puis elle rend l'album à Norris, sans monnaie, et nous rentrons tous deux au campus, assez stupéfaits.

Assis en cours. Un truc du genre: Kafka/Kundera: La Connexion Cachée. Je regarde cette fille, Deborah, je crois, assise en face de moi à la table. Incapable de me concentrer, j'assiste seulement à ce cours parce qu'il ne me reste plus d'herbe. Elle a des cheveux blonds courts, presque rasés sur la nuque, mais crêpés au sommet du crâne, elle a gardé ses lunettes de soleil, porte un pantalon de cuir, des bottes de flic à haut talon, un corsage noir, de lourds bijoux d'argent (style rebelle), elle me fait très nettement penser à Lauren. Lauren à déjeuner. Lauren qui ne retire pas ses lunettes noires. Lauren en culotte, ses chevilles sexy et dorées, son chandail bleu et noir échancré au cou. Je regarde le texte photocopié devant moi, mais suis incapable de le lire. Me sens une envie délirante de baiser, car ce matin je n'ai pas fini de me branler. Quand me suis-je masturbé pour la dernière fois ? Il y a quatre jours. Les mots auxquels je feins de m'intéresser *n'ont aucun sens.* Je regarde à nouveau la fille en imaginant que je baise avec elle, avec elle et Lauren en même temps, juste elle et Lauren nues, l'une sur l'autre, collant leurs cons l'un contre l'autre, gémissant. Je dois bouger ma chaise, mon érection me fait mal, coincée dans mon jean. Pourquoi ces histoires de lesbiennes m'excitent-elles ?

La prof, une grosse femme au visage avenant (mais pas baisable), demande : « Sean ? »

Je croise les jambes (pur réflexe, personne ne peut rien voir), me redresse. « Oui ? »

La prof demande : « Et si vous nous expliquiez le sens du dernier paragraphe ? »

Je peux seulement répondre : « Hum. » Et regarder le dernier paragraphe.

La prof dit : « Résumez-nous ça. »

Je répète : « Résumer. »

La prof dit : « Oui. Résumez-le. »

« Eh ben… » et maintenant j'ai l'affreuse impression que cette fille aux lunettes noires rigole, se paie ma tête. Je lui lance un regard rapide. Non, elle ne se moque pas de moi. Je baisse les yeux vers le texte. Quel dernier paragraphe? Lauren.

La prof perd patience. «Que signifie-t-il, selon vous?»

Je parcours rapidement le dernier paragraphe. Où suis-je? On dirait le lycée, bon dieu! Je vais laisser tomber la fac. J'espère que, si je reste muet assez longtemps, elle interrogera un autre étudiant; j'attends donc. Les gens regardent dans le vague. Un rouquin qui porte un badge «Z'êtes dingues» au col de sa veste Mao noire lève la main. Le crétin au bout de la table aussi, on dirait le chanteur des Bay City Rollers. Même le blond de L.A., qui doit pas avoir un Q.I supérieur à quarante-cinq, réussit à lever un bras bronzé. Bon dieu, que se passe-t-il ici? Je vais plaquer cette fac. J'apprends strictement rien ici.

«Quel est le sujet, Sean?» demande la prof.

«Le personnage est mécontent de son gouverne-ment?» je hasarde d'une voix hésitante.

La fille aux lunettes noires lève la main. Portes-tu un diaphragme vingt-quatre heures sur vingt-quatre? J'ai envie de hurler, mais je me tais parce que cette idée m'excite vraiment.

«En fait, c'est plutôt le contraire», dit la prof, sans doute une gouine, en tripotant un long collier de perles. «Clay?» dit ensuite la prof.

«Eh bien, ce type est complètement à la masse parce que, enfin, il se découvre transformé en cafard et ça le fait flipper...»

Je baisse les yeux, j'ai envie de crier: «Hé, je trouve que c'est un putain de chef-d'œuvre», mais comme je ne l'ai pas lu, autant me taire.

La fille assise en face de moi ne me rappelle pas Lauren. Personne ne me rappelle Lauren. Elle glisse un morceau de chewing-gum dans sa bouche. Elle ne m'excite plus du tout.

Et quand je sors de la classe pendant la pause, avec la ferme intention de ne pas y retourner, je ne me sens pas vraiment mieux, car je dois aller voir mon conseil, M. Masur, dont le bureau est à la Grange. Egalement connue sous le nom de Quartier Administratif. Comme je remonte la petite allée couverte de gravillon, je me demande ce que fait Lauren en ce moment, à cette seconde. Est-elle dans sa chambre de Canfield, ou en train de sculpter des citrouilles avec des amies, ou de s'enivrer à Swan? A l'atelier de danse? Dans la salle des ordinateurs? Avec Vittorio? Non, Vittorio est parti. Avec Stump? Elle traîne peut-être simplement à Commons pour parler avec Judy ou Stephanie ou une copine, elle lit le *Times,* essaie de faire les mots croisés du vendredi. Je serre mon manteau autour de moi. Je me sens nauséeux. J'accélère le pas. La Suédoise de Bingham que j'ai toujours trouvée plutôt mignonne (elle baise avec Mitchell) arrive vers moi dans l'allée. Je réfléchis que je vais devoir croiser cette Suédoise, lui dire quelque chose ou sourire. Ce serait trop grossier de ne rien dire. Mais elle me croise, sourit, dit «Salut», et je ne lui réponds rien. Je n'ai jamais adressé la parole à cette Suédoise, je me sens soudain coupable, me retourne et fais assez fort: «Salut!» La Suédoise se retourne à son tour et sourit, interloquée, alors je me mets à courir vers la Grange, en rougissant, très gêné, fiévreux, je ralentis pour franchir l'entrée principale, adresse un signe à Getch qui installe une exposition de fossiles, je monte les marches deux par deux, puis arrive devant le bureau de Masur. Je frappe, essoufflé.

«Entrez, entrez», dit M. Masur.

J'entre.

«Ah, monsieur Bateman, quel plaisir de vous voir

264

tous les... tous les combien maintenant? Tous les mois?» demande ce salopard sarcastique.

Je souris et me laisse tomber dans un fauteuil devant le bureau de Masur.

«Où donc étiez-vous? Nous devons normalement nous voir toutes les semaines», dit Masur en s'adossant.

«Eh bien... j'ai été très occupé.»

«Ah, tiens. Vraiment?» fait Masur en souriant de toutes ses dents. Il passe la main dans ses longs cheveux gris, suce l'embout de sa pipe en l'allumant, comme un vrai ex-bohème.

«J'ai reçu votre mot. Qu'y a-t-il?» Je sens que ça va être une tuile.

«Oui. Eh bien...» Il brasse des papiers. «Comme vous le savez, nous sommes à la mi-trimestre, et on m'a signalé que vous aviez raté trois de vos cours. Est-ce vrai?»

J'essaie de prendre un air surpris. En fait je croyais avoir loupé les quatre. Je tente de deviner lequel j'ai réussi. «Hum ouais enfin, j'ai des petits problèmes avec un ou deux cours.» Silence. «Ai-je loupé Atelier de Sculpture?»

«Eh bien, pour dire la vérité, oui», répond Masur qui examine d'un air sinistre une feuille rose qu'il tient à deux mains.

«Je ne comprends pas comment c'est possible», je fais en jouant l'innocent.

«On dirait que M. Winters a déclaré que pour votre projet de la mi-trimestre, eh bien apparemment vous vous êtes contenté de coller trois cailloux ramassés derrière votre pavillon, et de les peindre en bleu.» Masur a l'air peiné.

Je ne moufte pas.

«Et puis Mme Russell se plaint de votre manque d'assiduité à ses cours», dit Masur en me regardant.

«Quel cours marche bien?»

«Eh bien, M. Schonbeck déclare que vous travaillez correctement», dit Masur, surpris.

Qui est M. Schonbeck? Je n'ai jamais assisté à un cours donné par M. Schonbeck.

«Oui. J'ai été malade. Malade.»

«Malade?» demande Masur, avec une expression encore plus peinée.

«Eh ben ouais, malade.»

«Hum.» Suit un silence gêné. L'odeur de la pipe de Masur m'écœure. Je ressens soudain un violent désir de partir. Je suis aussi dégoûté par l'accent légèrement britannique de Masur, bien qu'il ne soit pas anglais.

«Inutile d'ajouter, monsieur Bateman, euh, Sean que votre situation ici est, comment dire, plutôt... instable?»

«Instable, ouais, enfin, euh...»

«Qu'allons-nous bien pouvoir faire pour arranger ça?» il demande.

«Je m'en occupe.»

«Vraiment?» il soupire.

«Oui. Je m'y mets dès maintenant.»

«Bien. Tant mieux. Très bien.» Masur semble vaguement perplexe, mais il sourit.

«Okay?» Je me lève.

«Ça me va», dit Masur.

«Alors, à plus tard?» je demande.

«Oui, ça me va tout à fait», dit Masur en riant.

Je ris aussi, ouvre la porte, jette un coup d'œil à Masur, qui perd les pédales, complètement sur le cul, puis je ferme la porte en réfléchissant déjà à mon overdose.

Dans ma chambre je découvre Beba, la petite amie de Bertrand. Elle est assise sur le matelas sous le tableau noir qui couvre toute la longueur du mur et fait partie intégrante de la chambre, la citrouille sculptée est sur ses genoux, d'anciens numéros de *Details* éparpillés autour d'elle. Beba est sophomore, boulimique, elle lit *Edie* depuis son arrivée en septembre dernier. Le téléphone de Bertrand est coincé au creux de son cou, recouvert par ses cheveux blond platiné qui descendent jusqu'à ses épaules. Elle allume une cigarette, m'adresse un signe nonchalant quand je franchis la fente du parachute. Je m'assois sur le lit, le visage entre les mains, tout est silencieux dans la chambre sauf Beba.

« Oui, de la cellophane pour demain, disons vers deux heures et demie ? »

La cravate déchirée pend toujours au crochet, je tends le bras, l'arrache, la jette contre le mur. Je commence à fouiller dans ma chambre. Plus de Nyquil, plus de Librium, plus de Xanax. Je trouve un flacon d'Actifed, que je renverse dans ma paume moite. Vingt gélules. Je regarde dans la chambre à la recherche d'une boisson pour les faire descendre. J'entends Beba raccrocher, puis Siouxie and the Banshees commence.

« Beba, Bert n'aurait rien à boire de ton côté ? » je crie.

« Je vais regarder. »

Je l'entends baisser le volume de la musique, trébucher sur quelque chose. Puis un bras apparaît par la fente du parachute, avec une bière au bout.

« Merci. » Je prends la bière. La main disparaît.

« Alonzo a encore de la coke ? » elle demande.

« Non. Alonzo est parti en ville pour le week-end », je lui dis.

« Oh dieu », je l'entends gémir.

Je me demande si je devrais laisser une lettre. Histoire d'expliquer les raisons de mon acte, pourquoi je gobe tout cet Actifed. Le téléphone sonne. Beba répond. Je m'allonge après en avoir pris cinq. Je bois encore une gorgée de bière. De la Grolsch — quelle connerie. Beba met une autre cassette, The Cure, je prends trois autres gélules. Beba dit : « Oui, je lui dirai que Jean-Jacques a appelé. Mais oui, *ça va,* ouais, *ça va.* » Je commence à m'endormir, en riant — suis-je vraiment en train de me payer une o.d. d'Actifed ? J'entends Bertrand qui ouvre la porte en rigolant. « Salut, me voilà. » Je me laisse couler.

Norris me réveille peu après neuf heures. Je ne suis pas mort, seulement malade comme un chien. Je suis sous les couvertures, tout habillé. Il fait sombre dans la pièce.

« Tu roupillais pendant qu'on dînait », dit Norris.

« Ah oui ? » Je tente de m'asseoir.

« Oui. »

« J'ai loupé quoi ? » J'essaie de décoller ma langue de mon palais, j'ai la bouche sèche, pâteuse.

« Un pugilat de lesbiennes. Un concours de citrouilles sculptées. Et Cochon de la Soirée a gerbé. » Norris hausse les épaules.

« Oh je me sens crevé. » J'essaie encore de m'asseoir. Debout sur le seuil de la chambre, Norris allume une lampe. Il s'approche du lit.

« Il y a de l'Actifed tout autour de toi », dit Norris en tendant le bras.

J'en ramasse un, le lance à l'autre bout de la pièce. « Oui. C'en est. »

« Quesse t'as essayé de faire ? Te suicider à l'Actifed ? » il demande en rigolant, puis il se penche.

« N'en parle à personne », je dis en me levant. « J'ai besoin d'une douche. »

« Ça restera entre toi et moi », il dit en s'asseyant.

« Où est tout le monde ? je demande en me déshabillant.

« A Windham. Fête de Halloween. Ton coturne y est déguisé en Quaalude. » Norris ramasse un numéro de

The Face qui, pour une raison mystérieuse, se trouve de mon côté de la chambre. Il le feuillette d'un air blasé. «Ça ou une pâtisserie quelconque, je me souviens plus.»

«Je vais prendre une douche», je lui dis. Je saisis mon peignoir.

Norris s'empare des Peanut Butter Cups. «Je peux en manger un?»

«Non, les ouvre pas.» Je sors de ma stupeur. «C'est pour Lauren.»

«Calme-toi, Bateman.»

«C'est pour Lauren.» Je vacille vers la porte.

«Relax!» il crie.

Vaseux, je me dirige vers la salle de bains en m'appuyant contre le mur du couloir, puis à celui de la salle de bains. J'entre dans une cabine, retire mon peignoir, monte dans la douche, m'appuie au mur avant d'ouvrir le robinet, sens que je vais tomber dans les pommes. Je secoue la tête: le malaise disparaît, j'ouvre le robinet. Un jet minuscule frappe mon corps, j'essaie d'augmenter la pression, mais l'eau, à peine tiède, coule chichement de la douche rouillée.

Assis par terre dans la douche, je remarque le rasoir Gillette de Bertrand posé dans un coin près d'un tube de crème à raser Clinique. Je prends le rasoir par son manche argenté et le regarde longtemps. Je le fais aller et venir le long de mon poignet. Je tourne ma main, paume vers le plafond, et le fais lentement remonter sur mon bras, la lame tranche quelques poils. Je retire la lame, essuie les poils. Puis je la ramène contre le bras en appuyant de toutes mes forces pour essayer de taillader la peau. Mais ça ne donne rien. J'augmente encore la pression, ça laisse seulement des marques rouges. J'essaie l'autre poignet, j'appuie tant que je peux, grogne sous l'effort, l'eau tiède éclabousse mes yeux. La lame est émoussée. Je l'appuie contre mon poignet, faiblement, une dernière fois.

Malgré les bruits d'éclaboussure, j'entends Norris qui m'appelle : « Sean, t'en as encore pour longtemps ? »

Je me lève maladroitement, m'appuie au mur. « Deux minutes. » Le rasoir tombe à terre avec un grand bruit métallique.

« Ecoute, on se retrouve à la fête, d'ac ? »

« Ouais. Okay. »

« A toutal. »

Je me demande si Lauren sera là. Je m'imagine entrer dans le salon de Windham, nos regards qui se croisent, son visage plein de regret et de désir qui s'approche de moi. Nous nous étreignons au milieu de la pièce bondée pendant que tout le monde applaudit et se remet à danser. Nous restons l'un contre l'autre, embrassés.

« Ouais. D'ac. J'y serai. »

La cabine est maintenant pleine de vapeur, non parce que l'eau est chaude, mais parce que le pavillon est glacé.

« On se retrouve là-bas. » Norris s'en va.

Je regarde mes poignets, puis palpe la marque qui disparaît sur mon cou.

Je me lave deux fois les cheveux, me sèche, puis retourne dans ma chambre où je jette la cravate déchirée ainsi que les gélules d'Actifed répandues par terre. Excité, je m'habille vite, prends les Peanut Butter Cups et, alors que je vais partir, saisis la citrouille de Bertrand allumée sur le rebord de la fenêtre. Je regarde le visage éclairé du bonhomme légumineux, et comme je sais que Lauren trouvera ça génial, je n'ai pas de scrupules à la faucher. Je suis tellement excité à l'idée de me rabibocher avec elle que je me moque de la fureur de la Grenouille.

Je quitte la chambre sans fermer la porte à clef,

traverse rapidement le campus vers son pavillon en marchant avec précaution sur la pelouse humide de Commons afin que la bougie ne s'éteigne pas dans la citrouille. Deux types habillés en filles et deux filles déguisées en types, fin saouls, beuglent « Joyeux Halloween » et me lancent des morceaux de sucre d'orge. J'ouvre la porte de derrière de Canfield, monte quatre à quatre les escaliers obscurs vers la chambre de Lauren. Je frappe. Pas de réponse. J'attends, frappe plus fort. Je reste là à me maudire ; quelqu'un me frôle, déguisé en joint, et file vers la salle de bains. Mon excitation à l'idée de la voir se dissipe peu à peu. Comme elle est sans doute à la fête je redescends avec la citrouille toujours allumée et les Peanut Butter Cups écrasés qui fondent dans ma poche-revolver, puis retraverse Commons vers Windham.

Une étrange lueur orange baigne le salon de Windham. « Superstition », une vieille chanson de Stevie Wonder, passe très fort. Je m'approche des fenêtres devant le pavillon. Le salon est plein de gens déguisés qui dansent. Toutes les ampoules des lampes sont orange. Bertrand est là, déguisé en Quaalude, mais en fait il ressemble à un banal comprimé. Getch est une religieuse enceinte. Tony, un hamburger. Deux sosies de Madonna. Rupert est Face de Cuir, le personnage de « Massacre à la Tronçonneuse ». Deux crétins de première année se sont déguisés en Rambo. Presque aussitôt je repère Lauren, qui danse au milieu de la piste avec Justin Simmons, un grand et pâle étudiant en littérature, cheveux noirs, lunettes de soleil, jean noir, t shirt noir avec un crâne dans le dos. Elle jette la tête en arrière et rit, tandis que les mains de Justin sont posées sur ses épaules à elle.

Je gémis doucement en m'écartant de la fenêtre.

Je retourne à Canfield en courant, jette à toute volée

la citrouille de Bertrand contre le mur à côté de sa porte, que j'enduis de beurre de cacahuète. J'arrache le crayon fixé à une ficelle, et sur une feuille du bloc j'écris en grandes lettres noires « Va Te Faire Foutre Et Meurs ». Je pose la feuille à côté de la citrouille éclatée et du beurre de cacahuète étalé. Puis je m'éloigne, redescends l'escalier, vers la nuit.

Sur la pelouse de Commons, alors que je regarde méchamment Windham House et la fête plus bruyante que jamais qui semble se moquer de moi, je m'arrête et décide de retirer la feuille de papier de la citrouille. Je retourne à Canfield, remonte l'escalier, vais jusqu'à sa porte, me baisse pour prendre la feuille, puis fais demi-tour. A la porte d'entrée de Canfield, je change d'avis et décide de remettre cette feuille où elle était. Je remonte l'escalier, recoince la feuille dans la citrouille. La regarde. Va te faire foutre et meurs. Je quitte Canfield, retourne à ma chambre.

Allongé sur mon lit dans l'obscurité pendant presque une heure, je descends la dernière Grolsch de Bertrand en écoutant *Funeral for a Friend* (« Funérailles pour un ami ») que j'essaie de jouer sur ma guitare pendant que la cassette défile, en pensant à Lauren. Soudain j'ai une idée. Je m'approche de mon bureau dans le noir, prends le tube de Sang pour Rire que j'ai acheté en ville un peu plus tôt. Saoul, je m'installe dans le fauteuil, allume la lampe Tensor et lis la notice. Comme je n'ai pas de ciseaux, j'arrache la capsule avec mes dents, et sens sur ma langue quelques gouttes d'un liquide à goût de plastique. Je le recrache, chasse ce goût atroce avec une gorgée de Grolsch tiède. Puis j'appuie sur le tube et je sens que ça coule sur mes doigts. Ça a l'air parfaitement réel, je tends le poignet devant moi et y dépose un épais trait rouge, le liquide froid dégouline lentement de mon poignet vers mon bureau. Je fais gicler un autre trait sur

mon autre poignet. *Funeral for a Friend* est remplacé par
Love Lies Bleeding («L'Amour gît, ensanglanté»). Je
lève les bras, ils ruissellent de simili-sang; le Sang pour
Rire dégouline jusqu'à mes aisselles. Je me rassois dans
le fauteuil, remets du sang sur mes bras. Je me lève,
marche jusqu'au placard, me regarde dans le miroir.
J'incline la tête en arrière, passe le tube en travers de
mon cou. Je me sens soulagé. Le Sang pour Rire
dégouline sur ma poitrine, tache ma chemise. J'en trace
une ligne épaisse sur mon front. Je m'écarte du miroir
pour m'asseoir par terre, près d'une baffle, le simili-
sang dégouline sur mon front, le long de mon nez,
jusqu'à mes lèvres. Je monte le volume de la musique.

La porte s'ouvre lentement et par-dessus la musique,
à travers la toile de parachute, j'entends Lauren qui
m'appelle. «J'ai frappé, Sean. Hello?»

Une main ouvre la fente du parachute.

«Sean?» elle fait. «J'ai eu ton... message. Tu as
raison. Il faut que nous parlions.»

Elle franchit la fente du parachute, regarde mon lit,
puis moi. Je ne bouge pas. Elle a un hoquet. Je me mets
à glousser, c'est plus fort que moi. Couvert de Sang
pour Rire, ivre et souriant, je regarde ma visiteuse.

«Tu es complètement cinglé», elle crie. «Tu es
malade! On ne peut pas te parler.»

Mais alors elle se retourne avant de franchir le
parachute, puis revient dans ma chambre. Elle a changé
d'avis. Elle s'agenouille devant moi. La musique s'enfle
en un crescendo tandis que sa main délicate m'essuie le
visage. Alors elle m'embrasse.

LAUREN — Entre au Pub. M'arrête près du distribu-teur de cigarettes. Hors service. Les Talking Heads braillent dans le juke-box. Au bar, Sean porte un blouson de la police et un t-shirt noir. Il discute avec des punks de passage. Je vais le voir et lui demande : « Ça va ? » Finis par m'asseoir à côté de lui, en regardant le flipper, un Royal Flush ; il fait la gueule.

« J'ai l'impression que ma vie est un cul-de-sac. Je me sens incroyablement seul », il dit.

« Tu ne veux pas une Beck ? » je lui propose.

« Ouais. Brune », il répond.

Je ne veux plus rien avoir à faire avec ce type. Je frôle Franklin, appuyé contre le distributeur hors service. Un vague sourire aux lèvres. Je m'avance vers le bar et commande deux bières. Parle à cette gentille fille de Rockaway et à son horrible coturne. Etrange groupe d'étudiants en lettres classiques à têtes de croque-mort, qui semblent compter à mi-voix. Une soirée typique au Pub. Gens en sous-vêtements, théâtreux encore maquil-lés. Un Brésilien qui ne peut rien commander parce qu'il a perdu ses papiers d'identité. Quelqu'un me pince le cul, je fais comme si de rien n'était.

Rapporte les bières à la table. Sean a encore de vagues traces rouges sur le visage, je veux humecter de bière une serviette en papier pour les retirer. Mais il se met à se plaindre et, avec un regard dur, me demande : « Pourquoi je te plais pas ? »

Je me lève, pars aux toilettes, fais la queue, et à mon retour il me repose la même question.

« J'en sais rien », je soupire.

«Enfin, keski s'passe?» il demande.

Hausse les épaules et regarde la pièce. Il se lève pour jouer au flipper. «Ça n'arriverait pas en Europe», dit un mec déguisé en surfer — en fait c'est le type de L.A. — et comme de juste je pense à Victor et puis oh merde quelqu'un s'agenouille près de ma chaise pour me raconter son premier trip au MDA, me montrer une bouteille de Cuervos qu'il a réussi à faire entrer discrètement au Pub, et à ma grande honte me voilà intéressée. Sean vient se rasseoir et je sens qu'il y a de la dispute dans l'air.

Avec un soupir je lui dis: «J'aime quelqu'un d'autre. »

Il refait une partie de flipper. Je retourne aux toilettes en espérant que quelqu'un prendra notre table. Je fais la queue avec les mêmes gens que tout à l'heure. Quand je retourne à la table, il y est assis. «Quoi de neuf?» il demande.

«J'aime quelqu'un d'autre», je lui dis.

Le beau Joseph, avec qui Alex une mignonne de Rockaway couche, arrive et donne quelque chose au Brésilien. Alors je remarque Paul. Il regarde Joseph, puis le Brésilien. Paul porte une nouvelle casquette plutôt chouette, sexy et marrante, il regarde dans ma direction, je hausse les sourcils en souriant. Il regarde Sean, puis moi, nous salue d'un geste las. Puis il regarde de nouveau Sean.

«Je veux te connaître», pleurniche Sean.

«Quoi?»

«Te connaître. Je veux te *connaître*.» Suppliant.

«Qu'est-ce que ça veut dire? Me *connaître?*» Je lui demande. «Me *connaître?* Personne ne *connaît* jamais personne. Jamais. Tu ne me connaîtras *jamais*.»

«Ecoute», il dit en me touchant les mains.

«Tâche de te calmer», je lui commande. «Tu veux un ou deux Motrin?»

Une bagarre éclate près du juke-box. Des seniors aimeraient mettre des cassettes et débrancher le juke-box. Mais les premières années refusent, et j'essaie de me concentrer sur ce différend. Les premières années finissent par l'emporter pour cette simple raison qu'ils sont plus forts que les seniors. Physiquement plus forts. Comment tout cela est-il arrivé? *«Boys of Summer»* sort du juke-box. Pense à Victor. Sean se lève pour refaire une partie de flipper avec Franklin à la triste figure. Ce jeu s'appelle Royal Flush. Un roi, une reine et un valet sont allumés, face au joueur; sur leur tête les couronnes clignotent chaque fois que le joueur marque des points. C'est amusant un moment.

Je me retourne vers Paul à travers le Pub bondé. Il semble malheureux. Il regarde Sean. Il fixe Sean. Sean me regarde sans arrêt, comme s'il savait que Paul le regardait, et alors je regarde Paul, qui fixe toujours Sean. Sean prend conscience de ce manège, il rougit, lève les yeux au plafond, retourne à sa partie de flipper. Je regarde de nouveau Paul. Il écrase son gobelet plastique, détourne les yeux, malheureux comme les pierres. Je commence à deviner quelque chose et puis je me dis non, pas ça. Je regarde encore Sean, un vague pressentiment m'atteint de plein fouet, puis cela se dissout, car Sean ne regarde plus Paul. Alors, avec colère, je me rappelle comme ç'avait été moche avec Paul et Mitchell. Paul niait tout en bloc, je perdais les pédales, me demandais quelle attitude adopter alors qu'il n'y avait pas de vraie rivalité. Ce week-end-là à Cape Cod, si Paul avait retrouvé une fille au lieu de Mitchell, et si maintenant au Pub une fille avait fait de l'œil à Sean, tout aurait été tellement plus facile, évident, simple. Mais c'était Paul et c'était Mitchell, et je ne pouvais rien faire. M'écraser? Déclarer d'une voix neutre que je devais me raser, Judy et moi, hystériques, avons proposé un soir du trimestre dernier, mais en fin de compte ça n'était pas drôle et nous avons arrêté de rire. Alors je songe brusquement que M. Denton ne regarde peut-être pas Sean mais moi. «*Boys of Summer*» s'achève, recommence.

Rupert s'assoit près de moi, en chapeau mou et t-shirt David Bowie, il porte toujours son horrible masque et me propose un peu de cocaïne. Je lui demande où est Roxanne. Il me dit qu'elle est rentrée avec Justin. Juste un sourire.

VICTOR — New York a été un vrai bide. J'ai fini par m'installer chez une fille qui croyait que tout son courrier arrivait de Jupiter. Elle n'avait pas de hanches, travaillait comme mannequin pour des jeans d'Akron, une chieuse. Quand elle a appris que je sortais avec la fille de Philip Glass, elle m'a flanqué à la porte. J'ai passé deux nuits au Morgan, avant de me barrer sans payer la note. Puis me suis installé chez un diplômé de Camden dans un appart qui donnait sur Central Park et j'ai débranché tous les téléphones, car je ne voulais pas qu'on sache que j'étais de retour en ville. J'ai essayé de trouver un boulot au Palladium, mais un autre mec de Camden a décroché le dernier: aux vestiaires. Je suis entré dans un groupe de rock, j'ai vendu de l'acide, suis allé à deux fêtes okay, sorti avec une fille qui bossait pour *Interview,* qui a essayé de me faire travailler comme informateur, je suis sorti avec un autre manne-quin, une assistante de Malcolm McLaren, ai tenté de retourner en Europe, mais par une froide soirée sans fête de novembre ai décidé de rentrer dans le New Hampshire, à Camden. Roxanne Forest, qui était en ville pour une première de cinéma ou l'ouverture d'un énième restaurant cajun, m'a ramené en voiture et j'ai habité chez elle avec Rupert Guest Dealer de Came dans leur appart de North Camden, ce qui était cool car il avait une réserve illimitée d'herbe super et de défonces diverses. Et puis je voulais contacter Jaime. Quand j'ai appelé Canfield, une fille à la voix inconnue a répondu.

« Allô? Canfield House. »

« Allô? » j'ai répondu.

Il y a eu un silence, puis la fille a reconnu ma voix et prononcé mon nom. « Victor? »

« Ouais? Qui est-ce? » j'ai fait en me demandant si c'était Jaime, furieux qu'elle n'ait pas été à Manhattan à mon retour.

« Victor », a répété la fille en riant. « C'est *moi.* »

« Ah ouais », j'ai dit. « Toi. »

Allongé par terre, Rupert essayait de bricoler un narguilé avec une bouteille de bière, mais il était trop raide pour arriver à un quelconque résultat. Je me suis mis à rigoler comme lui, et à la voix anonyme j'ai demandé : « Alors, comment vas-tu? »

« Victor, pourquoi n'as-tu pas donné signe de vie? Où es-tu? » elle a demandé. Ou alors c'était moi qui délirais complètement.

« Je suis à New York où les filles sont jolies et où la vie est plutôt merdique et où les oiseaux sont couci-couça — » Je rigolais quand j'ai remarqué Rupert qui bondissait sur ses pieds pour mettre une cassette de Run D.M.C. et chanter avec eux tout en tirant sur le narguilé.

« File-le-moi », j'ai dit en tendant le bras vers le narguilé.

« J'ai... » puis la voix s'est tue.

« Tu as quoi, chérie ? » j'ai demandé.

« Tu m'as beaucoup manqué », elle a dit.

« Hé, chérie. A moi aussi, tu as manqué. » Cette fille était complètement siphonée, j'ai encore éclaté de rire en essayant d'allumer le narguilé, mais l'herbe tombait sans arrêt du fourneau.

« On dirait que tu n'es pas à New York », a fait la voix.

« Eh bien, peut-être que j'y suis pas », j'ai répondu.

Alors la voix s'est encore tue et j'ai entendu une respiration bruyante dans le téléphone. J'ai attendu une minute, puis tendu le récepteur à Rupert, qui a émis des grognements porcins, puis allumé le magnétoscope en chantant sur *You Talk Too Much* (« Tu parles trop »). Il s'est penché pour éructer dans le téléphone « Tu la boucleras donc jamais », puis « S'il te plaît assieds-toi sur mon visage ». J'ai dû plaquer la main sur le récepteur pour que la fille ne m'entende pas rugir de rire. Alors j'ai écarté Rupert.

« C'est qui ? » il a chuchoté.

« Je sais pas », j'ai répondu à voix basse.

J'ai retrouvé un minimum de sérieux pour poser à cette fille la question qui motivait mon appel. « Ecoute, Jaime Fields est-elle là ? C'est la chambre 19, je crois. » Le narguilé a heurté la table. Je l'ai ramassé avant qu'il ne tombe par terre et ne se brise.

« Connard ! Fais un peu gaffe », a hurlé Rupert en se marrant.

Au téléphone la fille ne disait plus rien.

279

« Allô? Tu es là? » J'ai frappé le téléphone contre le sol.

La fille a fini par répéter mon nom, par le chuchoter plutôt, puis elle a raccroché.

LAUREN — Ivre. Flou. Sa chambre. Réveil. La musique gueule à l'étage. Vacille dans le couloir. Un peu plus tôt Susie a essayé de se tuer. Tailladé les poignets. Du sang plein la porte et le couloir. Un type qu'elle aime. Je vais aux toilettes, je porte sa chemise, espace noir, impossible de trouver l'interrupteur, il fait glacial. Mon visage est tellement boursouflé à cause des sanglots que je réussis à peine à ouvrir les yeux. Me lave le visage. Essaie de vomir. Retourne dans sa chambre. Gémissements sortent de la cabine téléphonique. Sûrement Susie de retour de l'hôpital. Je vais au téléphone. Pas Susie, mais Sean. A genoux, il pleure dans le téléphone « allez vous faire foutre allez vous faire foutre. » Retourne dans sa chambre. Tombe sur le lit. Un peu plus tard il entre, s'essuie le visage, renifle bruyamment. Fais semblant de dormir pendant qu'il fourre quelques chemises dans un vieux sac en cuir, prend son blouson de la police, puis sort en laissant la porte ouverte. M'attends à son retour. Mais il ne revient pas. Le Français qui m'avait dit qu'il m'aimait entre dans la chambre, ivre mort. Me découvre allongée sur le lit de

280

son coterne. Il rit, s'effondre sur le lit à côté de moi. «*J'ai toujours su que tu viendrais* *», il dit avant de perdre conscience.

SEAN — La dernière fois que j'ai vu mon père, c'était en mars, je l'ai retrouvé à New York pendant un long week-end afin de fêter mes vingt et un ans. Je me rappelle assez bien tout mon séjour, ce qui m'étonne car j'étais saoul la plupart du temps. Je me souviens de cette matinée dans un aéroport du New Hampshire, je jouais au gin avec un type de Dartmouth, je me souviens d'une hôtesse de l'air désagréable. Il y a eu un repas au *Four Seasons,* l'après-midi où nous avons perdu la limousine, les heures passées à faire des courses chez Barney, puis chez Gucci. Et puis il y avait mon père, qui déclinait déjà: son teint jaunâtre, ses doigts minces comme des cigarettes, ses grands yeux qui me fixaient presque en permanence, des yeux incrédules. Je lui rendais son regard, stupéfait de voir quelqu'un d'aussi maigre. Mais il se comportait comme si rien de tout cela ne lui arrivait. Il conservait encore un minimum de normalité. Il ne paraissait pas effrayé, et, pour un type gravement malade, avait encore beaucoup d'énergie.

* En français dans le texte.

281

Nous avons été voir deux comédies musicales ringardes à Broadway, avons bu des verres au bar du Carlyle, sommes mêmes allés chez P.J. Clarke, où j'ai joué des morceaux au juke-box qui, je le savais, lui plaisaient, mais je ne me rappelle pas clairement la raison de ce brusque accès de générosité.

Lors de ce week-end deux femmes d'environ vingt-cinq ans ont vainement tenté de nous draguer, mon père et moi. Toutes les deux étaient ivres ; malgré l'alcool que j'avais ingurgité, le froid m'avait passablement dessaoulé, mon père avait cessé de boire, et nous leur avons raconté des bobards. Nous leur avons dit que nous étions des magnats du pétrole originaires du Texas, que j'étudiais à Harvard, que nous venions passer nos week-ends à Manhattan. Elles sont sorties du bar avec nous, on est montés tous les quatre dans la limousine, qui nous a emmenés à une fête à Trump Tower, où nous les avons larguées. Le plus bizarre n'est pas que nous les ayons draguées, car mon père levait souvent des femmes dans les bars ou même dans la rue. C'est que mon père, qui en temps ordinaire aurait flirté avec les deux, n'en a rien fait lors de ce dernier mois de mars. Ni au bar, ni dans la limousine, ni à la fête sur la Cinquième Avenue, où nous les avons finalement semées.

Et puis mon père ne pouvait plus manger. Il y a donc eu des repas entiers qui restaient intacts au *Cirque, chez Elaine,* au *Russian Tea Room ;* des verres commandés en vain au 21, à l'*Oak Room Bar ;* aucun de nous ne parlait, nous nous sentions soulagés lorsque le bar ou le restaurant était particulièrement bruyant. Il y a eu un déjeuner sinistre chez *Mortimer,* avec des amis de mon père, originaires de Washington. Un lugubre dîner d'anniversaire au *Lutèce* avec une fille que j'avais rencontrée au *Blue and Gold,* Patrick et sa petite amie

Evelyn, cadre moyen de l'American Express, et mon père. Cela se passait deux mois après qu'il eut envoyé ma mère à Sandstone, et la chose dont je me souviens surtout lors de cet anniversaire, c'est que personne n'en a parlé. Personne n'y a fait la moindre allusion, sauf Patrick qui, sur le ton de la confidence, m'a chuchoté : « Le moment était venu. » Patrick qui, ce soir-là, m'a offert une cravate.

Nous sommes retournés à la suite de mon père au Carlyle après cet affreux dîner d'anniversaire. Il est allé se coucher en me lançant un regard noir, car assis sur le divan du salon je regardais des vidéos avec la fille. Cette nuit-là, la fille et moi avons ensuite fait l'amour par terre, dans le salon. Je me suis réveillé de bonne heure le lendemain matin en entendant des gémissements qui venaient de la chambre. Une lampe était allumée, des voix chuchotaient. Juste avant l'aube il s'est mis à neiger. Je suis parti le lendemain.

Dans l'avion qui m'emmenait à New York et plus tard dans la suite de mon père, au Carlyle, je défais mes affaires, marche de long en large, descends consciencieusement une bouteille de J.D., mets des cassettes, réfléchis aux raisons de ma venue à New York et en trouve une seule de valable. Je ne suis pas venu voir mon père mourir. Je ne suis pas venu discuter avec mon frère. Je ne suis pas venu ici pour sécher les cours de la fac. Je ne suis pas davantage venu pour rendre visite à ma mère. Je suis venu à New York parce que je dois six cents dollars à Rupert Guest et que je ne veux pas affronter ce problème.

PAUL — As-tu été récemment d'aussi mauvaise humeur?

Dans l'escalier qui mène aux restaurants, tu croises le première année qui te plaît tant; il descend et quand tu lui demandes où il va, il répond: « Hibachi. » Comme tu as oublié tes papiers d'identité, tu as du mal à entrer. Tu prends une tasse de café et, pour une raison perverse, un bol de Jell-O, puis tu marches vers ta table. On dirait qu'hier soir Donald et Harry sont partis à Montréal rendre visite aux autochtones et qu'ils sont revenus ce matin. « Je ne me suis pas masturbé depuis onze jours », te souffle Donald quand tu t'assieds. « Je t'envie », tu lui réponds à mi-voix.

Et puis il y a Raymond, qui a amené Steve, surnommé Joli Nigaud dans certains cercles. Steve est un étudiant en économie qui « se branche sur la vidéo ». Steve possède une BMW. Il vient de Long Island. Raymond n'a pas couché avec ce type (les première année homos — tu t'en aperçois soudain — sont une espèce en voie de disparition), mais hier soir il a quitté la fête avec lui. Pourtant, Raymond aimerait bien en convaincre tout le monde. Il rit dès que cet imbécile de Steve ouvre la bouche, il lui demande constamment s'il désire quelque chose, et bien que Steve lui réponde non à chaque fois, Raymond le submerge d'attentions ridicules (des petits biscuits, une salade infecte mais marrante, diverses garnitures piquées au salad bar). Tout cela est tellement gerbant que tu es sur le point de partir ailleurs. Mais, chose encore plus énervante, tu n'en fais rien. Tu restes là parce que ce Steve est *vraiment* excitant. Et ça tu déprime, ça te fait te demander si tu seras toujours la quintessence de la pédale. Vas-tu continuer éternellement de baver après les ploucs-blonds-bronzés-bien-roulés-et-stupides? Vas-tu t'obstiner à ignorer les types intelligents, sensibles, affectueux, qui font peut-être un mètre soixante, ont de l'acné, mais qui sont *brillants?* Vas-tu sans arrêt baver après le beau minet aux yeux bleus qui étudie la Théorie du Trombone, et ignorer l'adorable pédé théâtreux qui écrit sa thèse sur Joe Orton? Tu aimerais bien que ça s'arrête, mais...

... alors le grand première année aux yeux bleus, qui se fiche de toi comme de l'an quarante, te demandera une cigarette et ça t'éclatera la tête. Mais les première année, ici représentés par Steve, semblent si crétins, si désireux de plaire à tout prix, ils se décarcassent pour ça, ne pensent qu'à faire la fête, habillés comme dans les pubs pour vêtements de sport Esprit. Un fait demeure nonobstant: ils sont plus sexy que les quatrième année.

«Comment était la fête?» demande Harry.

«La bar mitzvah de mon frère était plus marrante, *sans nul doute*», répond Raymond en regardant Steve, dont les yeux semblent mi-clos en permanence; un sourire niais vissé aux lèvres, il opine du chef sans raison comme un demeuré.

«Ils ont joué *Springsteen*», dit Steve.

«Seigneur, quelle horreur», acquiesce Raymond. «Springsteen, voyez-vous ça. Qui était le D.J.?»

«Mais tu *aimes* Springsteen, Raymond», dis-tu en laissant ta Jell-O verte pour allumer une cigarette, ta quatre centième de la journée.

«Non, je ne l'aime pas», répond Raymond en rougissant; il jette un regard nerveux à Steve.

«Tu l'aimes?» lui demande Steve.

« Mais non, bien sûr que non », dit Raymond. « Je sais pas où Paul a été chercher ça. »

« Ecoute, Raymond a une théorie selon laquelle Springsteen est à voile, mais surtout à vapeur », dis-tu en te penchant vers Steve pour t'adresser surtout à lui. « Tu te rends compte, Springsteen. »

« Suffit d'écouter "*Backstreets*". C'est une chanson gay, pas l'ombre d'un doute », fait Donald en hochant la tête.

« J'ai jamais dit ça », proteste Raymond avec un rire gêné. « Paul confond avec quelqu'un d'autre. »

« Quel était l'adjectif que tu as choisi pour décrire la couverture de "*Born in the U.S.A.*"? » tu demandes. « Délicieux? »

Mais Steve n'écoute plus. Il ne s'intéresse pas à ce qui, à notre table, passe pour de la conversation. Car maintenant il parle au Brésilien. Il lui demande de trouver de l'Ecstasy pour ce soir. Le Brésilien lui répond : « Ça va te fusiller le fluide spinal, petit. »

« Paul, mêle-toi donc de ce qui te regarde », t'intime Raymond avec un coup d'œil glacial. « Et va me chercher un Sprite. »

« Tu avais cette liste, Raymond », tu dis, histoire de retourner le couteau dans la plaie. « Il y avait qui encore dessus? Une sacrée liste : Shakespeare, Sam Shepard, Rob Lowe, Ronald Reagan, son fils — »

« Ouais, son fils », fait Donald.

« Ne vivons-nous pas un siècle d'indifférence générale? » demande Harry.

« Quoi? » ils braillent tous.

« Hein? » fait Steve après le départ du Brésilien.

Tu cesses d'écouter, car nous commettons tous des fautes de goût; nous regrettons tous d'avoir couché avec certaines personnes. Ce grand type efflanqué, par exemple, avec sa copine asiatique que tu croyais à tort

286

affligée d'un herpès, vous vous êtes jurés de ne parler à personne des deux nuits que vous avez passées ensemble. Il est à l'autre bout de la salle en ce moment même, assis avec sa copine asiatique. Ils s'engueulent. Elle se lève. Derrière le dos de la fille, ce salopard pointe le majeur vers le plafond. Maintenant Raymond encense les tripatouillages vidéo de Steve.

« Tes trucs sont géniaux. Ce cours est bien ? » il demande. Mais tu sais que Raymond déteste tout ce qui touche à la vidéo, et que même si ce type était un petit génie de l'image synthétique, ce qui t'étonnerait, Raymond détesterait ça.

« J'ai beaucoup appris à ce cours », réponds Steve.

« Quoi par exemple ? » tu chuchotes à Donald. « L'alphabet ? »

Raymond, qui t'a entendu, te fusille du regard.

Steve se contente de dire : « Quoi ? »

Harry demande : « Y a-t-il eu une guerre nucléaire quelque part pendant le week-end ? » Tu tournes la tête pour regarder la salle, puis lancer un dernier coup d'œil à Steve assis à côté de Raymond, qui rigolent maintenant ensemble. Steve ne comprend rien à ce qui se passe. Raymond garde les yeux rivés sur nous trois, l'espace d'un instant sa main tremble quand son verre approche de ses lèvres, et il lance un bref regard à Steve, qui le remarque. Ce bref regard résume parfaitement la situation. Mais quel sens pourrait-il avoir pour ce blondinet de Long Island ? Aucun. Ce n'est qu'un bref regard et rien de plus. Alors que tous trois, nous y voyons une main tremblante qui allume une énième cigarette. Après le départ de Sean, des chansons que normalement je n'aurais pas aimées ont soudain pris un sens douloureux.

PATRICK — La limousine a dû passer le prendre entre dix heures et demie et onze heures moins le quart. Il devrait arriver à l'aéroport de Keene à minuit moins dix dernier carat où le jet Lear l'emmène à Kennedy. Heure d'atterrissage prévue : entre une heure et demie et deux heures moins le quart. Il aurait donc dû arriver à l'hôpital il y a environ une demi-heure, mais, connaissant Sean, il est probablement passé d'abord au Carlyle pour se saouler, fumer de la marijuana ou se défoncer d'une manière quelconque. Et puis, comme il s'est toujours montré irresponsable et qu'il fait systématiquement poireauter les gens, il n'y a vraiment pas de quoi s'étonner. J'attends donc à la réception de l'hôpital en surveillant ma montre, je téléphone à Evelyn, qui ne viendra pas à l'hôpital, je guette l'arrivée de la limousine. Quand il devient évident qu'il a décidé de ne pas venir, je reprends l'ascenseur jusqu'au cinquième étage et j'attends en faisant les cent pas, tandis que les assistants de mon père, assis à côté de la porte de sa chambre, discutent ensemble et me jettent parfois un regard angoissé. Un peu plus tôt dans la soirée, l'un d'eux m'a félicité, avec ce que j'ai pris pour une ironie pesante, à cause du bronzage acquis la semaine dernière aux Bahamas avec Evelyn. Ce type passe devant moi pour aller aux toilettes. Il sourit. Je l'ignore complètement. Je n'aime aucun de ces deux hommes, je m'arrangerai pour les faire virer dès que mon père sera mort.

Sean marche vers moi dans le couloir sombre. Il me considère avec une hostilité rieuse, et je recule, horrifié. D'un geste silencieux, il me demande s'il peut entrer dans la chambre. Je hausse les épaules, lui fais comprendre qu'il doit se débrouiller seul.

Quelques instants plus tard il ressort de la chambre, il n'arbore pas le masque choqué auquel je m'attendais, mais une expression parfaitement neutre. Pas de sourire, pas de tristesse. Ses yeux mi-clos et injectés de sang réussissent à exsuder de la haine et cette faiblesse de caractère qui m'exaspère. Mais c'est mon frère, et je fais comme si de rien n'était. Il se dirige vers les toilettes.

« Hé, où vas-tu ? » je lui demande.

« Aux gogues », il me répond.

A son bureau, l'infirmière de garde lève les yeux du graphique sur lequel elle travaille, pour nous intimer le silence ; mais quand elle me voit lui adresser un geste d'apaisement, elle se tait.

« Retrouve-moi à la cafétéria », je dis à Sean avant que la porte des toilettes ne se referme. Ce qu'il va faire là-dedans me semble si pitoyable et évident (cocaïne ? s'est-il mis au crack ?) que j'ai honte de son insouciance et de la complicité dans laquelle il m'entraîne.

Assis en face de moi dans la cafétéria obscure, il fume des cigarettes.

« On ne te nourrit donc pas là-bas ? » je lui demande.

« Techniquement, si », il répond sans me regarder.

Il tripote une baguette à cocktail. Je bois la fin de mon eau d'Evian. Il écrase son mégot, allume une autre cigarette.

« Alors... on est ici pour rigoler ? » il demande. « Keski s'passe ? Je suis ici pour quoi ? »

« Il va mourir », je lui réponds en espérant qu'une étincelle de compréhension va briller dans le cerveau amorphe qui dodeline en face de moi.

« Non », il fait, étonné ; l'espace d'une milliseconde je suis surpris par cette manifestation d'émotion, mais il ajoute aussitôt : « Quelle perspicacité », et alors j'ai honte de ma surprise.

« Où étais-tu ? » je lui demande sèchement.

« Dans le coin », il dit. « J'étais dans les environs. »

« Où étais-tu ? » je lui redemande. « Sois plus précis. »

« Je suis venu », il répond. « Ça te suffit pas ? »

« Où étais-tu ? »

« Tu as vu maman récemment ? » il demande à son tour.

« Ne détourne pas la conversation », je dis sans me laisser manipuler par ce salopard.

« Arrête de me poser des questions », il fait en riant.

« Arrête de me prendre pour un crétin », je lui rétorque sans rire.

« Démerde-toi », il fait.

« Non, Sean. » Je pointe l'index sur lui, sans rire le moins du monde. « C'est à *toi* de te démerder. »

L'un des assistants de mon père entre dans la cafétéria vide, chuchote quelque chose à mon oreille. J'acquiesce sans quitter Sean des yeux. L'assistant s'en va.

« Qui c'est ? » il demande. « La C.I.A. ? »

« Que prends-tu maintenant ? » je lui demande. « De la coke ? Des Quaalude ? »

Il lève les yeux au plafond avec son air méprisant habituel, puis éclate de rire. « De la coke ? Des Quaalude ? »

« J'ai viré sept mille dollars sur ton compte. Où sont-ils ? » je lui demande.

Une infirmière passe, il la regarde longuement avant de répondre. « Ils sont là. Toujours au même endroit. »

Nous restons silencieux pendant trois minutes. Je surveille sans arrêt ma montre en me demandant ce que fait Evelyn. Elle m'a dit qu'elle dormait, mais j'ai entendu de la musique en arrière-fond sonore. J'ai appelé Robert. Pas de réponse. Quand j'ai rappelé Evelyn, son répondeur était branché. Le visage de Sean n'a pas changé. J'essaie de me souvenir quand il a commencé de me haïr, quand cette haine est devenue réciproque. Il tripote toujours sa baguette à cocktail. Mon estomac gargouille. Il n'a rien à me dire, et moi, en définitive, je n'ai pas grand-chose à lui raconter.

« Que comptes-tu faire ? » je lui demande.

« Quesse tu veux dire ? » Il semble presque surpris.

« Tu as l'intention de prendre un boulot ? »

« Pas dans la boîte de papa », il fait.

« Où, alors ? » je lui demande. C'est une question simple.

« Tu as une idée ? » il me répond. « Des suggestions ? »

« C'est justement ce que je te demande », je lui dis.

« Parce que ?... » Il lève les mains, les fige un instant au-dessus de la table.

« Parce que tu ne pourras pas faire un trimestre de plus dans cette fac », je l'informe.

« Alors, keski te plairait ? Avocat ? Prêtre ? Neurochirurgien ? » il demande. « Quoi ? »

« Et si tu devenais le fils que ton père veut que tu sois ? » je lui demande à mon tour.

« Tu veux dire que ce machin dans la chambre se soucie encore de moi ? » il riposte en riant, le pouce pointé vers le couloir, en reniflant bruyamment.

« Il serait heureux d'apprendre que tu prends, disons "un congé temporaire", à ta fac », je lui dis. J'envisage d'autres options, des stratégies plus impitoyables. « Tu sais qu'il t'en a toujours voulu d'avoir refusé cette bourse pour faire du football », j'ajoute.

Il me regarde sombrement, durement. « Exact. »

« Que comptes-tu faire ? » je lui demande.

291

« J'en sais rien », il répond.

« Où vas-tu aller ? » j'insiste.

« J'en sais rien. »

« Où ? »

« J'en sais rien. Dans l'Utah », il crie. « Je vais dans l'Utah ! Dans l'Utah ou en Europe. » Il se lève, s'éloigne de la table. « Je ne veux plus répondre à tes putains de questions. »

« Assieds-toi, Sean », je dis.

« Tu fais chier », il dit.

« Tu ne vas t'en tirer aussi facilement », je lui dis. « Maintenant, assieds-toi. »

Il fait la sourde oreille, s'éloigne dans le couloir, passe devant la chambre de son père, devant d'autres chambres.

« Je prends la limousine pour rentrer chez papa », il crie en appuyant violemment sur le bouton d'appel de l'ascenseur. Il y a un bruit métallique, les portes s'ouvrent. Il monte sans se retourner.

Je ramasse la baguette à cocktail qu'il tripotait. Je sors de la cafétéria, m'engage dans le couloir, passe devant les assistants qui ne se donnent même pas la peine de me regarder. De la cabine téléphonique du couloir, j'appelle Evelyn. Elle me dit de rappeler plus tard, me signale que c'est le milieu de la nuit. Elle raccroche ; je reste là, récepteur en main, j'ai peur de raccrocher. Les deux types assis près de la porte m'observent maintenant avec fascination.

PAUL — Au *Carousel* j'ai entamé la conversation avec un type de la ville qui, pour un bouseux, est plutôt mignon. Il travaille en ville à Holmes Moving Storage et prend Fassbinder pour une bière française. Bref, il est parfait. Mais Victor Johnson, que je n'ai jamais beaucoup apprécié et qui est de retour en ville, identique à lui-même — c'est-à-dire alcoolique —, ne cesse de me tanner pour savoir où est tout le monde, et je dois sans arrêt le remettre à sa place. Il finit par se réfugier dans le fond, au milieu des jeux vidéo, avec ce poète désagréable qui était plutôt séduisant avant de se raser le crâne, et il m'adresse des grimaces. Je demande au type de la ville ce qu'il compte faire quand il aura quitté Holmes («à cause des syndicats», il me confie).

«Je vais à L.A.», il me dit.

«Vraiment?»

J'allume une cigarette et commande un autre Seabreeze. «Double», je murmure au barman. Je paie aussi un autre J.D. au bouseux, ainsi qu'un Rolling Rock. Il me donne du «monsieur», et du «merci, monsieur».

Lizzie, une fille atroce qui fait du théâtre, rapplique au moment où je raconte au bouseux que L.A. (je n'y ai jamais mis les pieds) est une ville extra, et elle me lance: «Salut, Paul.»

«Salut, Elizabeth», je dis en remarquant que mon bouseux reluque Liz des pieds à la tête; je suis soulagé quand il se concentre sur son verre. Liz tente de me fourrer dans son lit depuis une éternité. Si ça doit arriver, je ne crois pas que ce sera ce soir. Ce trimestre elle a mis en scène la pièce de Shepard, et elle n'est pas exactement laide; en fait elle est plutôt mignonne pour

293

une débile, mais non merci sans façon. Et puis je me vante de n'avoir jamais couché avec quelqu'un qui s'intéresse au théâtre.

«Tu veux que je te présente mon ami Gerald?» elle me demande.

«Ça veut dire quoi?» je réponds.

«Nous avons de l'Ecstasy», elle susurre.

«Tu veux m'appâter?» Je regarde le bouseux, puis réponds à Liz: «Plus tard.»

«Okay», elle couine avant de se barrer.

Je me retourne vers mon bouseux, examine son expression — totalement inexistante —, son t-shirt maculé de graisse, son jean déchiré, ses longs cheveux hirsutes, son beau visage, son corps musclé et son nez romain. Indécision. Je pivote sur les talons pour mettre mes lunettes noires et mater la salle; il est tard, dehors il neige, il n'y a personne d'autre de disponible. Quand je me retourne vers le bouseux, il m'adresse ce que je crois être un haussement d'épaules. Mais mon imagination me joue peut-être un tour? Ai-je fantasmé ce haussement d'épaules? L'alcool me pousse sans doute à interpréter chaque geste selon mes désirs. Le fait que ce type porte un t-shirt Ohio n'implique pas nécessairement qu'il vient de l'Ohio.

Je prends pourtant la décision de rentrer chez moi avec ce type de la ville. Je m'excuse auprès de lui, puis vais aux gogues. Sur le mur quelqu'un a écrit «Les Pink Floyd règnent»; au-dessous j'ajoute: «Allez, il est temps de grandir.» Quand je ressors, Lizzie et Gerald font la queue; Gerald est un acteur que j'ai rencontré une ou deux fois. Il est okay, cheveux blonds frisés, un peu trop mince, avec un costard élégant.

«Je constate que tu as dégotté un fantastique bouseux», me lance Gerald. «Tu veux le partager avec nous?»

«Gerald», je lui dis en le toisant; il attend ma réponse. «Non.»

«Tu le connais?» il me demande.

«Ouais, enfin, pas vraiment», je marmonne en allongeant le cou pour m'assurer que mon bouseux est toujours à l'endroit où je l'ai laissé. «Et toi?»

«Non», répond Gerald, «mais je connais sa copine», et alors il sourit.

Suit un long silence. Quelqu'un passe devant nous et ferme la porte des chiottes. Le juke-box diffuse une nouvelle chanson. Bruit de chasse d'eau. Je regarde Gerald, puis le bouseux. Je m'appuie contre le mur et murmure: «Merde.» Une fille de la ville s'est déjà installée sur mon tabouret au bar. Je me joins donc à Gerald et à la délicieuse Lizzie pour boire un verre avec eux dans leur compartiment. Gerald m'adresse un clin d'œil quand mon bouseux se fait la malle avec la fille qui était assise à côté de lui.

«Keski s'passe?» je demande.

«Gerald veut aller faire un tour à la salle de gym», dit Lizzie. «Juste pour mater, évidemment.»

«Bien sûr», je fais.

«Que devient "élu par cette crapule" quand on l'épelle à l'envers? demande Gerald.

Je baisse les yeux pour me concentrer. «Epular? Epulacrette — je sais pas. Je donne ma langue au chat.»

«Ça donne: élu par cette crapule», couine Lizzie, surexcitée.

«C'est malin», je murmure.

Gerald m'adresse encore un clin d'œil.

SEAN — Après le dîner chez Jams, Robert et moi allons au Trader Vic. Je porte une veste de smoking à chevrons et un nœud papillon trouvé dans le placard de mon père au Carlyle. Robert, qui revient à peine de Monte-Carlo, porte une veste sport bleue années 50 et une ceinture turban verte que lui a offerte Holly, sa copine presque parfaite. Il porte un nœud papillon qu'il a acheté aujourd'hui quand nous avons fait des courses, mais je ne me rappelle plus où. Peut-être chez Paul Stewart ou chez Brooks Brothers, ou chez Barney, à Charivari ou chez Armani — bref, quelque part. Holly n'est pas encore revenue en ville, nous sommes tous les deux allumés, en chasse. J'ai baisé Holly une fois, alors qu'elle sortait déjà avec Robert. Je ne crois pas qu'il s'en doute. Cela, et le fait que nous avons tous deux baisé Cornelia, sont vraiment les seules choses que Robert et moi avons en commun.

Hier soir tard, je suis passé à la maison de Larchmont. Elle était à vendre. Harold vit toujours derrière. Par bonheur, ma MG était dans l'un des garages, mais à l'étage ma chambre était vide, et l'on avait enlevé presque tous les meubles de la maison pour les entreposer je ne sais où. La maison elle-même était fermée à clef, et j'ai dû briser l'une des baies vitrées de derrière pour entrer. Elle me paraissait énorme, sans doute encore plus vaste aujourd'hui qu'à l'époque où j'y ai grandi. Pourtant je ne passais pas beaucoup de temps dans cette maison. L'école se trouvait à Andover, et d'habitude nous partions pour les vacances. Cette maison n'a réveillé que très peu de souvenirs, et curieusement ceux que j'ai retrouvés incluaient Patrick. Jouer dans la neige avec lui sur la pelouse de devant, qui me semblait interminable. Planer et jouer au ping-pong avec lui dans la salle de jeux. Il y avait la piscine où personne n'avait le droit de nager, et puis l'interdiction de faire du bruit. C'est tout ce que j'ai pu trouver, car ce foyer fut en fait transistoire. J'ai découvert les clefs de la MG accrochées à un panneau dans l'un des garages, et j'ai fait démarrer le moteur en espérant qu'Harold ne m'entendrait pas. Mais il était là au bout de l'allée, au milieu de cette nuit glacée et neigeuse de novembre, et il m'a ouvert le portail, fidèle au poste jusqu'à la fin. J'ai mis l'index en travers de mes lèvres — chuut — quand je suis passé devant lui.

Robert et moi partageons un bol de scorpion et fumons des Camel. Nous avons repéré une table dans le fond où sont assises quatre filles — toutes très excitées et très blondes.

« Riverdale », je dis.

« Non. Dalton », il dit.

« Peut-être Choate ? » je suggère.

« Dalton, sans aucun doute », il insiste.

« Je te parie qu'elles sont à Vassar », j'affirme, péremptoire.

Robert travaille maintenant à Wall Street, ça semble lui plaire. Robert et moi sommes allés au lycée ensemble. Ensuite il est parti à Yale, où il a rencontré Holly. Après que je l'ai battu au squash aujourd'hui à Seaport, et pendant que nous éclusions des bières, il m'a confié qu'il la plaquait, mais j'ai eu l'impression que c'était Holly qui l'avait plaqué à Monte-Carlo, ce qui explique qu'elle ne soit pas rentrée avec lui

Nous allions souvent au Village, je m'en souviens maintenant, nous fréquentions le Trader Vic en reniflant les fleurs qui poussaient en bas, dans les tonneaux.

«Si on s'envoyait la coke?» propose Robert.

«Moi, ça va», je réponds, encore allumé par le rhum ; j'essaie de croiser le regard d'au moins une de ces filles.

«Je vais aux toilettes», il dit en se levant. «Commande-moi un St. Pauli Girl.»

Il se taille. J'allume encore une cigarette. Maintenant les quatre filles me regardent. Je commande un autre bol de scorpion. Brusquement elles éclatent de rire. Le barman polynésien me jette un regard noir. Je lui montre une carte American Express dorée. Il prépare le cocktail.

Je croise les jambes, la fille que j'avais repérée parmi les quatre ne vient pas. C'est une de ces copines qui se pointe.

«Salut», elle fait en rigolant. «Tu t'appelles comment?»

«Blaine», je réponds. «Salut.»

«Keski s'passe, Blaine?» elle demande.

«Pas grand-chose», répond Blaine.

«Super», elle fait.

«D'où venez-vous?» demande Blaine.

«Nulle part. Du Palladium», elle répond. «Et toi et ton ami?»

«On traîne», je dis.

Le barman pose le cocktail sur le bar. J'opine du chef.

«Tout ça me paraît absurde», elle dit.

«Continue.» Evidemment que c'est absurde.

«Ton copain, c'est Michael J. Fox?» elle demande.

«Euh, non», je dis

«Vous êtes homos, ou bien...?» elle demande en se raidissant un peu.

«Non», je lui réponds. «Toi et tes amies, vous êtes lesbiennes?»

«Que veux-tu dire?» elle fait.

298

Blaine songe : laisse tomber cette fille, même si tu aimerais bien coucher avec elle, mais elle fume des cigarettes mentholées et est un peu boulotte.

Michael J. Fox revient, lance un regard mauvais à la fille, me chuchote quelque chose à l'oreille, me glisse le flacon. Je lui murmure de s'occuper de cette nana, et ajoute : « Elle te prend pour Michael J. Fox. » Je me lève pour aller aux toilettes. « Alors comme ça, tu as vu *Back to the Future ?* » il lui demande.

Dans les toilettes, je m'assois sur un vécé et tire la chasse chaque fois que je sniffe. Puis je ressors en me sentant mieux, en pleine forme même, je vais me laver les mains au lavabo et m'assurer que j'ai le nez propre. J'entends quelqu'un gerber dans un autre vécé, je m'examine attentivement dans le miroir, essuie les traces les plus infimes sous mes narines. Puis je retourne au bar.

Michael J. Fox a convaincu les filles de sortir avec nous. Nous les emmenons donc au Palladium où nous les semons sur la piste de danse pour aller dans la pièce Mike Todd, où nous nous défonçons encore. A un moment de la soirée je perds ma montre à quartz Concord, émets des commentaires grossiers à propos des seins de Bianca Jagger sous le nez de l'intéressée et finis avec une minette au Carlyle dans la suite de mon père. Robert est dans la pièce voisine avec une autre minette, une certaine Janey Fields qui a plaqué Camden, qu'il a déjà sautée, je crois. Les soirées se terminent toujours ainsi. Sans grande surprise.

LAUREN — Je finis la soirée avec Noel. Mignon, cheveux longs post-punk, néo-hippie; sa copine Janet est à New York pour le week-end, en fait elle voit Mary, une fille de l'Indiana. J'étais sorti avec Neal, l'ex de Janet pendant un moment, avant que Noel, le meilleur ami de Neal, ne se mette à fréquenter Janet. Dans la Saab bleu foncé de Noel nous sommes partis à travers la neige vers un restaurant chinois en ville, avons commandé des plats sans glutamate, sommes allés à une soirée mortelle à Fels, puis dans la chambre de Noel, où il a mis *2001* sur le magnétoscope posé sur une caisse de lait au pied de son futon. Ensuite nous partageons une dose de Blue Dragon et regardons le film en attendant de planer. Je pense uniquement à une soirée du trimestre dernier, quand Victor et moi sommes arrivés à Tishman alors qu'ils changeaient les bobines du film, il neigeait dru pour un mois d'avril, nous étions défoncés au saké, *The Unforgettable Fire* passait et... Mais Noel s'excite, il se colle à moi alors que je veux regarder ce film sur lequel je suis incapable de me concentrer — c'est trop long, trop lent, avec des plans interminables. J'ai envie de quelque chose de clair et de rapide, je ne suis même pas certaine que l'acide me fasse de l'effet. Je comprends rien à ce qui se passe. Noel m'embrasse sur le cou, sa main s'aventure à l'intérieur de ma cuisse, et malgré mon infection urinaire et les médicaments que je prends pour m'en débarrasser, je le laisse faire. Quand le film s'arrête avec un claquement sec, il roule sur le côté pour mettre de la musique et je lui dis: « Je déteste les Beatles. »

Il me regarde, retire son t-shirt Grateful Dead,

dévoile un corps superbe auquel je suis incapable de résister, puis enlève ses tennis Reebock en disant : « Hé, moi non plus j'aime pas les Beatles. »

SEAN — Je retourne en voiture dans le New Hampshire et me retrouve sur le campus à chercher Lauren, je me rappelle ma bouche sur son cou, ses bras autour de moi. Je vais frapper à sa porte, mais elle n'est pas là. Dans le salon de Canfield, Roxanne me prévient que Rupert veut me parler et qu'il va me faire la peau. J'atterris au Pub, mais elle n'y est pas non plus. D'ailleurs il n'y a pas grand-monde, sans doute à cause d'une fête quelque part. Je commande une bière. Une quinzaine de personnes sont au Pub ce soir, assis aux tables, debout près des jeux vidéo, deux filles s'appuient au juke-box, deux première année discutent cinéma dans un coin. Je paie ma bière, m'assois à une table libre près des jeux vidéo. Je remarque avec une lucidité déprimante que j'ai couché avec trois filles présentes au Pub ce soir.

L'une s'appuie contre le juke-box. Susan est debout au bar. La troisième est une première année assise sur le divan, qui discute avec sa copine. Et je me dis que je vais désormais éviter les aventures d'un soir après les fêtes du vendredi soir, les absurdes baisades avinées des samedis soir moroses, et je comprends que je ne désire

301

plus que Lauren. «*Heaven*», un morceau triste des Talking Heads, sort du juke-box. Je déprime. Susan s'approche de moi.

«Salut, Sean», elle dit.

«Salut, Susan», je réponds en espérant qu'elle ne va pas s'incruster.

«Tu vas à la fête?» elle demande en souriant, sans s'asseoir.

«Ouais. Peut-être», je réponds avec un haussement d'épaules. «Quand j'aurai fini ma bière.»

Elle regarde la salle. «Ouais. Je crois que ce sera pas mal.»

«Ouais?»

«Ouais. Où est Lauren?» elle demande.

«Probablement là-bas. Je suppose.»

«Oh», fait Susan. «Paraît qu'il y a de l'eau dans le gaz...»

«Non.» Je secoue la tête. «Pas du tout. Où as-tu entendu ça?»

«Oh, un bruit qui court.»

«Eh bien non», je répète. «Te fais pas de souci pour nous.»

«Okay.»

«Parfait.»

Je bois une gorgée de bière en me demandant combien de gens sont au courant; combien s'intéressent à nous.

«Bon, je te verrai peut-être à la fête plus tard, d'accord?» elle demande, toujours debout près de la table, alors qu'elle meurt d'envie de s'asseoir.

«D'accord», je dis en hochant la tête une fois, impossible de me rappeler comment c'était avec elle, sourire.

Elle reste plantée là.

Je lève les yeux, lui souris encore.

Elle finit par partir retrouver sa copine.

J'espère que Lauren et moi n'aurons jamais une conversation de ce genre : nulle, déprimante, absurde. Elle me manque tellement, j'ai tellement envie de la revoir que je ressens mon désir comme un coup de poignard qui m'aveugle un instant ; je finis rapidement ma bière, je me sens mieux, certain qu'elle ressent la même chose que moi. L'un des types qui jouent au Crystal Castle flanque un coup de pied dans la machine et jure à voix basse : « Va te faire foutre, saloperie. » « *Heaven* » passe toujours sur le juke-box.

Il y a des choses que je ne ferai jamais : je n'achèterai jamais de pop-corn au fromage au Pub. Je ne dirai jamais à un jeu vidéo d'aller se faire foutre. Je n'effacerai jamais les graffiti qui me concernent, que je découvrirai dans les chiottes du campus. Je ne coucherai jamais avec personne d'autre que Lauren. Je ne jetterai jamais une citrouille sur sa porte. Je ne mettrai jamais *Burning Down the House* (« Casser la baraque ») sur le juke-box.

PAUL — Je fais semblant de regarder des vieux comptes rendus de la réunion du conseil étudiant de la semaine dernière, qui gisent froissés et couverts de boue par terre à l'arrière de la voiture de Lizzie. Gerald, qui est assis à côté de moi, me pelote en profitant du fait que nous sommes tassés l'un contre l'autre sur la banquette. Sean aussi se retrouve dans l'énorme Buick, il est devant avec cinq autres personnes, nous sommes à peu près onze dans la voiture. Tout le monde est saoul, personne ne sait où nous allons, quelqu'un a suggéré une vague balade en voiture. Gerald frotte sans arrêt mes cuisses. Il gèle. Nous sommes perdus.

La dernière fois que j'ai vu Sean, il est passé à ma chambre vers la mi-novembre. J'étais assis à mon bureau sans rien faire quand on a frappé. «Entrez», j'ai dit. Un silence a suivi, puis d'autres coups, plus forts. «Entrez!» Je me suis levé. La porte s'est ouverte. Il est entré. Je me suis rassis. Je l'ai regardé, puis, très lentement, me suis relevé.

«Salut, Sean», j'ai dit.

«Salut, Dent», il a fait.

Dent? M'avait-il déjà appelé ainsi? Je me demandais ça pendant que nous allions en ville dans une voiture, pour dîner, après quoi nous sommes retournés au campus. Il s'est garé devant Booth. Nous sommes montés à sa chambre. Elle m'a paru plus vaste et vide que dans mon souvenir. Le lit étroit posé à même le sol, le bureau, une chaise, une commode, une chaîne hifi cassée, pas d'affiches, pas de photos, beaucoup de disques posés contre un mur dans un coin. Le lendemain matin je me suis réveillé sur le petit matelas. Assis dans le fauteuil, il regardait par la fenêtre la neige qui tombait dehors. Il avait besoin de se raser, ses cheveux se dressaient sur son crâne. Je me suis habillé tranquillement. Il faisait très chaud dans sa chambre. Il ne disait rien. Il restait assis dans son fauteuil à fumer des Parliament. J'ai marché derrière le fauteuil pour lui dire que je partais. J'étais si près de lui que j'aurais pu toucher sa joue, sa nuque, mais je ne l'ai pas fait. Je suis parti, tout simplement. Alors, dans le couloir, je l'ai entendu fermer sa porte à clef...

Gerald se rend compte qu'il ne me branche pas, mais il insiste. Je regarde la neige par la fenêtre de la voiture en me demandant pourquoi je me suis laissé embringuer dans cette galère. Je ne connais pas la moitié des gens présents dans la voiture: des héroïnomanes, un première année, un couple qui habite en dehors du campus, quelqu'un qui travaille derrière le snack-bar, Lizzie, Gerald, Sean et moi, plus un Coréen.

Ce Coréen me branche — un étudiant en art asiatique avec qui j'ai baisé au trimestre dernier, il me semble, et qui peint exclusivement des autoportraits de son pénis. Il est assis à côté de moi, en plein trip, il répète sans arrêt «ouah». Lizzie conduit dans la grande rue, puis sur la route qui quitte Camden, elle cherche une buvette où acheter de la bière. Un joint circule, puis un autre. Nous nous perdons encore. Les Smiths chantent, quelqu'un dit: «Arrêtez cette musique d'angoisse homo.» Les Replacements les remplacent, ils chantent *Unsatisfied*. Comme personne n'a de papier d'identité, nous ne pouvons pas acheter de bière, car on les demande toujours aux étudiants de Camden. On est même à deux doigts de se faire arrêter par la police. Ensuite, Lizzie nous flanque presque dans le lac. Le Coréen hurle sans arrêt: «Appelons ça de l'art», et dès qu'il se calme un peu, je lui chuchote: «Viens dans ma chambre.» Mais quand nous sommes de retour au campus et que je l'attends dans ma chambre, c'est Gerald qui se pointe, il retire ses vêtements, ce qui signifie sans l'ombre d'un doute que je dois enlever les miens.

Un peu plus tard, alors que nous sommes au pieu, nous entendons quelqu'un frapper à ma porte.

Gerald fait: «Chuuuutt.»

Je me lève, enfile un jean et un sweater. J'ouvre la

porte. C'est Sean, pas le Coréen. Il tient une bouteille de Jack Daniel's et un lecteur de cassettes qui joue les Smiths. «Je peux entrer?» il murmure.

«Attends.» Tout est sombre derrière moi. Il ne peut rien voir. «J'arrive tout de suite», je lui dis.

Je referme la porte, mets mes bottes, prends mon manteau, enfin *un* manteau, dans la penderie obscure. «C'est qui, bon dieu?» demande Gerald.

«Je reviens dans une minute», je lui dis.

«T'as intérêt», il répond.

Sean et moi partons nous promener dans les bois près du campus. Il neige un peu, il ne fait pas trop froid, la pleine lune très haut dans le ciel nimbe le paysage d'une lumière blanche. Les Smiths chantent *Reel Around the Fountain*. Il me passe la bouteille. Je lui dis: «Je me surprends parfois à te parler quand tu n'es pas là. Je te parle simplement. Je poursuis une conversation.» C'est un pur mensonge, mais ça me paraît la chose à dire, et puis il est tellement plus beau que Gerald.

«C'est pas la peine de me raconter des conneries pareilles», il répond. «Ça pue. Tu fais chier avec tes simagrées.»

Ensuite, nous faisons l'amour dans la neige. Puis je lui dis que j'ai des billets pour le concert de REM à Hanover la semaine prochaine. Il se prend le visage entre les mains.

«Ecoute», il me dit en se redressant. «Je suis désolé.»

«Inutile», je dis. «Ça arrive.»

«Je ne veux pas y aller avec toi.»

«Et moi, je préfère ne pas entendre ce que tu vas me dire», je l'avertis.

«Je ne veux pas te blesser.»

«Ah ouais? Eh bien, que....?» Je m'arrête. «Tu ne peux rien y faire?»

306

Après un silence, il répond: «Non, je ne crois pas. Plus maintenant.»

Je lui dis: «Mais je veux te connaître. Je veux savoir qui tu es.»

Il tressaille, se tourne vers moi et me répond d'une voix qui s'enfle, puis décroît: «Personne ne connaît jamais personne. Nous devons nous contenter de nous côtoyer. Tu ne me connaîtras *jamais*.»

«Mais qu'est-ce que ça veut dire?» je lui demande.

«Ça veut seulement dire que tu ne me connaîtras *jamais*», il répond. «Essaie de piger. Démerde-toi avec ça.»

Tout est calme, il ne neige plus. De l'endroit où nous sommes allongés, nous apercevons le campus illuminé, parfaite carte postale, entre les arbres. La cassette s'arrête avec un clic, puis repart automatiquement dans l'autre sens. Il finit la bouteille de Jack Daniel's avant de s'en aller. Je retourne dans ma chambre, seul. Gerald est parti en me laissant une longue lettre incendiaire pour me signifier que je suis le dernier des cons. Mais je m'en moque car il s'est passé quelque chose de marrant cette nuit, dans la neige, ivre mort, et pas avec ce petit Coréen.

LAUREN — Cela arrive brusquement, pendant que nous sommes en ville pour la fête de l'hiver.

Un peu plus tôt nous avons vaguement commencé une bagarre de boules de neige sur la pelouse de Commons (je lui en avais lancé une à la tête ; il n'a pas eu assez d'énergie pour faire une boule, encore moins pour me la lancer), puis nous sommes allés en ville dans la MG d'un ami pour prendre un brunch. Après nous être caressés sur la grande roue, après un joint au palais des horreurs, je lui ai parlé. Je lui ai annoncé la nouvelle pendant que nous attendions des beignets. J'aurais pu lui avouer toute la vérité, ou lui annoncer notre rupture, ou encore retourner avec Franklin. Mais aucune de ces options ne me tentait vraiment, aucune n'aurait certainement marché. Je l'ai regardé. Il était défoncé, il tenait un miroir à cocaïne qu'il avait gagné en lançant des balles de base-ball sur des boîtes de conserve. Souriant, il a payé les beignets.

S : Qu'as-tu envie de faire quand on sera rentré ?

Moi : Je sais pas.

S : On pourrait acheter un gramme, louer un film, ou autre chose ?

Moi : Je sais pas.

S : Qu'y a-t-il ? Où est le problème ?

Moi : Je suis enceinte.

S : Vraiment ?

Moi : Oui.

S : C'est moi ?

Moi : Oui.

S : Il est vraiment de moi ?

Moi : Ecoute, je vais... « me démerder avec », alors ne t'inquiète pas.

S : Non. Fais pas ça. Je veux pas.

Moi : Quoi ? Pourquoi pas ?

S : Ecoute, j'ai une idée.

Moi : *Toi,* avoir une idée ?

S : Je veux t'épouser.

Moi : Tu racontes n'importe quoi.

S : Epouse-moi. Je veux que nous nous mariions.

Moi (*off*) : C'est peut-être celui de Franklin, mais il y a toujours la possibilité que ce soit celui de Sean. Pourtant j'ai beaucoup de retard, je couve ça depuis un sacré bout de temps et ne parviens pas à me rappeler quand Sean et moi nous sommes rencontrés. Ça pourrait être Noel, mais c'est improbable; ça pourrait aussi être Steve le première année, mais c'est encore plus invraisemblable. Ça pourrait aussi être Paul. Voilà les seuls types avec qui j'ai couché ce trimestre.

S : Alors?

Moi : D'accord.

SEAN — Lauren et moi avons décidé de ne pas aller au brunch aujourd'hui, car il y aurait trop de regards, trop de gens qui tenteraient de deviner qui est parti avec qui après la fête d'hier soir, les restaurants seraient froids et obscurs en cette fin de matinée, les gens enfin rassasiés de ragots loucheraient tristement vers leurs rôties molles; il y aurait trop de gens connus. Nous sommes donc allés à la Brasserie à la lisière de la ville pour prendre un brunch.

Roxanne était à la Brasserie, mais sans Rupert. Susan Greenberg était avec ce trouduc de Justin. Paul Denton était installé dans un coin avec cette gouine d'Elizabeth

Seelan du département de théâtre et un type que je n'avais jamais vu à Camden. Un prof à qui je devais au moins quatre disserts était assis dans le fond. Un bouseux que j'approvisionnais se tenait à côté du juke-box. La parano a fondu sur moi.

Lauren et moi avons échangé un regard après nous être assis, puis nous avons éclaté de rire. Après un ou deux bloody mary, j'ai compris à quel point je désirais l'épouser, je voulais qu'elle devienne ma femme. Et après un autre verre, combien je désirais qu'elle porte mon fils. Au bout du troisième verre ça m'a semblé une idée marrante, une promesse facile à tenir. Elle était très jolie ce jour-là. Nous avions fumé de l'herbe un peu plus tôt, nous planions, mourions de faim. Elle me regardait sans arrêt avec ses grands yeux éperdus d'amour, c'était plus fort qu'elle et j'étais ravi de lui rendre son regard et nous avons beaucoup mangé et je me suis penché pour l'embrasser sur le cou mais me suis arrêté net en remarquant qu'on nous regardait.

« Allons ailleurs », je lui ai dit quand elle a payé la note. « Quittons le campus. Nous pouvons faire ça ailleurs. »

« Okay », elle a dit.

LAUREN — Nous sommes partis à New York chez des amis à moi qui avaient eu leur diplôme quand j'étais sophomore. Aujourd'hui mariés, ils occupaient un loft sur la Sixième Avenue, au Village. Sean et moi y sommes descendus dans la MG de son copain, ils nous ont logés dans leur chambre d'amis. Comme Sean n'avait pas assez d'argent pour habiter à l'hôtel, nous sommes restés chez eux. Tout s'est très bien passé. Il y avait beaucoup de place, nous nous sentions chez nous, et puis rien n'avait vraiment d'importance car j'étais encore relativement excitée à l'idée de me marier, de vivre cette cérémonie, à l'idée de devenir mère. Pourtant, après deux jours passés avec Scott et Ann, j'ai eu quelques doutes, l'avenir m'a semblé moins clair que ce fameux jour de la fête de l'hiver. Je me sentais hésitante.

Scott travaillait dans une boîte de publicité, Ann ouvrait des restaurants avec l'argent de son père. Ils avaient adopté un jeune Vietnamien de treize ans un an après leur mariage, l'avaient appelé Scott junior et promptement envoyé à Exeter où Scott avait fait ses études. J'errais comme une âme en peine dans leur loft pendant qu'ils travaillaient, je buvais de l'eau d'Evian, regardais Sean dormir, touchais des objets dans la chambre de Scott junior, remarquais que le temps passait incroyablement vite, que le trimestre était presque terminé. J'avais peut-être réagi trop vite à la proposition de Sean, je songeais en me prélassant dans l'immense baignoire luxueuse de Ann. Alors je chassais cette pensée, me convainquais que je faisais ce qu'il fallait. Je n'avais pas confié à Ann que j'étais enceinte ni que j'allais épouser Sean, car j'étais certaine qu'elle téléphonerait à ma mère pour en obtenir confirmation, et je tenais coûte que coûte à en faire la surprise à ma mère. Je regardais la télévision. Ils avaient un chat nommé Capuccino.

Le lendemain de notre arrivée à New York nous sommes allés tous les quatre dans un restaurant sur

Colombus : la conversation s'est orientée vers le dernier livre de John Irving, les critiques de restaurants, la bande-son d'*Amadeus*, un nouveau restaurant thaï qui venait d'ouvrir uptown. Ce soir-là j'ai beaucoup observé Scott et Ann.

«Il s'appelle *California Cuisine*», a dit Ann à Sean en se penchant vers lui.

«Demain nous devrions les emmener à Indochine», a suggéré Scott. Il portait un chandail Ralph Lauren très grand et un pantalon de velours luxueux, très large. Ainsi qu'une Swatch.

«Excellente idée. Je l'adore», a dit Ann en posant le menu sur la table. Elle savait déjà ce qu'elle allait commander. Elle était habillée presque exactement comme Scott.

Un serveur est arrivé pour nous proposer des apéritifs.

«Un scotch. Pur», a demandé Sean.

J'ai commandé du champagne avec de la glace.

«Oh», a dit Ann, indécise. «Je vais me contenter d'un Diet Coca.»

Scott l'a regardée d'un air soucieux. «Tu ne bois rien ce soir?»

«Bof, je ne sais pas», a fait Ann en hésitant. «Vous n'avez qu'à ajouter un peu de rhum à mon Diet Coca.»

Le garçon s'est éloigné. Ann nous a demandé si nous avions vu la dernière exposition d'Alex Katz. Nous avons répondu que non. Alors elle a pris des nouvelles de Victor.

«Qui est Victor?» a fait Scott.

«L'ami de Lauren, n'est-ce pas?» a fait Ann en me regardant.

«Eh bien», j'ai dit, sans me résoudre à préciser : mon ex. «Je lui ai parlé deux ou trois fois. Il est en Europe.»

Sean a vidé son verre dès qu'il est arrivé, puis a fait signe au garçon de lui en servir un autre.

J'ai essayé de parler à Ann, mais je me sentais complètement paumée. Tandis qu'elle me vantait les vertus du gâteau de riz à faible teneur en sodium et de la musique du nouvel âge, une intuition m'a soudain bouleversée. Une vision. Sean et moi dans quatre ans. J'ai observé Sean de l'autre côté de la table. Scott et lui discutaient du nouveau lecteur de disques compacts de Scott.

«Faut absolument que tu entendes ça», il disait à Sean. «Le son», il a marqué un silence, fermé les yeux avec une expression extatique, «... est fantastique.»

Sean ne me regardait pas, mais il sentait mon regard posé sur lui. «Ah ouais?» il a fait.

«Ouais», a renchéri Scott. «Aujourd'hui je me suis payé le nouveau Phil Collins.»

«Vous devriez écouter "Sussudio" sur le lecteur compact de Scott», a dit Ann. A Camden ils étaient tous les deux des fans de Genesis, ils m'avaient obligée à écouter *Lamb Lies Down on Broadway* un soir que nous étions tous les trois défoncés à la coke pendant ma première année. Impossible de m'en dépatouiller.

Sean reste là, impassible, mais ses traits s'effondrent lentement. Même si j'ai alors compris que je ne l'aimais pas, que je ne l'avais jamais aimé, qu'un instinct étrange me poussait à agir, j'espérais encore qu'il pensait la même chose que moi: je ne veux pas finir comme eux.

Plus tard cette nuit-là j'ai rêvé de notre nouvel univers de couple. L'univers dans lequel Sean et moi allions vivre. Au milieu de mon rêve Victor remplaçait Sean, mais nous étions toujours jeunes et sémillants, nous roulions en BMW, et la métamorphose de Sean ne modifiait pas le sens de mon rêve. Non seulement nous votions dans ce rêve, mais nous votions pour le même candidat que nos parents. Nous buvions de l'eau d'Evian, mangions des kiwis, dévorions des muffins. Je me transformais en Ann. Sean, qui était devenu Victor, était maintenant Scott. C'était désagréable mais nullement insupportable; curieusement je me sentais en sécurité.

Le lendemain matin, alors que nous prenions un petit déjeuner composé de muffins, de kiwis, d'eau d'Evian et de jus de chiendent, Ann a parlé d'acheter une BMW, et j'ai retenu un cri. De toute évidence, ce n'était pas un trimestre faste; je le bousillais purement et simplement.

Le soir Sean s'allongeait à côté de moi et je pensais au bébé, dont Sean ne parlait jamais. Il se plaignait amèrement de la bêtise d'Ann et de Scott, je ressentais un curieux désir d'appeler ma mère ou ma sœur; de leur téléphoner pour leur expliquer ce qui se passait. Mais cela aussi, comme mes doutes à propos de mes rapports avec Sean, disparut.

La dernière soirée que nous avons passée au loft, il s'est tourné vers moi pour me dire : « Je me rappelle très bien la première fois où nous avons... » Il s'est arrêté, j'ai deviné qu'il voulait ajouter « baisé, tiré notre coup par terre », mais il s'est trouvé très gêné, incapable de finir sa phrase autrement que par : « parlé ensemble. »

Je lui ai lancé un regard pénétrant et j'ai répondu : « Moi aussi. »

Il transpirait, ses cheveux collaient à son front. Je fumais l'une de ses cigarettes, nos visages étaient bleus à cause de la télé allumée. Nous avions repoussé le drap si bien que je voyais ses poils sous son nombril. Je portais un t-shirt.

« Ce soir-là à la fête », il a dit.

J'ai cru voir la tristesse assombrir son visage, puis cette expression s'est effacée. Quand il m'a touchée, j'ai murmuré d'une voix claire, glacée : « Je suis désolée. »

Alors il m'a demandé : « Pourquoi m'as-tu caché que tu étais amoureuse de ce type ? »

« De qui ? » j'ai fait. « Tu parles de Victor ? »

« Oui. »

« Parce que j'avais peur », j'ai répondu, et à un moment cela a sans doute été vrai.

« Peur de quoi ? » il a demandé.

J'ai soupiré, j'aurais voulu être ailleurs, j'ai parlé sans le regarder. « J'avais peur que tu ne me quittes. »

« Tu voudrais que je lui plaise ? » il a demandé, troublé. « C'est ce que tu as dit ? »

Je n'ai pas pris la peine de le corriger, ni de me répéter. « Oui. Il t'aime bien », j'ai dit.

« Il ne me connaît même pas », il a objecté.

« Mais il a entendu parler de toi », j'ai menti.

« Super », il a marmonné.

« Oui », j'ai dit en pensant à Victor, en me demandant comment on peut savoir la vérité et continuer d'espérer. J'ai fermé les yeux, essayé de dormir.

« Pourquoi crois-tu que le bébé n'est pas... de lui ? » il a fini par demander d'une voix nerveuse, méfiante.

« Parce qu'il n'est pas de lui », je lui ai assuré.

Ce fut probablement notre dernière conversation. Il a éteint la télé. Les ténèbres ont envahi la chambre. Je gisais là, une main sur l'estomac, puis mes doigts se sont déplacés sur mon ventre.

« Ils ont les Sex Pistols en compact », il a dit. Cette phrase est restée suspendue dans la pièce, m'accusant de quelque chose.

Je me suis endormie. Nous sommes partis le lendemain matin.

315

PAUL — Une soirée de plus. En décembre à Commons, regarder la télé en attendant l'aube du samedi, encore vaguement ivre et défoncé aux champignons avec Gerald. Il n'y avait rien à faire hier soir. Le film était *Les Médecins aux pieds nus de la Chine rurale* ou un truc de ce genre, et la fête incroyablement mortelle.

Victor Johnson était là; j'ai trouvé dégueulasse que Rupert Guest et Victor aient filé à la copine de Tim un flacon de sperme et une poire à lavement, et qu'ils prennent leur pied à voir Gerri Robinson pleurer aux toilettes après avoir ouvert leur paquet; mais je n'ai pas pu m'empêcher de flirter avec Victor, nous avons partagé un joint, il me demandait sans arrêt où était Jaime Fields. Raymond m'a assuré que Victor a fait un séjour en hôpital psychiatrique, ce qui signifie que j'ai plus d'une chance sur deux de l'attirer dans mon pieu. Quand il m'a proposé une bouteille de bière, je l'ai remercié en lui demandant : «Alors, ça va?»

«Super», il a répondu.

«Où es-tu allé?» j'ai fait.

«En Europe», il a répondu.

«C'était comment?»

«Cool», il a dit, puis avec moins d'enthousiasme: «En réalité, c'est à peine passable.»

«Content d'être de retour alors?» je lui ai demandé.

«J'aime bien l'Amérique.» Il m'a adressé un clin d'œil. «Mais seulement de loin.»

Pitié... Dans un coin Gerald nous observait; avant qu'il ne se pointe et bousille tout, j'ai troqué un billet pour le concert de REM contre un sachet de champignons.

Maintenant les mots familiers — Hanna Barbera — apparaissent de temps à autre sur l'écran et me rappellent l'époque où je tenais à me réveiller de bonne heure le samedi matin pour regarder des dessins animés. La fête s'éternise à McCullough; Gerald parle d'anciens petits amis, mannequins à *GQ*, membres d'une équipe d'aviron anonyme — il ment sans vergogne. Je l'embrasse pour le faire taire. Puis je me concentre à nouveau sur l'écran de télé. Une chanson particulièrement bruyante de New Order sort des fenêtres ouvertes de McCullough, *Your Silent Face* («Ton visage silencieux»). Sean aimait cette chanson, Mitchell aussi. Gerald dit: «Seigneur, je déteste vraiment cette chanson.» Je l'embrasse encore. Il s'avère que c'est le dernier morceau de la fête. Il se fond dans le silence, rien ne le remplace.

Quand on regarde la télé, plus rien n'a de sens. Une pub pour Acutrim est suivie par une pub pour Snickers, puis par une vidéo des Kinks, puis par un flash d'infos. Ma mère adore la nouvelle vidéo des Kinks. Ce qui me déprime encore plus que Gerald.

«Tu as pris ton pied?» il demande.

Je le regarde. «Il aime un garçon. Ce garçon aime une fille. Je crois que cette fille aime quelqu'un d'autre. Moi, probablement. Voilà, c'est tout. Il n'y a pas la moindre logique dans tout ça.»

«Hmmmmm», fait Gerald en fouillant dans ses poches. Il sort la serviette en papier qui contenait les champignons. Il ne reste que des miettes.

«Personne n'aime jamais la personne qu'il faudrait», je dis.

«C'est pas vrai», il dit. «Moi, je t'aime.»

Ce n'est pas exactement ce que je voulais dire ni ce

317

que je désirais entendre, mais je lui demande sincèrement: «Vraiment?»

Suit un silence, puis: «Bien sûr. Pourquoi pas?» il fait.

Il n'y a rien de pire que d'être défoncé *et* contredit.

LAUREN — La semaine suivante (mais cela a peut-être duré seulement deux jours) me paraît très confuse. Chambres de motels, rouler toute la nuit, se défoncer pendant que la MG de son copain filait sur les routes enneigées. Tout semblait accéléré, le temps aussi s'écoulait plus vite. Il n'y avait aucun dialogue, nous n'avons pas échangé trois mots pendant toutes ces journées passées sur la route. Nous en étions au point où il ne restait tout bonnement plus *rien* à dire. Nous avions dépassé depuis belle lurette le stade de la conversation la plus élémentaire. Le matin il n'y avait même plus le moindre «Comment vas-tu?» de pure forme; les questions simples telles que «On pourrait s'arrêter à cette station-service?» étaient désormais superflues. Nous ne disions rien. Ni lui, ni moi.

Cette semaine-là, alors que la voiture fonçait en silence, il me semblait parfois qu'il réfléchissait. Il ralentissait quand nous passions devant un bâtiment qui ressemblait, même de loin, à une chapelle ou une église, il s'arrêtait pour le regarder longuement tandis que le moteur tournait. Puis il repartait à tombeau ouvert et s'arrêtait seulement quand nous avions trouvé un motel potable. Ça a été dans une de ces chambres de motel que nous avons commencé à nous envoyer la cocaïne qu'il avait sur lui ; à cause de cette cocaïne les journées déjà brèves semblaient plus courtes encore, et il conduisait plus vite, d'une manière plus distraite, comme s'il tentait d'aboutir à quelque destination inconnue. Nous passions des nuits blanches dans ces motels, devant la télé, à sniffer de la cocaïne, et si ensuite nous avions besoin de manger pour tenir le coup, de remplir nos estomacs afin de pouvoir sniffer encore de la cocaïne sans souffrir de crampes, alors il quittait la chambre du motel puis revenait avec des cigarettes, des cheeseburgers et des sucreries achetés avec une carte American Express « empruntée », car il n'avait pas le moindre argent liquide.

Assez curieusement, la cocaïne ne nous rendait guère loquaces. Nous sniffions quelques lignes, et au lieu de papoter, de nous perdre en ragots insipides, nous regardions la télé en fumant des cigarettes sans jamais entrer en rapport, simplement assis là, ou dans la MG, ou encore dans un café, presque gênés. Il a maigri, ses traits se sont creusés à mesure que sa réserve de cocaïne diminuait. D'autres motels, d'autres stations-service, un restauroute de plus.

Je me nourrissais exclusivement de sucreries et de Diet Coca. La radio était toujours allumée, qu'il y eût une station audible ou pas. Nous entendions les nouvelles, mais il n'y avait rien d'intéressant. Tremblements de terre, météo, politique, accidents mortels. Tout était ennuyeux. Je conservais sur moi une photo de Victor ; je la sortais dans la voiture ; à côté de moi Sean sniffait constamment, il gardait ses lunettes noires pour dissimuler ses yeux larmoyants, et je touchais cette photo noir et blanc; torse nu, Victor fumait une cigarette en regardant à demi l'objectif avec une moue gouailleuse de vedette de cinéma, les paupières mi-closes en une parodie de sex-symbol. J'aimais encore plus Victor à cause de cette photo, de son mystère. Pourtant je ne pouvais pas l'aimer, car il sortait avec Jaime, trahison impardonnable. Dans la voiture la seule cassette était un vieux Pink Floyd, Sean écoutait exclusivement *Us and Them* («Nous et eux»), il la rembobinait sans arrêt, le rythme pesant de la musique m'endormait, probablement l'effet recherché par Sean, mais il repartait au début dès que les chœurs se mettaient à hurler *Haven't you heard, it's a...* alors je sursautais, me redressais le cœur battant, tendais le bras pour baisser le volume dès que ses doigts quittaient les boutons. La musique diminuait, il rembobinait la cassette. Je restais silencieuse.

Sean allumait une cigarette, jetait l'allumette par la fenêtre, tirait une bouffée puis écrasait sa cigarette.

SEAN — Tous les arbres étaient morts. Au bord de la route gisaient des putois, des chiens, et même un cerf morts, dont le sang maculait la neige. Il y avait des montagnes couvertes d'arbres morts. Des panneaux orange annonçaient des travaux. La radio ne diffusait plus que de la friture, le lecteur de cassettes se détraquait, mais je jouais des morceaux distordus et bruyants de Roxy Music. La route semblait sans fin. Des motels. Acheter de la nourriture dans des centres commerciaux. Lauren gerbait sans arrêt. Refusait de me parler. Je me concentrais uniquement sur la route, sur les gens dans les autres voitures. Alors on trouvait une station de radio qui diffusait des chansons de Creedence Clearwater, lesquelles m'attristaient sans que je comprenne pourquoi. Dans les chambres de motel, son regard était vide, accusateur; son corps, difforme, affligeant. Elle tendait le bras vers moi — geste suppliant, que je repoussais. A une station-service, dans un bled appelé Bethel, après la frontière du Maine, j'ai failli la plaquer pendant qu'elle allait vomir aux toilettes. Cette semaine-là j'ai fait près de deux mille miles en voiture. Bizarrement, j'ai beaucoup pensé à Roxanne. J'ai réfléchi à un endroit où je pourrais aller, sans réussir à en trouver un. Mon horizon se réduisait au prochain motel, à la prochaine station-service. Elle restait assise à côté de moi, apathique. Elle cassait des verres dans les salles de bains des motels. Elle a décidé de ne plus porter de chaussures. Je buvais comme un trou. Quand je dormais, chose assez rare, je me réveillais le lendemain matin avec la gueule de bois, je regardais son corps pitoyable dans l'autre lit et songeais encore à la quitter. Sans la réveiller je lui aurais volé ses affaires, son maquillage dont elle ne se servait plus, ses vêtements, tout, et je me serais barré. Elle ne retirait jamais ses lunettes noires, même la nuit, même quand il neigeait. Il y avait de véritables tempêtes de neige fondante. La nuit tombait à quatre heures de l'après-midi, la neige couvrait les vagues de la campagne...

Nous sommes revenus à cette station-service de Bethel — à mon insu nous avions décrit un cercle — et alors qu'elle allait aux toilettes puis revenait en pataugeant dans la neige, comme elle approchait de la voiture, un déclic s'est produit dans ma tête. Sur le pare-brise la neige commençait de fondre. J'ai tendu la main pour mettre la radio, mais n'ai rien trouvé. La cassette de Roxy Music était nase. J'ai fini par accrocher une station qui diffusait les Grateful Dead, comme de très loin. J'ai allumé une cigarette alors même que le pompiste remplissait le réservoir. Elle a ouvert la porte et s'est assise. Je lui en ai offert une. Elle a refusé en secouant la tête. J'ai payé le type, puis quitté la station-service. Il était très tôt, il neigeait dru. De retour sur la grand-route, sans la regarder, j'ai dit : «Je vais payer pour tout ça», puis je me suis raclé la gorge.

LAUREN — Il me dépose, attend au Dunkin' Donuts du bout de la rue... Cela fait maintenant douze semaines. Je pense sans arrêt que j'ai été prise lors de la nuit avec Paul. C'est forcément cette nuit-là, avec Paul. Formulaires à remplir. Ils refusent ma carte American Express, acceptent seulement MasterCharge. Veulent connaître mon âge, ma religion. Un avortement dans le New Hampshire : ma vie rétrécie. Je suis calme, mais ça ne dure pas. Je panique en lisant les mots : autorise qui de droit à interrompre ma grossesse. Graffiti sur les tables de la salle d'attente : Chaos Féminin, Fin du

Trimestre — mots griffonnés par d'autres filles de la fac. Sara est-elle passée ici? Ils me donnent du Valium. Quelqu'un m'explique l'opération. Allongée sur le dos, je me demande vaguement s'il s'agit d'un garçon ou d'une fille. «Okay, Laurie», fait le médecin. Examen de l'utérus de Laurie. La table monte. Je geins. Soulevez vos hanches, s'il vous plaît. Un antiseptique. Impossible de retenir un hoquet. L'infirmière me regarde. Elle semble gentille. Bourdonnement. J'ai un haut-le-cœur. Bruits de succion. C'est fini. Je transpire. Me rends dans la salle post-opératoire. C'est sans importance. Je passe devant d'autres filles, certaines pleurent, mais la plupart sont calmes. Sors dans la rue, Sean arrive trois quarts d'heure ou une heure plus tard. Deux lycéennes en promenade. Je songe qu'autrefois j'ai été jeune comme elles.

Dans la voiture qui nous ramène au campus, Sean demande: «On fait la paix?»

Je lui réponds: «Pas question.»

SEAN — A la fête je ne réussis pas à repérer la serveuse que j'ai draguée un peu plus tôt au Dunkin' Donuts et invitée pour ce soir, mais je me suis quand même éclaté, enivré, j'ai fêté la fin du trimestre en rebaisant Judy dans sa chambre — l'ai prise par le bras et entraînée — puis alors que je retournais à Windham j'ai peloté cette hippie. Je bois une bière à la fête, me sens vraiment en forme, excité, m'envoie donc Susan et vers deux heures du matin je retourne dans ma chambre avec une Suédoise. Après quoi je suis ressorti, ai découvert que la fête continuait et me suis assis comme tout le monde pour attendre que quelqu'un rapporte de la bière, il y avait surtout des première année dégoûtés parce qu'ils voulaient boire de la Lite. J'étais fin saoul, je savais que la bière n'allait pas arriver tout de suite, que le Pub était fermé depuis des heures, que j'aurais dû rentrer chez moi, aller ailleurs, peut-être chez Susan, rendre visite à Lauren, mais je ne voulais plus la revoir. J'étais déjà à des années-lumière de toute cette merde. Brusquement j'ai regardé le salon de Windham, Roxy Music gueulait, un feu rugissait dans la cheminée, un sapin de Noël affublé de soutiens-gorge et de slips se dressait dans un coin, alors j'ai détesté tous ces gens dont je ne pouvais pas me passer. Je voulais être avec ce guitariste foireux qui discutait avec un alcoolique grande gueule ; même avec cette gouine de Welling ; même avec la serveuse du Dunkin' Donuts qui était arrivée et s'accrochait maintenant au bras de Tim ; même avec Getch, fin plein, écroulé dans un coin, en larmes, en train de caresser un petit fût. En dehors de cette pièce je n'aurais jamais adressé la parole à tous ces gens, mais ici, à la fête, je les méprisais encore plus que je ne croyais possible. La musique braillait, il neigeait un peu sur le campus ; hormis la lueur du feu et les lumières qui clignotaient sur le sapin de Noël la pièce était obscure. Le moment de vérité arrivait. Toutes les pièces du puzzle s'emboîtaient. C'était l'endroit où je désirais être. Même près de cette ex qui allait baiser avec Tony. Même elle. Seule comptait notre présence ici...

Ce sentiment s'est effrité au fil de l'attente ; alors nous avons appris que les types partis chercher la bière s'étaient fait arrêter par les flics pour conduite en état d'ivresse. Getch nous a annoncé la nouvelle. Mais j'étais toujours dans cette pièce, et nous étions toujours ensemble : deux personnes que j'avais repoussées, deux autres qui m'avaient repoussé, une fille envers qui j'avais été grossier, mais maintenant c'était sans importance. Tim est parti avec la serveuse du *Dunkin' Donuts*. Je suis retourné à la chambre de la Suédoise, j'ai frappé à sa porte. Elle avait fermé à clef et dormait probablement. Je suis rentré à mon pavillon en pataugeant dans la neige fraîche, puis suis monté dans ma chambre vide et froide. Ma fenêtre était ouverte. J'avais oublié de la fermer.

MITCHELL — J'ai senti qu'il y avait de l'eau dans le gaz en apprenant que je devais accompagner Sean Bateman pour réceptionner un malheureux petit sachet d'herbe. Je ne connaissais pas vraiment bien Bateman, mais son allure générale m'a tout de suite renseigné sur ce type : il écoutait probablement beaucoup George Winston, mangeait du fromage en buvant du vin blanc, jouait du violoncelle. J'ai été scié de constater qu'il avait le culot de venir dans ma chambre pour m'annoncer que nous allions chez ce débile de Rupert ; ça ne me disait rien qui vaille, mais comme la fin du trimestre approchait, j'avais besoin d'un peu d'herbe pour rentrer à Chicago en voiture. J'ai discuté un moment avec lui, mais Candice était assise sur mon lit où elle essayait de boucler une dissert en retard ; j'avais passé tout le trimestre à essayer de rompre avec elle. J'ai pris un Xanax, suis monté dans sa voiture, et nous avons quitté le campus vers North Camden où vivaient Rupert et Roxanne. La route était glissante, il conduisait trop vite, deux fois nous avons frisé la tête-à-queue, mais nous sommes enfin arrivés entiers, sans provoquer d'accident majeur.

La maison était obscure, j'ai dit qu'il n'y avait peut-être personne. De l'autre côté de la rue, une fête battait son plein. J'ai annoncé à Bateman que j'allais l'attendre dans la voiture.

« Non, tout va bien », il a protesté. « Il y a seulement Roxanne. »

« Ça veut dire quoi ? » je lui ai demandé. « Je ne veux pas y aller. »

« Allez viens », il a répondu. « Autant faire ça tout de suite. »

Je l'ai suivi dans l'allée jusqu'à la porte, et il a frappé avec une certaine appréhension. Pas de réponse. Il a frappé encore, puis essayé d'ouvrir la porte. Brusquement quelqu'un l'a ouverte. C'était Guest, qui souriait comme un crétin. Il nous a dit d'entrer, puis a eu un rire glaçant.

Il y avait d'autres gars de la ville dans le salon obscur ; ils écoutaient Led Zeppelin. On avait allumé des bougies. J'ai commencé à me méfier.

Rupert est allé dans la cuisine. «Vous venez pour quoi, les gars ?»

Les types de la ville rigolaient dans le salon. Ils étaient quatre ou cinq. Un objet brillait à la lueur d'une bougie dans les ténèbres.

J'ai bâillé, des larmes ont inondé mes yeux.

«On vient réceptionner un peu de marchandise», a fait Bateman, en toute innocence.

«Sans blague ?» a répondu Rupert, qui allait et venait entre la lumière et l'obscurité.

«Où est Roxanne ?» a demandé Bateman. «T'es vraiment impossible.»

«Et où est mon pognon, bordel, Bateman ?» a rugi Rupert comme s'il était sourd et qu'il n'avait pas entendu Bateman. J'ai trouvé ça incroyable.

«T'es cinglé», a dit Sean, perplexe. «Où est Roxanne ?»

L'un des citadins s'est levé. Il avait un air mauvais, une bedaine de buveur de bière, des épaules carrées. Il s'est appuyé à la porte de la cuisine. J'ai reculé, heurté un meuble. J'ignorais complètement où était le problème, mais de toute évidence c'était lié à l'argent. Je ne savais pas si Rupert en devait à Bateman, ou si c'était le contraire. Rupert était bourré de coke jusqu'aux yeux, il essayait de jouer les gros bras, mais son numéro n'était guère convaincant, il ne faisait peur à personne. Il y avait un peu de lumière dans la cuisine, dont je ne parvenais pas à localiser l'origine. Quelque chose a scintillé dans le salon obscur.

«Où est le pognon, espèce de connard?» a fait Rupert.

«Je vais attendre dans la voiture», j'ai dit. «Excusez-moi.»

«Reste ici», a fait Bateman en me retenant.

«Pour quoi faire, espèce de con?» a demandé Rupert.

«Ecoute», a dit Sean. Puis il m'a regardé. «C'est *lui* qui l'a.»

«Tu l'as?» a demandé Rupert en se calmant, manifestement intéressé.

Du coin de l'œil j'ai vu un type de la ville, un gros mec ivre, qui tenait une machette. Nom de Dieu, que faisait donc une machette dans le New Hampshire?

«Hola, une minute», j'ai dit en levant les mains. «Je ne comprends strictement rien à vos histoires. Je suis juste venu chercher un peu d'herbe. Je préfère me barrer.»

«Allez, Mitchell», a dit Sean. «File le fric à Rupert.»

«Merde alors, quesse tu racontes?» j'ai crié. «Je vais attendre dans la voiture.»

J'ai fait mine de me diriger vers la porte, mais un autre malabar s'était levé pour bloquer la sortie. Par la fenêtre, derrière lui, je voyais la voiture garée contre le trottoir, puis la neige, puis la fête dans la maison d'en face. J'ai même cru reconnaître Melissa Hertzburg et Henry Rogers, mais je n'étais pas sûr. J'entendais des chants de Noël traditionnels.

«Vous êtes vraiment chiants», j'ai fait.

«Tu l'as, oui ou non?» m'a demandé Rupert en s'approchant.

«Si j'ai quoi?» j'ai encore hurlé. «Bon, écoute, ce type...»

«Ce mec a le pognon ou pas?» Rupert a demandé à Bateman.

«Tu peux lui dire la vérité!» j'ai gueulé à Bateman.

Un ange est passé. Tout le monde attendait la réponse de Sean.

«Okay, il l'a pas», a reconnu Bateman.

«T'as quoi à me donner?» lui a demandé Rupert.

«J'ai ça.»

Il a glissé la main dans sa poche puis a tendu quelque chose à Rupert, qui a examiné l'objet. C'était un flacon. Rupert a versé un peu de son contenu sur un miroir. J'ai pensé que c'était de la cocaïne. Il a levé les yeux vers Sean, en marmonnant que ça avait intérêt à être de première qualité. Les types de la ville, maintenant silencieux, suivaient attentivement ce qui se passait. Mais bien sûr cette poudre était de la camelote et la bagarre a éclaté. Rupert a bondi vers Bateman au-dessus de la table. Un malabar m'a saisi au collet. Il y a eu une empoignade. J'allais sortir quand je me suis retourné, j'ai vu que Bateman avait réussi à s'emparer de la machette et qu'il hurlait «Reculez!» en faisant des moulinets vers les mecs de la ville. J'ai pivoté sur les talons, couru vers la voiture, glissé dans l'allée, suis tombé de tout mon poids sur le cul. Quand je suis monté dans la voiture et que j'ai verrouillé les portes, j'ai vu les mecs de la ville qui reculaient. Sean les menaçait toujours avec la machette, il a soudain fermé la porte de la cuisine, lâché son arme et bondi dans la voiture.

Ces malabars étaient lents, mais quand la MG s'est éloignée du trottoir, ils montaient dans leur camionnette. Sean a descendu la rue à tombeau ouvert, brûlé un feu rouge pour s'engager sur la route de la fac. Je ne parvenais pas à y croire. Je n'avais jamais envisagé de mourir un vendredi. N'importe quel soir, mais pas un vendredi. Bateman m'a adressé la parole en rigolant: «On s'est bien marrés, non?»

Les malabars, guidés par Guest, nous filaient le train,

mais ils ne s'approchaient jamais très près; pourtant, à un moment, j'ai entendu un coup de feu. Ils nous ont néanmoins rattrapés dans l'allée de la fac, la camionnette a accéléré pour venir à notre hauteur et tenter d'envoyer la MG dans le décor. La voiture a fait une embardée, sauté le talus de neige, puis elle s'est arrêtée doucement. La camionnette nous a dépassés, elle a ralenti, fait demi-tour non sans mal. Bateman a attendu qu'elle revienne vers nous pour embrayer sèchement, croiser les malabars, après quoi nous avons parcouru sans incident les trois kilomètres jusqu'à la barrière. Mais quand je me suis retourné, j'ai vu les phares de la camionnette derrière nous, immobiles. Sean a souri aux gardiens, il leur a adressé un signe de la main quand ils ont levé la barrière. Il m'a ramené à mon pavillon. Alors j'ai remarqué que ses phares étaient éteints. Je l'ai regardé en disant: «Bon dieu, Bateman, t'es vraiment givré.»

Il a glissé la main dans son blouson, en a sorti un minuscule sachet hermétiquement clos et me l'a lancé par la vitre ouverte. Je l'ai attrapé. Je ne me suis pas donné la peine de lui demander ce que c'était ni quand il l'avait pris. De toute façon il a démarré sur les chapeaux de roue.

Victor — Je suis allé au concert de REM à Hanover avec Denton. Rupert m'avait déjà flanqué à la porte de chez lui. Il m'a dit qu'il y avait des problèmes et que je devais décamper. Comme je n'avais rien de mieux à faire, je suis parti avec Denton. La salle de concert était immense, mais il n'y avait pas de siège. Un orchestre foireux a fait la première partie, j'ai traîné dans le fond de la salle en buvant la bière que Paul et moi avions apportée ; nous regardions les filles. Quand ils se sont mis à jouer, j'ai quitté Paul pour me frayer un chemin à travers les gens debout près du podium, et m'installer sur un baffle avec Lars, un autre type de Camden. Nous étions assis face à la foule, masse informe de jeunes Américains fiers, en sueur, défoncés, qui levaient les yeux vers la scène. Certains planaient, d'autres, les yeux fermés, remuaient leurs corps grotesques et suralimentés. Une fille que je reluquais depuis le début de la soirée semblait écrasée au milieu de la première rangée ; quand elle a remarqué que je la regardais, je lui ai souri. Elle a pris un air outré, puis s'est retournée vers l'orchestre en dodelinant selon le rythme de la musique. Ça m'a écœuré et j'ai réfléchi : que était le problème de cette fille ? Pourquoi ne m'a-t-elle pas adressé un gentil sourire ? S'inquiétait-elle d'une guerre imminente ? Ressentait-elle de la terreur ? Du plaisir ? De la passion ? J'étais maintenant convaincu que cette fille, comme toutes les autres, était irrécupérable. Peut-être que son disque des Talking Heads était rayé ou que son papa n'avait pas encore envoyé le chèque. Ce genre de fille ne se souciait que de ça. Son copain se tenait à côté d'elle, parfait yuppie aux cheveux enduits de Brylcream, avec une cravate ultra-mince. Quel était le problème de ce type ? Il avait perdu ses papiers, bouffé trop d'anchois avec sa pizza, trouvé un distributeur de clopes hors service ? Je regardais sans arrêt cette fille — avait-elle

332

oublié d'encaisser son fric cet après-midi? Souffrait-elle d'infection urinaire? Pourquoi réagissait-elle de façon aussi *cool*? Car c'était là le fond du problème: le manque de chaleur. Je n'étais nullement cynique avec cette nana et son petit ami. Je croyais dur comme fer que leurs lamentables soucis ne dépassaient pas ce stade. Ils n'avaient pas à s'inquiéter d'avoir chaud, de manger correctement, d'éviter les bombes, les lasers ou les rafales d'armes automatiques. Leur amant ou leur amante les avait peut-être plaqués, le disque des Talking Heads était peut-être vraiment rayé — leurs problèmes se réduisaient à ces broutilles. Alors, assis sur ce baffle qui vibrait tandis que l'orchestre gueulait dans ma tête, j'ai soudain compris que leurs problèmes et leur souffrance étaient authentiques. Cette fille, tout comme son copain à la noix avaient probablement beaucoup d'argent. On n'était pas forcé de sympathiser avec les problèmes de ce couple, et ils n'avaient sans doute pas grande importance — mais Jeff et Susie se faisaient malgré tout du mouron; ils se sentaient blessés, humiliés... Voilà ce qui m'a semblé le plus ridicule. J'ai oublié cette fille, les autres zombies, pour sniffer quelques lignes de coke que Lars m'offrait...

Ensuite j'ai voulu aller au Carousel, mais Paul m'a appris qu'il était fermé depuis le week-end dernier; que personne n'y mettait plus les pieds, sinon quelques seniors et des diplômés qui ne quittaient jamais North Camden. Nous avons quand même fait un détour en voiture pour passer devant. Ça m'a déprimé de le voir plongé dans l'obscurité un jeudi soir, l'entrée repeinte en noir, l'allée cachée sous une épaisse couche de neige.

LAUREN — La première fois que je sors de ma chambre depuis quatre jours, je perds mes clefs. Je suis donc obligée de laisser ma porte ouverte ; ce n'est pas trop grave, j'ai emballé toutes mes affaires, il n'y a rien à voler dans ma turne. Je vais à la poste voir le tableau d'affichage des petites annonces, car je voudrais trouver une voiture pour demain ou après-demain. Pas beaucoup de propositions. « Ai perdu Rock », « Apprenti Photographe Ambitieux Cherche Homme Imaginitif Pour Poser dans Cellophane », « Le Fan Club de Madonna Commence Bientôt. Boîte 207. » J'arrache cette annonce, mais derrière son guichet une employée des postes me fusille du regard jusqu'à ce que j'aie remis l'annonce. « Club de Skateboard. » J'aimerais arracher celle-là aussi. « Fan Club de Jack Kerouac pour le Prochain Trimestre. » Je ne supporte pas l'idée de laisser celle-ci intacte à côté des autres, et l'arrache donc. La postière ne moufte pas. Quelqu'un a glissé un exemplaire de *Cent Ans de solitude* dans ma boîte, j'examine la page de garde pour voir s'il n'y a pas un nom ou un message quelconque. « Livre excellent. J'espère que ça te plaira. P. » On dirait pourtant que ce livre n'a même pas été lu, je le mets dans la boîte de Sean.

Je croise Franklin dans la foule des gens qui font la queue pour déjeuner. Il me propose d'aller à la Brasserie. J'ai déjà déjeuné huit fois aujourd'hui, mais j'ai très envie de quitter le campus. Nous allons donc en ville, et c'est plutôt agréable. J'achète deux cassettes, un yaourt gelé, puis à la Brasserie je prends un bloody mary et m'envoie un Xanax. Voilà une semaine que j'espère qu'ils ont mal fait leur boulot ; que le médecin a bâclé son travail, n'a pas terminé le curetage. Mais bien sûr je me trompe. Ils ont tout fait correctement. Jamais je n'ai autant saigné.

Je regarde la neige qui tombe de l'autre côté de la fenêtre. Le juke-box joue de la pop-music déprimante. Je note mentalement ce que je dois faire avant de partir pour New York. Cadeaux de Noël.

«Je l'ai tringlée», me dit Franklin, le verre à la main, en me montrant la serveuse dans le fond ; une salope médisante du campus que je trouve hideuse, qui a raconté à son petit ami que je suis une sorcière, et le pire c'est qu'il l'a crue.

La serveuse disparaît dans la cuisine. Un type la remplace. Il pose quelque chose sur la table voisine de la nôtre. Je ressens un choc soudain : je connais ce type. Il me regarde longuement, mais je crois que *lui* ne me reconnaît pas. Je me mets à rire, pour la première fois depuis plus d'une semaine.

«Tu trouves ça drôle?» fait Franklin. «Sans blague, je l'ai baisée.»

«Moi j'ai baisé ce mec», je dis à Franklin. C'est le type de la ville qui m'a déflorée.

«Hé», rétorque Franklin. «Comme le monde est petit.»

SEAN — Le lendemain matin Tim m'aide à plier bagages. Je n'ai pas grand-chose à emporter, mais vu qu'il n'a rien à faire il m'aide à transporter mes sacs à la voiture. Il connaît la raison de mon départ, mais ne me pose de question à propos de Rupert. De l'autre côté de la pelouse, Lauren se dirige vers Commons. Elle me fait signe. Je lui réponds.

« Je suis au courant pour Lauren », dit Tim.

« Déjà ? » je demande en fermant le coffre de la MG.

« Ouais. » Il m'offre une cigarette. « Déjà. »

« Je sais pas », je fais.

« Keski s'est passé ? Elle va bien ? » Il rigole. « Ça te pose un problème ? »

Je hausse les épaules. J'essaie d'allumer ma cigarette ; à ma grande surprise, malgré le vent et la neige qui tombe doucement, mon allumette ne s'éteint pas. « Elle me plaisait bien. »

Tim reste un instant silencieux, puis demande : « Alors pourquoi n'as-tu pas payé à sa place ? »

Il ne me regarde pas. Je ris faiblement.

« Elle ne me plaisait pas à ce point », je réponds en montant dans la voiture.

VICTOR — Ai passé toute la nuit à m'envoyer de la coke avec une fille rencontrée au Pub et qui a travaillé pour mon père un été. Au matin nous allons prendre un café en ville (bouffe dégueulasse; quiche ramollie, escargots en conserve, bloody mary insipide), je suis à la masse, sans le moindre appétit. Mon visage est tellement hagard que je mets mes lunettes noires. Debout près de l'entrée de la salle, nous attendons une table, le service est vraiment affreux, l'architecte qui a conçu cet endroit était sans doute un lobotomisé. Ma copine s'éloigne pour glisser un quarter dans le juke-box. La serveuse m'examine sous toutes les coutures. J'ai l'impression de la connaître. Les Talking Heads chantent *And She Was,* puis ce bon vieux Frank entonne *Young at Heart,* et la disparité des goûts de cette fille m'amuse. Brusquement une autre fille, que j'ai vaguement fréquentée l'été dernier, se pointe vers moi en pleurant doucement — je n'ai vraiment pas besoin de ça. Elle me regarde et dit : « Tu peux pas savoir ce que ça me fait chier de te voir. » Puis elle se jette sur moi, me serre de toutes ses forces. Je lui réponds : « Hé, une seconde. » C'est une riche fille du quartier de Park Avenue et Quatre-vingtième rue que j'ai sautée au trimestre précédent, une nénette plutôt mignonne, agréable au lit, dotée d'un beau corps. Aussitôt elle dit au revoir au type avec qui elle est arrivée, lequel parlait déjà avec la serveuse au visage familier. Quant à la fille qui travaillait pour mon père et qui a toute la coke, elle discute déjà avec un mec de la ville près du juke-box; je me serais volontiers envoyé un autre gramme, mais cette fille, Laura, s'est emparée de mon bras et m'entraîne vers la porte de la Brasserie. C'est probablement mieux ainsi. Car j'ai besoin d'un toit et ça va être un long Noël glacé.

337

LAUREN — Je retourne à ma chambre. C'est le dernier jour. Les gens plient bagages. Echangent leur adresse. Descendent des fûts de bière pour fêter leur départ. Errent, ivres morts, à travers le campus couvert de neige. Je tombe sur Paul, qui sort de Canfield.

«Salut», je dis, surprise, décontenancée. «Comment allez-vous, monsieur Denton?»

«Lauren», il fait, toujours aussi timide. «Comment allez-vous, Miss Hynde?»

«Bien», je réponds.

Nous sommes l'un en face de l'autre, gênés.

«Alors... Que fais-tu maintenant?» je lui demande. «Toujours... dans le théâtre?»

Il grogne. «Ouais. Je crois. Et toi? Toujours dans l'art?»

«L'art. Enfin, la poésie. Euh, disons plutôt l'art.» Je cafouille.

«Il faudrait quand même te décider», il dit en riant.

«Diplôme interdisciplinaire», je réponds finalement.

Long silence pendant lequel je me rappelle avec clarté la niaiserie de Paul en première année: t-shirt PIL sous un chandail Giorgio Armani. Mais je l'ai aussi aimé, ensuite. La soirée où nous nous sommes rencontrés? Impossible de m'en souvenir, simplement Joan Armatrading passait sur la platine dans sa chambre; nous avons fumé, discuté, rien de bien palpitant, rien d'important, restent quelques flashes. Il rompt le charme: «Alors, que fais-tu?»

Je pense à ce que Victor m'a dit après qu'il m'a découverte à la Brasserie, avant de partir en ville pour louer une voiture. «Je vais sans doute aller en Europe. Je sais pas. Probablement en Europe.» J'achèverais volontiers cette conversation là-dessus car j'ai pris plaisir à rester près de Paul, à l'écouter parler — mais ce serait grossier, trop brutal.

«L'Europe est vaste», il me dit. Voilà bien une remarque à la Denton.

«Moui, *très* vaste.»

Nous restons encore un peu face à face. Il neige toujours. Bien qu'il soit seulement trois heures passées, les lampadaires s'allument soudain. Nous éclatons de rire. Bizarrement je songe à cette soirée au café, quand il m'avait regardée et que son visage s'était rembruni; m'aimait-il encore? Etait-il jaloux des gens qui m'accompagnaient? Il me semble que je dois sans cesse recoller les fragments de ma vie. Je lui dis: «Il t'aime vraiment beaucoup.»

Il paraît étonné, puis gêné quand il comprend. «Ah ouais? Super. Ça me fait plaisir.»

«C'est vrai», je dis. «Je ne blague pas.»

Après un silence il demande: «Qui ça?»

«Tu sais bien», je fais en riant.

«Oh...» Il fait semblant de comprendre. «Il a un beau sourire», il reconnaît enfin.

«Oh oui, c'est vrai», j'acquiesce.

Tout cela est parfaitement ridicule, mais je me sens de meilleure humeur; dans une demi-heure Victor sera revenu et nous partirons tous les deux. Je ne lui parlerai pas de l'avortement. C'est superflu.

«Il parle souvent de toi», je lui dis.

«Eh bien, euh...» Il s'agite, ne sait plus quoi dire «C'est gentil. Je sais pas. Vous êtes toujours...?»

«Oh non. » Je secoue la tête. «Nous ne sommes plus ensemble. »

«Je vois. »

Un ange passe encore.

«Eh bien, ça me fait plaisir de te voir», je dis.

«Je sais. Quel dommage que nous n'ayons pas pu parler après, à un moment ou à un autre», il dit en rougissant.

«Oh oui, je sais», je rétorque. Il fait allusion à notre nuit de beuverie, en septembre, dans sa chambre. «C'était dingue», je dis en hochant la tête. «Oui, vraiment dingue», j'ajoute.

Des gens jouent au frisbee dans la neige. Je les observe.

«Ecoute», il fait. «C'est toi qui as mis ces lettres dans sa boîte?» il me demande.

«La boîte de qui?» Je ne comprends pas ce qu'il veut dire.

«Je croyais que tu mettais des lettres dans sa boîte», il fait.

«J'ai jamais mis de lettre dans la boîte de personne», je lui dis. «Ni lettres ni billets. »

«J'ai découvert des billets dans sa boîte, j'ai cru que ça venait de toi», il fait avec une expression peinée.

Je scrute son visage. «Non. C'était pas moi. Pas de chance. »

«Ne lui en parle pas», il dit. «Ou parle-lui-en. Comme tu voudras. »

«De toute façon, ça n'a plus d'importance», je dis.

«Tu as raison», il répond aussitôt sans réfléchir.

«Les gens comme lui s'en foutent», je dis, les gens comme nous aussi d'ailleurs, mais cette pensée fugace se dissipe aussitôt.

«Tu as raison», il dit encore.

340

«Tu veux passer chez moi?» je lui propose. «Je n'ai pas grand-chose à faire. »

«Non», il me répond. «Je dois m'occuper de mes bagages. »

« Au fait, as-tu mon adresse? » je lui demande.

Nous échangeons nos adresses, la neige dilue l'encre au dos de la revue qu'il tient. Les pages de mon carnet d'adresses se mouillent. Nous nous dévisageons une fois encore avant de nous séparer, pourquoi? L'intuition d'avoir manqué quelque chose? Une vague incertitude? Nous nous promettons de rester en contact, de nous appeler pendant les vacances. Nous nous embrassons poliment, puis il s'éloigne de son côté et moi du mien, je retourne à ma chambre, tout est rangé, impeccable, nettoyé, et là, en ressentant à peu près la même chose qu'en septembre, octobre, voire en novembre, j'attends Victor sans trop douter de l'avenir.

PAUL — Je me suis mis à marcher puis à courir quand j'ai aperçu la moto près de la barrière des gardiens. Je marchais d'abord d'un bon pas, puis j'ai trotté, puis couru à toutes jambes, mais Sean, qui portait son casque, a accéléré, dérapant d'abord sur la neige de l'allée avant de prendre de la vitesse. J'ignore pourquoi je courais comme un dératé. Je sautais par-dessus les monticules de neige, jamais à ma connaissance je n'avais couru aussi vite. Et ce n'était pas à cause de Sean. Il était trop tard pour cela. Il y avait déjà eu un Richard et un Gerald et trop de désirs charnels pour autrui. Je courais tout bonnement parce que je trouvais que c'était la chose à faire. L'occasion ou jamais de manifester une quelconque émotion. Je n'agissais pas par passion. J'agissais tout simplement. Parce que cela semblait la seule solution. Comme si on m'avait commandé de le faire. Mais l'origine de cet ordre demeurait floue. La moto a accéléré avant de disparaître derrière le virage et je ne l'ai jamais rattrapée.

Je me suis immobilisé dans l'allée de la fac, le souffle court, plié en deux. Une voiture est arrivée à ma hauteur, s'est arrêtée. Le conducteur était un type qui habitait juste en face de ma chambre; Sven ou Sylvester — un nom comme ça. Il m'a proposé de me déposer quelque part. J'ai entendu le chanson qui passait à la radio, une vieille rengaine enfantine: *Thank You for Being a Friend* («Merci d'être un ami»). J'ai retrouvé une respiration normale, acquiescé en éclatant de rire, avec le sentiment d'être identique à moi-même.

«Allez, monte», il a dit en tendant le bras pour ouvrir la portière.

Riant toujours je me suis glissé dans la voiture en songeant bah advienne que pourra. Rock'n'roll, pas vrai? Démerde-toi. Sven est assez beau, et qui sait, il pourra peut-être m'emmener à Chicago. Au fait, que t'avait donc dit Raymond sur les jeunes Allemands?

SEAN — J'ai accéléré régulièrement en laissant le campus derrière moi. Je ne savais pas où j'allais. Je désirais un lieu inhabité. Je n'avais plus de foyer. New York puait. J'ai regardé ma montre. Midi. Ça m'a semblé bizarre. Mais j'avais plaisir à conduire sans trop de bagages, et le D.J. passait des chansons extras: Clapton, Petty and the Heartbreakers, Left Banke qui chantait: ...*just walk away Renee*...

« Je t'ai aimée », je lui ai dit la dernière fois que nous étions ensemble. J'ignorais que ce serait la dernière. Nous étions tous les deux en bas, de retour à la fête, j'ai regardé son visage, ses cheveux ramenés en arrière, ses joues encore un peu rouges après l'amour. Il y a chez elle certaines choses que je n'oublierai jamais.

Je me suis arrêté près d'une cabine téléphonique à côté d'un magasin de spiritueux. J'ai sorti de mon portefeuille une pièce de dix cents et quelques numéros de téléphone notés pendant le trimestre. J'ai laissé le moteur tourner et suis descendu de voiture. C'était seulement le début de l'après-midi, mais le ciel s'assombrissait déjà ; les nuages étaient pourpre et noir, il allait peut-être neiger. Je me suis demandé où aller. J'ai décidé de ne donner aucun coup de téléphone. Je suis remonté dans ma voiture. Je n'ai pas changé.

J'ai aperçu une fille de la ville qui faisait du stop près des derniers immeubles. Elle m'a regardé quand je suis passé devant elle. J'ai roulé jusqu'aux premiers arbres de la forêt, fait demi-tour dans le parking du supermarché A & P, puis suis retourné en arrière pour la prendre. Elle était un peu boulotte, mais blonde et bien roulée. Adossée à un lampadaire, son sac à dos à ses pieds, elle fumait une cigarette. Elle a baissé le bras quand je me suis garé devant elle. Elle a souri, puis est montée. Je lui ai demandé où elle allait. Elle a cité une ville, mais ne semblait pas très sûre. Alors elle a commencé de me raconter sa vie, ce qui n'avait rien de très passionnant, et quand Rockpile s'est mis à chanter *Heart* j'ai augmenté le volume pour couvrir la voix de la fille, mais je me suis quand même tourné vers elle en hochant la tête avec un regard intéressé et un sourire sérieux, ma main a serré son genou, et elle

ACHEVÉ D'IMPRIMER SUR LES PRESSES
DE COX & WYMAN LTD. (ANGLETERRE)

Nº d'édition : 2008.
Dépôt légal : juin 1990.